HISTOIRES CHOC

Pierre Bellemare

HISTOIRES CHOC

Textes
de
Marie-Thérèse Cuny
Claude Olivier
Jean-Paul Rouland

Iconographie
réalisée par
Jacqueline Hiegel

filipacchi Edition°1

SOMMAIRE

HISTOIRES CHOC

SOMMAIRE

HISTOIRES CHOC

SOMMAIRE

TÉMOIN PAR HASARD DE L'ATTENTAT CONTRE
CHAPOUR BAKHTIAR, PREMIER MINISTRE IRANIEN
EN EXIL À PARIS, PATRICK A EU LE ''BON RÉFLEXE''
DU PROFESSIONNEL QU'IL N'ÉTAIT PAS. MALGRÉ LES
BALLES QUI SIFFLAIENT, IL A PRIS CLICHÉ SUR
CLICHÉ DE LA FUSILLADE.

photo © Patrick Cior

LE PETIT FRÈRE DU GRAND PHOTOGRAPHE

Il est aux environs de 9 heures en ce vendredi de juillet 1980, et Patrick roule vers Paris. La circulation est dense et les voitures avancent au pas. Sur le siège à côté de lui, est posé l'appareil photographique que son frère lui a prêté. La photographie, c'est le virus de la famille ! Surtout depuis que son frère aîné a installé un petit studio où il fait de « l'artistique ». Toile de fond immaculée, flous nébuleux, ombres portées, contre-jour, rais tamisés, taches lumineuses, n'ont plus de secret pour l'amateur distingué qu'il est devenu. Toute la famille a servi de modèles et les portraits les plus réussis ornent les murs, comme autant de trophées de chasse. Il n'y a guère que Nathalie, la petite fille de Patrick, qui ait échappé au « massacre ». Il est vrai qu'à son âge, on n'a guère de patience et que la station fixe pendant le réglage des projecteurs n'a jamais réjoui les enfants :

— Ne bouge pas chérie, et regarde ici... Attention !

C'est le moment bien sûr où Nathalie tourne la tête pour

regarder ailleurs. Le roi du portrait familial ayant renoncé momentanément à prendre sa nièce en photo, Patrick a décidé, lui, de surseoir à cette carence.

— Tu me prêtes un appareil et tu verras !

Condescendant, le grand frère a prêté son Canon FTB, un sourire ironique au coin des lèvres.

— A condition que tu me le rapportes lundi...

Voilà pourquoi, en ce vendredi matin, Patrick roule, boulevard Bineau à Neuilly, l'appareil chargé, posé à côté de lui.

Demain ou dimanche, il ira au Bois avec sa fille et il prendra des photos, histoire de prouver à la famille que lui aussi, il sait se servir d'un appareil. D'accord, ça ne sera peut-être pas aussi « travaillé » que les photos de son frère, mais en mitraillant beaucoup et avec un peu de chance...

Comme il arrive à ce moment précis à la hauteur du n° 101, une salve de coups de feu crépite à ses oreilles. Dans un réflexe instantané, Patrick donne un coup de volant et se cale contre le trottoir. Regardant sur sa droite, dans la direction du bruit, il aperçoit un policier, mitraillette au poing, qui franchit la grille entourant le petit jardin d'une résidence.

Qu'auriez-vous fait à sa place ? Oui, vous êtes passionné de photo, vous avez un appareil chargé à portée de main, et vous avez quelque part, dans la tête, un compte à régler avec le « génie » de la famille. Eh bien oui ! à ce moment précis, Patrick oublie que si l'on entend des coups de feu, c'est qu'il y a des balles qui partent. Il oublie que les balles perdues peuvent être récupérées même par ceux à qui elles ne sont pas destinées. Saisissant son appareil, Patrick bondit hors de la voiture et emboîte le pas au policier au moment où celui-ci pénètre dans le jardin.

Trois hommes sortent précipitamment de l'immeuble. En voyant l'agent, l'un d'eux fait un geste pour saisir son arme, mais plus rapide, le policier l'ajuste et tire. L'homme, touché au ventre, s'effondre sur le sol tandis que les deux autres lèvent les bras pour se rendre.

Tout cela s'est passé si rapidement que Patrick n'a pas eu le temps de faire quoi que ce soit. Mais tout de suite après, le reporter improvisé qu'il est devenu, réagit. Avec un sang-froid admirable, il fixe la scène des deux hommes tenus en respect par l'agent, il prend la scène de face, de profil, calculant le meilleur angle, s'arrangeant pour que les armes tombées soient dans le champ. Un vrai travail de professionnel. Sans la moindre crainte, il mitraille à bout portant cette scène de terrorisme où la mort et la vie se jouent au petit bonheur la chance.

Ayant terminé sa pellicule, Patrick reprend tranquillement sa voiture et il va directement à *Paris Match* sur les Champs-Élysées. C'est ainsi que, dans le numéro du journal du 1er août 1980, on pouvait voir en première page, le document de Patrick Cior. Grâce à son sang-froid, il était devenu en quelques instants un héros de la photo. Pour cela, il avait fallu de la présence d'esprit, beaucoup de chance, et encore plus de courage.

Auriez-vous fait comme lui ? !

DANS QUELQUES SECONDES, CETTE JEUNE FEMME VA MOURIR. ELLE ET SON COMPAGNON, DES "SUSPECTS DE DROITE" DÉTENUS DANS UNE CASERNE PORTUGAISE LORS DE LA RÉVOLUTION DES OEILLETS, VENAIENT D'ÊTRE LIBÉRÉS. ILS ALLAIENT REJOINDRE LEUR VOITURE SOUS ESCORTE. DES SOUDARDS FRUSTRÉS LES MITRAILLENT.

photo © Gamma

LA LIBERTÉ ET LA MORT

Il faut se méfier de l'homme lorsqu'il baptise une guerre ou une révolution d'un nom de fleur : c'est un alibi discutable. Voici la Révolution des Œillets, vingt mois de secousse politique dans le vieux Portugal, de poings levés, de fourches dressées, de femmes qui pleurent, et de militaires qui hurlent.

Ce fut compliqué, vous en souvenez-vous ? Il y avait d'un côté les socialistes de Mario Soares et de l'autre les communistes de Vasco Gonsalves. Et, au milieu, nouveau chef à la tête de l'État, après quarante années de pouvoir, Salazar, un militaire, un général, dont on disait qu'il était d'une indécision congénitale. Alors, l'armée a un autre général, en réserve de la République comme on dit : le général Spinola.

C'est très compliqué. Les communistes semblent avoir gagné, les arrestations se multiplient, les capitaux s'enfuient et le général Spinola aussi.

C'est la journée du 11 mars 1975. Une journée dont les observateurs disent : la vérité n'a pas été faite. Une journée dont Mario Soares dit : « C'est une farce montée par les services secrets soviétiques. » Oui, c'est très compliqué, et après 20 mois de révolution, l'œillet rouge se fanera et le Portugal reprendra son histoire plus calmement.

C'était donc le 11 mars, et les militaires avaient arrêté beaucoup de « suspects » de droite. Et puis le 12 mars, un tribunal décidait de libérer des suspects de droite qui, quoi qu'il en soit, de droite ou de gauche, n'étaient apparemment suspects de rien. C'était à la caserne du premier Régiment d'artillerie légère, à deux kilomètres de l'aéroport de Lisbonne. Il était 16 h 30.

Les deux suspects, un homme barbu et une jeune femme blonde à lunettes noires sortent en se tenant par le bras. Ils se dirigent vers leur voiture et les militaires les entourent, mécontents. Les cris et les huées commencent, certains ne sont pas d'accord sur le principe de cette libération. Pourtant, le couple atteint la voiture, la jeune femme monte du côté passager, à l'avant, son compagnon prend le volant. La voiture démarre, fait 10 mètres, en se frayant un passage parmi les uniformes. 20 mètres. 40 mètres. Déjà un ou deux fusils se dressent. 60 mètres, à 5 à l'heure, c'est long... Les coups de feu éclatent, le pare-brise vole en éclats, le conducteur touché à mort perd le contrôle de la voiture qui s'immobilise le long du trottoir. La jeune femme hurle de douleur, les balles des fusils automatiques l'ont touchée. La foule s'approche, un soldat se penche, le tireur peut-être, pour vérifier. Les militaires sortent la jeune femme mourante, elle ne vivra que quelques minutes encore.

A 16 h 30, ce 11 mars 1975, c'était la liberté... A 16 h 31, la mort...

C'était une tranche de révolution que les lecteurs de *Paris Match* découvrirent en drame photographique une semaine plus tard, alors que les tireurs de ce jour-là n'étaient déjà plus les vainqueurs, et que la Révolution changeait doucement de couleur. Tant il est vrai que la justice populaire connaît seulement le glaive et rarement la balance.

FABULEUSE PROVIDENCE : CETTE DÉSESPÉRÉE QUI VIENT DE SAUTER DU TROISIÈME ÉTAGE, AVEC LA FERME INTENTION D'EN FINIR, VA TOMBER, NON PAS SUR LE BITUME, MAIS SUR L'ÉPAULE DE CE PASSANT. LE MIRACLE A EU LIEU, AU PRIX DE QUELQUES OS BRISÉS.

photo © A.P.

LE HASARD FAIT DES MIRACLES

Fin novembre 1984, vers dix heures ce matin-là, un couple de jeunes gens, Lane Jones et sa fiancée Peggy, se rend à pied à l'université de Denver. Ils s'engagent dans une petite rue tout en devisant joyeusement. Dans quelques instants, ils vont dépasser l'hôtel Colonial, un établissement miteux, dont la façade n'a pas dû lui devoir une pluie d'étoiles. Face à l'hôtel, de l'autre côté de la rue, un laboratoire photo. C'est là que Steve Cox, un technicien, travaille et présentement, vient juste de mettre un rouleau de pellicule dans un appareil photo.

Au troisième étage de l'hôtel, dans une chambre, assise sur un lit défait, recroquevillée sur elle-même, Loretta Savage, une jeune femme, pleure silencieusement.

Voilà, le décor est planté, les personnages en place. Lisez attentivement, maintenant. Tout va se jouer dans la poignée de secondes qui va suivre.

Le chagrin de Loretta ? Elle s'est encore disputée avec son mari. Mais cette fois, la dispute a dégénéré : il est parti en claquant la porte, jurant qu'il ne reviendrait plus... Issue inéluctable. Depuis longtemps, les conditions de la rupture étaient réunies : problèmes d'argent, de travail, l'exode d'hôtel en hôtel, de plus en plus minable, bref. Seulement, maintenant que la chose s'est réellement produite, qu'elle se retrouve seule, pour de bon, désemparée, et qu'un immense désarroi lui a mis un goût de fin du monde à la bouche, elle n'a plus qu'une idée : « En finir ». En finir avec cette existence pourrie, et plus vite ça sera, mieux ça vaudra. Et pourquoi pas tout de suite...

Alors Loretta se dresse. D'un bond, elle est à la fenêtre. L'ouvre. A cet instant précis, Steve, le technicien du laboratoire photo, jette distraitement un coup d'œil dehors. Et ce qu'il voit le pétrifie. Là-haut, à la fenêtre du troisième étage de l'hôtel, une jeune femme enjambe la barre d'appui...

« Non mais ça va pas !... Qu'est-ce qu'il lui prend à celle-là ?... Elle va pas sauter tout de même !... Mais si ! mais si ! elle va... » La preuve, la barre d'appui franchie, elle s'asseoit maintenant sur le minuscule rebord, jambes pendantes dans le vide. Steve veut hurler : « Arrêtez ! arrêtez ! », mais il a la gorge tellement nouée qu'il n'arrive pas à articuler le moindre son. Alors dans un réflexe machinal autant que professionnel, il saisit l'appareil photo qu'il a à portée de main, et cadre la scène.

Sur le trottoir, Lane Jones et Peggy arrivent maintenant à hauteur de l'hôtel Colonial. Douze mètres au-dessus d'eux, Loretta, toujours assise sur le rebord de la fenêtre a marqué une hésitation, puis fermant les yeux, elle se laisse choir dans le vide.

L'œil rivé au viseur du Reflex, Steve suit la chute. La chute d'un corps qui, dans quelques dizièmes de secondes, va s'écraser sur le trottoir. Non, miracle ! le corps de la désespérée rencontre sur sa trajectoire... un couple de passants. C'est l'homme qui reçoit tout le choc. Déséquilibré, il s'écroule, et en tombant, bouscule sa compagne qui a toutes les peines du monde à rester debout. Il faut quelques secondes à Lane Jones, contusionné, pour réaliser que c'est le corps d'une femme tombée du ciel qu'il a reçu sur l'épaule. Mais aussi, paravent providentiel, qu'il a amorti sa chute, lui sauvant miraculeusement la vie.

Oui, grâce à cet extraordinaire hasard, Loretta Savage vient, comme on dit, de se rater. Emmenée d'urgence à l'hôpital, elle va s'en tirer avec deux jambes cassées, retrouver bientôt son mari et surtout, guérir à tout jamais de ses idées suicidaires.

CE CORPS ATROCEMENT LARDÉ DE BALLES EST AUSSI UN SYMBOLE, CELUI DE LA LIBERTÉ ASSASSINÉE. PETER FECHTER, OUVRIER EST-ALLEMAND DE 17 ANS, A TENTÉ DE PASSER LE MUR DE BERLIN.
LES ARMES DES VOPOS ONT ARRÊTÉ SON SAUT ENTRE LES BARBELÉS.

photo © X (D.R.)

L'AGONIE DES BARBELÉS

Pour l'anniversaire de l'édification du Mur de Berlin, tous les téléscripteurs du monde libre ont retransmis le bilan communiqué par le gouvernement ouest-allemand : 12 316 personnes sont passées d'Est en Ouest...

Malgré les barbelés, les miradors, les mitrailleuses et les uniformes, l'anniversaire bizarre de ce mur bizarre est un constat d'échec pour ceux qui ont coupé la ville en deux. C'était le 17 août 1961.

Nous voici le 17 août 1962. Peter Fechter est né en 1945 dans les ruines laissées par ses aînés. Il a 17 ans. Avec son copain Kurt, il travaille comme ouvrier maçon, à l'édification d'un immeuble administratif.

Aujourd'hui, son casse-croûte est luxueux : patate et lard. D'habitude, il y a patate et patate, la viande est rationnée. Après la pause du déjeuner, Peter et Kurt vont faire un tour du côté du mur.

L'année dernière encore, Peter est allé voir sa sœur à l'Ouest. Elle lui a offert l'énorme montre-chrono qu'il porte au poignet. L'heure de la reprise du travail approche. Encore quelques minutes à rêver. Peter et Kurt savent que le mur est infranchissable. Ils l'ont reconnu sur 35 kilomètres, mètre par mètre. Pourtant, un jour, pas forcément aujourd'hui, mais un jour, ils trouveront le moyen, l'occasion qui feront d'eux les larrons de la liberté. En attendant, ils se promènent le long des façades occultes, des rues à laissez-passer obligatoire. Curieusement, les gardes ne disent rien, ne demandent pas de papiers. C'est l'heure du déjeuner, ce sont deux ouvriers en salopette, probablement ceux de la scierie voisine.

Cette scierie intrigue Peter et Kurt. Des échaffaudages de planches, un fortin de sacs de sable, un garde armé qui ne leur dit rien, une porte ouverte, un immense atelier, un vasistas au fond et de là, à 8 mètres à peine, devant leurs yeux écarquillés, le mur, presque accessible...

Peter et Kurt se regardent. La tentation est forte, mais des ouvriers de la scierie arrivent. C'est l'heure de la reprise. Il faut se cacher sous les copeaux, au risque d'être pris, soupçonnés, emprisonnés.

Deux heures de l'après-midi. Peter chuchote :

— On a plus rien à perdre, allons-y : on tente le mur !...

14 h 03 minutes. Ils ne savent pas que trois uniformes et trois mitraillettes guettent au-dessus de leurs têtes, par une fenêtre de la scierie. En quatre secondes, ils jouent leurs vies. Une seconde : Kurt est le premier au pied du mur ; il accroche un barbelé. Deux secondes : il grimpe sur le mur. Trois secondes : il aperçoit Peter figé en bas, comme paralysé. Quatre secondes : il hurle « viens ! ». Sa voix est couverte par les coups de feu.

Deux balles dans le dos. Peter virevolte sous le choc. Une rafale dans le ventre. Kurt, lui, a sauté à temps. Peter, lui, agonise dans les barbelés... Il aurait pu être sauvé... Personne n'a pu l'approcher. De loin, sa sœur a reconnu la montre à son poignet. Il était 17 heures.

Il y eut des protestations diplomatiques, et il reste une plaque couverte de fleurs à l'endroit de sa mort... Plus une photo. Photo symbole, atroce, celle du premier mort du Mur de Berlin, dans son agonie de barbelés ; agonie qui a duré 55 minutes sous les regards horrifiés des témoins de l'Ouest, sous la menace des fusils de l'Est...

Il avait 17 ans. Il s'appelait Peter Fechter !

FOLLE DE JOIE ! CHRISTA MAC AULIFFE VIENT D'APPRENDRE, ALORS QU'ELLE DONNE UN COURS D'HISTOIRE, QU'ELLE FERA PARTIE DU PROCHAIN ÉQUIPAGE DE "CHALLENGER". HÉLAS, C'EST LA MORT QUI L'ATTEND : LA NAVETTE EXPLOSERA EN DIRECT SUR DES MILLIONS D'ÉCRANS T.V.

photo © Cosmos

CHRISTA ET LES AUTRES

Commandant de bord : Francis Scorbee, 48 ans. Hommes d'équipage : Elison Onizuka, 40 ans ; Gregory Jarvis, 42 ans ; Michael Smith, 39 ans ; Ronald Mac Nair, 36 ans et Judith Resnik, 37 ans. Cinq hommes et une femme, plus une autre femme : Christa Mac Auliffe.

Les femmes pionnières sont rares. Les femmes qui montent sans hésiter dans une fusée spatiale, sont encore plus rares. Christa a 36 ans, elle est mariée, elle a deux enfants : un fils Scott de neuf ans et une fille Caroline de six ans. Son mari, Steve, est avocat. Elle est professeur d'histoire. Elle n'est pas spécialiste comme sa collègue d'équipage qui, elle, est ingénieur en électricité. Christa est une mère de famille américaine symbolique. Une femme exemplaire, solide, équilibrée, dynamique, patriote et motivée par la grande course à l'Espace.

Christa, choisie parmi 11 000 candidates, sera la première civile, la première invitée de *Challenger* pour son vol du

28 janvier 1986. C'est une volonté de l'administration : banaliser les vols spatiaux, montrer au monde entier que la navette *Challenger* qui a déjà effectué 24 vols sans histoire, est capable à présent de transporter un invité, quelqu'un du commun des mortels, et même une femme. L'Amérique entière sera fière de cette femme-là, que tous les journalistes interviewent, et suivent pas-à-pas dans son apprentissage de l'apesanteur. On la voit sourire, dents blanches et cheveux frisés en uniforme de la Nasa, au milieu de l'équipage. On la voit sourire, flottant dans l'espace des chambres d'entraînement, comme par magie. On la voit sourire au milieu de ses élèves qui viendront assister au départ de leur « spatioprof », comme ils l'appellent. Sourire aux côtés de son mari et de ses enfants...

Sourire, sourire toujours et encore, heureuse, fière d'avoir été choisie, élue parmi les Terriens, pour filer dans l'Espace à bord du superbe oiseau blanc qui fait l'orgueil de la Nasa.

Et puis, vient le jour « J » et l'heure « H », et la seconde ultime. Trois fois déjà, le départ a été retardé. Le quatrième est le bon. 11 h 15 : l'équipage pénètre dans la navette, frémissante, environnée de jets de vapeur. Hydrogène + oxygène : le carburant de cet immense oiseau blanc est une véritable bombe.

L'attente est longue. Le vrai départ est à 16 h 37. Une dizaine de minutes plus tard, Christa est dans les étoiles, avec son espoir, sa peur peut-être, écrasée par l'énorme vitesse, la tête en bas, comme les autres.

Ils étaient sept. Cinq hommes et deux femmes.

Une explosion. Elle va traumatiser l'Amérique et le monde. Car l'Amérique et le monde ont les yeux levés vers ce grand oiseau blanc, qui éclate soudain en un feu d'artifice horrible. Un dessin de mort blanche, dans le ciel de Floride.

C'est l'image absolue : la mort des héros de l'Espace, dans

l'Espace, en direct, offerte à tous les objectifs, toutes les caméras, tous les yeux. *Challenger* est pulvérisée sur 15 000 km². Et parmi les milliers de regards levés, ceux de Scott, neuf ans et de Caroline, six ans, devant cette image de leur mère, morte dans le ciel. Effrayante image d'éternité.

SON VIEUX RÊVE D'ENFANT EST SATISFAIT : GÉRARD GÉRY EST LE PREMIER HUMAIN À METTRE LE PIED SUR UNE ÎLE NOUVELLE-NÉE, ÉCLOSE COMME UN CHAMPIGNON AU LARGE DE L'ISLANDE, ET DONT LA LAVE FUME ENCORE. LES EXPLOSIONS VONT REPRENDRE !

photo © Géry

L'ILE CHIC ET CHOC

Depuis trente millions d'années, la terre d'Islande est en voie de formation. Perdue dans l'Atlantique Nord, elle crache régulièrement la lave de près de deux cents volcans. Les Islandais le savent et vivent avec. Sur une terre où 99,9 % de la roche est volcanique... il convient d'être philosophe.

Le 14 novembre 1963, un pêcheur islandais a tout de même le hoquet. Il se trouve à quelques milles marins au sud de la côte, et voilà que la mer se met à bouillir. Connaissant le problème des volcans comme sa poche, le pêcheur file à « tout moteur » vers la côte, et débarque en annonçant aux collègues :

— Eh, les gars... on va toucher une île toute neuve.

En effet, c'est une histoire de dérive des continents. La dorsale médio-atlantique qui craque et s'écarte de temps en temps exactement dans l'axe de l'Islande. Une île est née. Les pêcheurs la voient de loin, ou plutôt la devinent, car ce n'est pour l'instant qu'un énorme nuage de vapeur volcanique, au-dessus de fontaines de lave en fusion. Ce doit être fantastique. Une terre vierge, neuve, le magma originel.

Gérard Géry, reporter à *Paris Match* est un passionné. Il traîne un vieux rêve d'enfant. Mettre le pied, le premier, sur une terre vierge, une île nue, où personne n'a marché avant lui. C'est une des rares aventures de la découverte, que vous permette encore cette vieille Terre. Une île est née. Va-t-elle tenir sur son volcan ? Va-t-elle disparaître ?

Depuis son irruption à la surface de l'océan, à 50 km de l'Islande, il se passe là-bas un véritable festival pour volcanologues ! Il est interdit d'approcher à moins de 4 km. Mais Gérard Géry ne peut pas laisser passer l'occasion. Il sera le premier avec deux complices aventuriers : Pierre Mazeaud et Philippe Laffon.

Ils sont partis. Ils sont à pied d'œuvre, l'île est devant eux, elle n'a pas encore de nom, elle n'a pas encore fini de naître, elle fume, son volcan gronde encore de cet accouchement. Et les trois hommes sont dans leur bateau. Ils ont repéré une plage éloignée du centre du cratère. Une plage de cendre noire encore chaude, mais abordable peut-être... si le terrible volcan veut bien se calmer. Il se calme. Le bateau pneumatique fonce. Les trois hommes sautent sur la plage, dansent et s'embrassent...

Gérard Géry brandit le drapeau de *Paris Match* lorsque soudain, un grondement sourd, l'enfer recommence. De loin, le chalutier islandais qui escorte trois aventuriers, ne voit plus qu'un nuage de fumée.

Et dans leur bateau, les trois hommes paniquent. Le moteur refuse de démarrer. Ils vont être engloutis sous la boue, brûlés, noyés, figés dans la lave de ce nuage, qui, détail satanique, est chargé d'électricité. La foudre peut tomber d'une minute à l'autre sur l'unique masse métallique à sa portée, le moteur du bateau qui ne veut pas démarrer. Il faut ramer, s'éloigner. Déjà, les hommes du chalutier les croient perdus.

Dans la panique, ils avaient tout simplement oublié le starter. Sauvés ! *Paris Match* a mis les pieds le premier sur cette terre choc pour une photo chic.

L'île et les environs ont été secoués durant quatre années encore. Deux petites îles satellites sont nées, autour de la première qui fut baptisée Surtsey et où poussent, déjà, les premières plantes pionnières. Elle a aujourd'hui presque 25 ans.

C'EST LE MASSACRE. COMME AU STAND, LE COMMANDO DE MUTINS MITRAILLE LA TRIBUNE D'OÙ L'INSTANT D'AVANT LE GOUVERNEMENT ÉGYPTIEN CONTEMPLAIT LE DÉFILÉ. ANOUAR AL-SADATE, LE CHAMPION DE LA PAIX, NE SURVIVRA QUE QUELQUES MINUTES À SES BLESSURES.

photo © Gamma

MORT D'UN VRAI PHARAON

Lorsqu'elle voit son père resplendissant dans son nouvel uniforme bleu et or, apparaître sur l'écran de télé, Noha éprouve-t-elle malgré tout un petit pincement au cœur ? Oh, certes, rien de comparable avec l'angoisse qui l'a étreinte quatre ans plus tôt, lorsque, sur ce même écran, elle voyait son père parcourir les vieilles rues de Jérusalem, pour gagner la mosquée El Aqsa… Si forte a été son émotion alors, que prise de douleurs prématurées, elle a accouché avant terme le même jour. Il est vrai que ce jour-là, en rendant visite à l'Israélien Menahem Begin, son père le musulman Anouar al-Sadate démontrait que tous les hommes pouvaient être frères et que le mot « impossible » pourrait être à jamais banni du langage des hommes.

Aujourd'hui, tout est différent : c'est jour de liesse, mais Noha ne peut empêcher une légère appréhension de l'envahir. Ici-même, en Égypte, nombreux sont encore ceux qui désavouent la politique de paix et de rapprochement avec

Israël de son père. Mais, en ce 6 octobre 1981, celui qui s'asseoit à la place d'honneur de la tribune officielle du stade de Medinet Nasr près du Caire, est un homme profondément comblé. D'ailleurs, il ne dissimule pas son bonheur. On le voit sourire, plaisanter et comme le grandiose défilé n'est pas encore commencé, le président Sadate s'offre la satisfaction de bourrer sa pipe et d'en tirer quelques bouffées agréables.

Oui, le petit paysan du Nil peut être fier de lui. En onze années de pouvoir, il vient d'accomplir un parcours aussi impressionnant qu'inattendu, et surtout, il est en train de réussir son pari le plus cher : donner à l'Égypte une identité.

Pourtant, qui aurait misé sur l'obscur second de l'impétueux colonel Nasser, quand ce dernier meurt en 1970 ? Les choses ne traînent pas cependant. Deux ans après, Sadate prie fermement les milliers d'experts soviétiques qui ont envahi son pays de regagner le leur. L'année suivante, il lance ses troupes de l'autre côté du canal de Suez à la reconquête du Sinaï, et même si cette nouvelle guerre contre Israël n'est pas victorieuse, il a rendu sa fierté à son peuple humilié. Et puis, c'est ensuite l'opiniâtre travail pour rapprocher les deux nations rivales, le tout concrétisé par l'impensable pèlerinage en Terre Sainte.

Dans le stade, noir de monde, l'attention se porte à présent vers le ciel. Le défilé au sol est presque achevé et tous les regards convergent vers les Phantom américains F4, auxquels succède une escadrille de Mirage. Personne ne prête guère d'attention aux derniers éléments militaires d'artillerie qui clôturent la parade, pas plus qu'on ne s'étonne lorsqu'un half-track porteur de missiles anti-aériens tombe en panne, face aux officiels.

La suite est une succession de photos-choc parues dans le *Paris Match* du 23 octobre 1981.

A peine le half-track a-t-il stoppé que ses occupants, deux

officiers et quatre soldats, bondissent hors du véhicule, s'élancent à l'assaut de la tribune, tirant des rafales meurtrières et lançant des grenades.

Dans la tribune, c'est le massacre, touché l'un des premiers, le président Sadate s'est effondré et les assaillants poursuivent leur œuvre de mort, tandis que les gardes du corps s'enfuient. Seuls, deux d'entre eux font face et abattent l'un des agresseurs.

Presque aussitôt, c'est la fin du carnage avec les dernières rafales tirées à bout portant.

Trente secondes. La fusillade n'a duré que 30 secondes, mais lorsque le commando est enfin anéanti, le bilan est atroce : 43 personnes ne se relèveront pas. Et parmi les cinq qui vont succomber dans les minutes qui suivent, se trouve Anouar al-Sadate !

Une fois de plus, un homme de bonne volonté a payé son tribut pour que l'amour l'emporte sur la haine.

C'EST LA TRAGÉDIE DE L'ÉTÉ 78 : À LOS ALFAQUES, EN ESPAGNE, UN CAMION-CITERNE BOURRÉ DE PROPYLÈNE SE RENVERSE SUR UN CAMPING ET EXPLOSE. DU VILLAGE DU BONHEUR TRANSFORMÉ EN BRASIER, ON RETIRE 210 CADAVRES ANONYMES QUI N'ONT MÊME PLUS FORME HUMAINE.

photo © Coulifoto - Madrid Sygma

MOURIR UN JOUR D'ÉTÉ

Ils sont venus de France ou d'Allemagne. Combien ? Plusieurs centaines, que le grand rush des vacances a conduit ici. Des Jean-Pierre, des Véronique, Robert ou Sylvie, côtoient des Frantz, des Martha, Dietrich ou autre Hildegarde... Tous, modestes congés-payés, avides d'espace et qui se retrouvent parqués dans un camping à Alfaques près de Tarragone en Espagne.

Que leur dispense ce non moins modeste paradis ? La Méditerranée venant lécher une bande de sable encastrée sur une côte désertique avec des installations précaires et des bungalows en dur, aux sanitaires réglementaires. Le silence n'est même pas garanti, une route longe le camping. Mais l'Espagne leur offre avec libéralité sa richesse la plus précieuse : le soleil.

C'est maintenant l'heure du farniente. Sur le sable on se rôtit ou on recherche une fraîcheur relative à l'ombre de sa tente. Sous son parasol, un barbu dévore un polar. Deux jeunes gens, Muriel et Gunther, comparent en riant leurs connaissances linguistiques. D'autres, comme Sabine et André, barbotent avec leur petit Christophe. D'autres encore achèvent de déjeuner. D'autres enfin, comme Louis et sa femme qui ont découvert à quelques kilomètres de là un coin de sable moins fréquenté, reviennent en vitesse avec leurs deux enfants chercher leurs affaires de bain.

Pour Francesco Villena, pas de farniente. Au volant d'un camion d'occasion qu'il vient de s'offrir — enfin — il remorque une citerne gavée de 17 000 litres de propylène, produit inflammable destiné à la fabrication des plastiques. A l'autoroute à péage, le *camionero* a préféré, aujourd'hui 11 juillet 1978, la route côtière.

Le malheur veut que son véhicule roule en surcharge et surtout, qu'arrivée à la hauteur d'Alfaques, la citerne rompt les amarres, dévale dans le terrain de camping où elle se désintègre littéralement en explosant à proximité de la discothèque, dérisoirement baptisée *La Chandelle*...

17 000 litres de propylène libérés s'embrasent. En un instant, la température passe de 40 à 2 000°... Et à la vitesse d'une onde de choc, une monstrueuse nappe de feu se répand, brûlant, calcinant, pétrifiant tout sur son passage. Dans un rayon de 250 mètres, la torche ardente, véritable lance-flammes, détruit tout ce qu'il y a de vivant. Même ceux qui se baignent et qui, émergeant en partie de l'eau, ne sont pas épargnés.

La chance pour Sabine et André qui sont de ceux-là, c'est qu'à l'instant où la vague de feu se jette sur la plage, le père de Sabine la voit arriver et précipite dans l'eau ses enfants et leur petit Christophe.

Pour les autres, pas de salut. Le barbu ne connaîtra jamais le meurtrier. Muriel et Gunther n'auront pas le loisir de rire et de se comprendre plus longtemps. Il n'en reste que des formes noircies, recroquevillées, non identifiables... parmi d'autres.

Louis a été épargné, lui. Il attendait au parking dans sa voiture le retour de sa femme et de ses enfants partis chercher les maillots de bain. Maintenant, horrifié par ce dont il vient d'être témoin, il se lance à la recherche des siens. Il se déplace sur un tapis de cendres et le spectacle est hallucinant, insoutenable. Il croise, marchant comme des automates, quelques fantômes brûlés des pieds à la tête. L'un d'eux erre, un siège en plastique collé à son corps. Mais soudain Louis pousse un cri :

— Gaël !...

C'est son fils ! Il est indemne !

— Ta mère ? Ta sœur ?

Le petit garçon indique là-bas un amas tordu, déchiqueté : les sanitaires. Plus tard, Louis a retrouvé sa femme. Il a pu l'identifier grâce... à un sabot noir. Élodie, sa fille, a péri aussi. Deux victimes parmi 210, mortes un jour d'été... Et tout ça, parce qu'un pauvre *camionero* a emprunté une route côtière pour économiser 700 pesetas... 60 F ! A quoi ça tient la vie ?

CET ENFANT QU'UN PLONGEUR A REPÊCHÉ DANS LES EAUX GLACÉES DU LAC EST CLINIQUEMENT MORT. ET POURTANT, DANS 70 MINUTES, LE PETIT JIMMY VA RESSUSCITER. CE QUI L'A SAUVÉ, C'EST LE "RÉFLEXE DES MAMMIFÈRES MARINS".

photo © Chicago Tribune

LE RÉFLEXE DU MAMMIFÈRE MARIN

— Docteur, regardez !

Tous les regards de l'équipe de réanimation convergent vers l'écran de l'électrocardiogramme. Non ce serait trop beau, c'est impossible, ce n'est pas vrai ! Et pourtant si, la ligne verte, plate, continue, cette ligne verte qui, depuis plus d'une heure, indique que le cœur auquel est relié l'appareil a cessé de battre, a tressailli. Oh presque rien, un frémissement. C'est peut-être une impression. Tous les membres de l'équipe qui s'active autour du petit corps allongé sur la table espèrent tellement ce miracle.

Car il s'agirait réellement d'un miracle. L'enfant de 4 ans et demi auquel ils prodiguent des soins depuis maintenant 70 minutes est mort et bien mort. En voulant récupérer sa luge qui avait glissé sur le lac, l'enfant a sauté sur la glace, qui s'est rompue, son père a sauté dans l'eau pour le rattraper mais Jimmy avait disparu. Alertés, les pompiers de Chicago sont arrivés avec des hommes-grenouilles et ce n'est qu'au bout de 20 minutes, qu'ils ont repêché le corps. Amené aussitôt à l'hôpital, sa température de 27 degrés, ses yeux dilatés, l'absence de respiration et de battements de cœur attestent de sa mort clinique.

Malgré le respirateur artificiel qui gonfle et dégonfle ses poumons et les électrochocs qui stimulent son cœur, l'enfant a largement dépassé les limites de récupération possibles. A moins d'un miracle...

— Regardez !

Cette fois, une petite virgule a surgi du trait vert. Puis, une autre. Oui, cette fois le doute n'est plus permis, le miracle a eu lieu. Après avoir cessé de fonctionner pendant une heure et demie, le cœur vient de se remettre à battre.

Alerté, le Children's Memorial Hospital de Chicago, spécialisé dans les soins aux enfants, répond : « Nous arrivons. » Et ajoute cette recommandation étonnante : « Surtout, ne le réchauffez pas ! »

Et les spécialistes prennent en charge le corps de ce petit homme de 4 ans et demi. Ils emportent ce miraculé dont la vie n'est encore qu'une lueur infime.

Venu tout de suite à son chevet, le docteur Mac Lone donne une explication : le refroidissement brutal dû à l'immersion dans l'eau glacée a provoqué chez l'enfant ce qu'il est convenu d'appeler « le réflexe du mammifère en plongée ». Les savants américains ont étudié cela depuis des années sur les baleines, les phoques, les dauphins. Ce réflexe leur permet de rester de longues minutes sous l'eau, en coupant leur respiration et en faisant refluer la quasi-totalité de leur sang vers le cœur et le cerveau leur réservant ainsi le maximum d'oxygène disponible. Plus l'eau est froide, plus le phénomène s'accentue.

C'est ce « réflexe du mammifère » qui a joué pour l'enfant.

Chacun sait, en effet, que toute vie est sortie de l'eau et

qu'avant qu'ils deviennent des hommes, la vie de nos ascendants est passée forcément par une vie aquatique. C'est cette vieille mémoire dite « paléo-mémoire » qui a sauvé le petit Jimmy. Le « réflexe du mammifère marin » est encore inscrit dans nos gènes. C'est ce que démontrent plus spectaculairement les « bébés nageurs » qui, plongés dans l'eau, nagent comme des poissons. Vous avez sûrement vu ça à la télévision.

Après neuf jours de soins intensifs, lorsque Jimmy sort du coma, c'est pour pleurer comme un nouveau-né. Oui l'enfant a tout oublié, il ne sait plus parler ni marcher. Il est même incapable de manger. Des examens aux rayons X révèlent que le cerveau a été endommagé. Mais des progrès quotidiens sont sensibles. Sa mère se consacre à lui jour et nuit pour le rééduquer. Ce sera long, lui ont dit les médecins, très long. Mais pour une mère, la patience n'a pas de prix, tout le monde le sait.

Revenir à la vie après une heure et demie de mort clinique, c'est pour la science un nouveau pas dans la connaissance de l'être humain. Cette connaissance qui fera que peut-être, un jour, l'homme pourra voyager endormi pendant des siècles avant d'aborder d'autres planètes semblables à la nôtre. On peut rêver !

BIENTÔT, L'INIMAGINABLE VA SE PRODUIRE SUR CETTE PLACE SAINT-PIERRE OÙ UNE FOULE EN LIESSE ACCLAME L'HOMME EN BLANC : DISSIMULÉ DERRIÈRE UNE RELIGIEUSE, LE TURC ALI AGÇA VA TIRER SUR LE PAPE JEAN-PAUL II. MIRACLE, PAS UNE BALLE NE SERA MORTELLE.

photo © Inapress

POURQUOI M'ONT-ILS FAIT ÇA ?

En ce mercredi après-midi du 13 mai 1981, combien sont-ils agglutinés aux barrières qui ceinturent la place Saint-Pierre de Rome, inondée de soleil ? 30, 40, 50 000 ?... Foule bigarrée, cosmopolite, bon enfant, venue assister à l'audience papale du mercredi. Parmi elle, il y a sœur Letizia, une solide franciscaine. Sœur Letizia est heureuse, très heureuse même. Tôt ce matin, elle a quitté son couvent de Grotta-Ferrata, non loin de Rome, pour gagner la ville éternelle. Et dans quelques instants, elle s'apprête à vivre le suprême moment de bonheur de cette journée exceptionnelle, celui où la Jeep papale va arriver à sa hauteur.

Oh certes, elle n'est pas au premier rang. Elle n'aura même pas le privilège d'effleurer les mains de Sa Sainteté le pape Jean-Paul II, mais le sourire et le geste d'amitié qu'il adressera à ceux qui l'acclament, ne seront-ils pas aussi pour elle...

Sarah Bartoli est là aussi. Tout près de sœur Letizia, mais encore mieux placée. Elle, est au premier rang. Cela vaut mieux. Cette petite poupée blonde n'a que trois ans... La tête penchée entre les traverses de la barrière, elle guette intensément la progression de la voiture dans laquelle le monsieur aux cheveux blancs et au regard paisible, qui a revêtu une grande robe blanche, répond aux sollicitations de la foule.

Déjà, Sarah a remarqué qu'il a pris plusieurs enfants dans ses bras et les a embrassés. Quand il sera tout près d'elle, elle agitera son petit drapeau or et blanc aux couleurs du Vatican. Peut-être la verra-t-il ?... Peut-être que ?...

Plus près de sœur Letizia, juste derrière elle, se tient Mehmet Ali Agça. Il a 23 ans, la peau mate, la tignasse noire, il est turc. Comme tout le monde, il attend le passage du Saint-Père, non en touriste, ou en pèlerin, mais... en tueur. Pour l'abattre. Et ceux qui ont armé sa main — et quels qu'ils soient — savent bien ce qu'ils ont fait. Ali Agça n'est pas un novice : il a déjà tué...

Pour l'heure, il tente de jouer des coudes pour se rapprocher de la barrière. Si seulement il pouvait se glisser devant cette religieuse qui lui fait en partie écran. Et il lui faut faire vite ; la Jeep est là, tout près...

Sœur Letizia se hausse le plus qu'elle peut sur la pointe des pieds pour mieux apercevoir le souverain pontife. Elle a aussi une forte envie de dire son fait à cet étranger qui la bouscule pour passer devant elle... et qui y réussit d'ailleurs. « Dieu qu'il y a des gens mal élevés ! » A peine Ali Agça a-t-il effacé l'obstacle que constituait la religieuse qu'il plonge la main sous sa veste. C'est tout de suite qu'il doit opérer. La cible blanche est là, bien visible, à moins de trois mètres. Impossible de la manquer.

Alors, Ali brandit au-dessus de sa tête son pistolet qu'il pointe en direction du Saint-Père... Mais, comme il va appuyer sur la gâchette, le pape se baisse. Toute heureuse, Sarah Bartoli se sent soulevée de terre. Le monsieur à la robe blanche a vu son geste. Il l'a prise dans ses bras, il l'embrasse sur les 2 joues, puis la repose au sol. Elle ne sait pas qu'elle vient de lui sauver la vie.

Quand Ali Agça commence à décharger son arme, furieuse d'avoir été bousculée par ce malotru, sœur Letizia le déséquilibre plus ou moins en essayant de repasser devant lui, l'empêchant de bien cadrer sa cible.

Surprise, Sarah Bartoli voit le bon monsieur s'affaisser dans sa voiture. De larges taches rouges maculent sa robe blanche. Tandis qu'autour d'elle on s'agite, on crie. Des gens hurlent : « Ils ont tué le pape ! Ils ont tué le pape ! »

L'arme d'Agça s'est enrayée. Il la jette, veut fuir, mais sœur Letizia a réalisé. Alors, elle s'agrippe à lui en criant : « Arrêtez-le ! Je l'ai vu ! C'est lui qui a tiré ! »

La foule veut lyncher l'assassin. Des carabiniers accourent, s'emparent de lui. Il se laisse arrêter sans résistance.

Pendant ce temps, la Jeep transporte en trombe la victime vers un poste de secours. L'illustre blessé n'a pas perdu connaissance. Il prie et ses proches l'entendent murmurer : « Pourquoi m'ont-ils fait ça ?... »

Une chose est sûre, malgré sa souffrance, Jean-Paul II, l'homme de bonne volonté, a déjà pardonné à son meurtrier. La preuve, quelques mois plus tard, à peine remis de son épreuve physique, l'homme en blanc rendait visite à son assassin dans sa prison.

VOICI L'UN DES CINQ RESCAPÉS DU VOL 90
D'AIR FLORIDE. ON LE TIRE DES EAUX GLACÉES
DU POTOMAC OÙ SON AVION VIENT DE PLONGER,
ENGLOUTISSANT AVEC LUI 74 PERSONNES. CAUSE DE
LA CATASTROPHE : LA GLACE QUI ALOURDISSAIT
TROP LES AILES DE L'APPAREIL.

photo © A.P.

LE DERNIER VOL VERS LE SOLEIL

En ce mercredi 13 janvier 1982, il fait vraiment un temps de chien sur l'aéroport de Washington. Il fait si mauvais, que 20 000 passagers et 30 équipages attendent la première accalmie pour s'envoler vers le soleil qui brille quelque 3 000 mètres au-dessus des paquets de nuages.

Il fait 2 à 3 degrés au-dessous de zéro et il neige. C'est vraiment le plus mauvais temps pour décoller. A cette température intermédiaire, la neige a tendance à fondre et le froid la transforme en glace qui alourdit les ailes des avions. Pour pallier cet inconvénient, il a été prévu un dégivrage-sol. Cela consiste à arroser les ailes, les dérives et les ailerons avec un mélange d'eau, d'éthylène et de glycol.

A 14 heures, le Boeing 737 n° 90 d'Air Floride se présente au dégivrage-sol. Le vol qu'il devait effectuer vers l'État de New York a été annulé et il rejoint sa base : Fort Landerrale. Étant l'un des seuls vols de l'après-midi vers le Sud, au lieu des 53 passagers prévus, il y en a 71 plus 3 enfants, plus l'équipage, en tout 79.

Le Boeing 737 est l'un des meilleurs appareils du moment. 12 millions de kilomètres parcourus, 860 millions de passagers transportés, et pas un ennui. Le commandant du vol 90 d'Air Floride et son copilote sont eux aussi parmi les meilleurs. Agés de 35 et 31 ans, ils ont chacun plus de dix mille heures de vol sans aucun problème.

A 14 h 20 le dégivrage-sol est terminé, mais comme les atterrissages et les décollages s'effectuent sur la seule piste utilisable, à 15 heures lorsque son tour de décoller arrive, le commandant Wheaton laisse passer son tour pour aller de nouveau faire dégivrer son avion.

Tandis que le liquide fait fondre la glace accumulée sur les ailes, le commandant songe à l'article que l'association des pilotes a fait paraître récemment dans sa revue professionnelle, réclamant moins d'eau et plus d'éthylène et de glycol purs, solution plus efficace mais aussi plus coûteuse. « Ah ce sacré prix de revient ! » pense-t-il en reprenant place dans la file des avions en passe de départ.

Ce n'est qu'à 15 h 59 que l'autorisation de décoller est donnée au vol 90 d'Air Floride. A quelques minutes près, il s'est écoulé autant de temps qu'entre le premier dégivrage-sol et le second. Une nouvelle couche de glace a dû de nouveau se déposer sur les ailes, mais faut-il perdre encore une heure ? Est-ce vraiment utile ? Après s'être consultés, le commandant Wheaton et son copilote Petitt prennent la décision de décoller. Ne sont-ils pas maîtres à bord ? D'ailleurs, au simulateur, n'ont-ils pas régulièrement été entraînés à décoller avec une charge maximum, ou bien encore les commandes bloquées. De plus ne possèdent-ils pas un appareil dont les constructeurs affirment qu'il a été testé dans les pires tempêtes de neige en Alaska.

A 19 heures 59 minutes et 20 secondes, le commandant

Wheaton lâche les freins, son copilote pousse à fond les manettes de gaz. Quatorze tonnes de poussée propulsent le Boeing en avant. La vitesse augmente, les lumières des balises défilent de plus en plus vite, le commandant tire sur le manche, mais c'est comme si une main énorme appuyait sur l'appareil. « Vitesse maximum. » Le copilote tire les manettes à fond. Plus que quelques mètres de piste lorsque enfin le Boeing quitte le sol... Aussitôt, le commandant fait rentrer le train pour faciliter la montée. En vain, l'appareil est trop lourd. Alors qu'il devrait se trouver déjà à 200 mètres du sol, il est à 40 mètres, 50 mètres. Il arrive au-dessus du fleuve Potomac, lorsqu'il perd tout à coup de l'altitude. Les commandes ne répondent plus. Le premier pont du chemin de fer défile sous ses ailes à quelques mètres seulement. Voici le second pont surchargé de voitures. L'appareil pique de plus en plus, et c'est l'impact. Un bruit d'apocalypse suivi d'un craquement épouvantable, le Potomac pris par les glaces s'entrouvre pour engloutir l'appareil cassé en trois morceaux. Un silence de mort, et puis des cris, des hurlements, des appels au secours. Des passagers accrochés à des morceaux de carlingue flottent au milieu des blocs de glace. C'est l'horreur indescriptible.

Sur la berge, sur le pont, des hommes, des femmes assistent impuissants à l'agonie de ces gens, paralysés par l'eau glacée, qui disparaissent les uns après les autres. Parmi eux, se trouve un photographe. Il va prendre les documents que le *Paris Match* du 29 janvier 1982 va publier. Lutte pour la vie dans les eaux glacées du Potomac. Sur les 79 personnes qui partaient vers le soleil de Floride, il y aura 5 survivants.

NON, CES DEUX MALHEUREUSES NE VONT PAS MOURIR : UNE COUVERTURE SOLIDEMENT TENUE PAR DES PASSANTS VA LES RECEVOIR EN BAS. MAIS CELLE QUI SAUTE, THÉRÉSA, UNE APPRENTIE DE 15 AN NE L'A FAIT QU'APRÈS AVOIR JET D'ABORD SES CHÈRES LUNETTES !

photo © D.R.

A PROPOS DE LUNETTES

Un jour de printemps à Londres. Sans brouillard. Visibilité parfaite. L'envie prend à un jeune étudiant de faire des travaux pratiques en extérieur. Lorsqu'on a étudié la photographie, on ne perd jamais son temps à parcourir les rues, à observer les personnages, à supputer les lumières et à calculer les contre-jour.

A Londres, ce 23 mai 1957, notre étudiant inconnu, armé de son appareil photo, traque l'événement, même minuscule, quitte à immortaliser le portrait en pied de la marchande de bonbons, invectivant un client chapardeur... Or, non loin de lui, à une centaine de mètres, un événement dramatique se prépare.

Au deuxième étage d'un grand magasin de nouveautés, une vendeuse lève le nez :

— Ça sent la fumée...

Une autre tourne la tête :

— On dirait que ça vient de l'escalier...

Or l'escalier est en grande partie fait de bois et un visiteur anonyme et inconscient vient probablement de laisser tomber un mégot de cigarette, au coin d'une marche sans l'écraser... ce qui est non seulement mal élevé, mais criminel.

La fumée en effet devient noire, épaisse, le feu s'attaque aux tentures et gagne tout l'étage des nouveautés, fanfreluches et petits chapeaux, où se trouvent quatre vendeuses seules. La dernière cliente de la matinée est déjà sur le trottoir, lorsque la fumée et les flammes s'engouffrent au dernier étage. Restent : Peggy Berry 39 ans, chef de rayon ; Mary Enger 25 ans ; Mary King 55 ans, vendeuses, et Thérésa Kelly 15 ans, apprentie. Peggy Berry en sa qualité de chef de rayon et vu son caractère décidé comprend immédiatement que la seule issue se trouve derrière elle. L'immense baie vitrée du deuxième étage qui donne sur la rue. D'ailleurs le feu oblige les quatre femmes à reculer. Les secours ne peuvent atteindre l'escalier qui flambe. Peggy regarde audehors et aperçoit la foule sur le trottoir, la tête en l'air. Une poignée de spectateurs, plus rapides que curieux, ont déniché une immense couverture au rez-de-chaussée du magasin, et la tendent en faisant des signes à Peggy. Un saut de 10 mètres environ... le feu dans le dos, le ciment du trottoir en bas. Peggy n'hésite pas : d'un coup de chaise elle brise la baie vitrée. Il faut faire vite car l'appel d'air attise les flammes.

— Sautez !

Mary Enger, 25 ans, obéit sans hésiter à son chef de rayon, saute, rebondit sur la couverture, rebondit encore et se retrouve sur le pavé, un peu secouée. Mary King, 55 ans, ferme les yeux, et atterrit sans mal dans les bras des sauveteurs. Mais Thérésa Kelly, 15 ans, a peur. Peggy hurle !

— Saute !

— Je ne peux pas...

Peggy hurle encore plus fort :

— Saute ! espèce d'idiote !

C'est que les flammes sont là, les deux femmes sont assises sur le rebord, et il n'y a plus d'autre issue. Et la petite Thérésa a si peur, si peur qu'elle ôte ses lunettes. Bizarre : est-ce pour ne pas voir le vide ? pour éviter le vertige ? Elle les lance 10 mètres plus bas en criant :

— Ramassez-les !

Et Peggy la chef de rayon, dont le dos grille un peu, trépigne de rage :

— Mais saute donc, imbécile !

En bas, quelqu'un semble avoir compris. Un sauveteur ramasse les lunettes et hurle :

— Elles ne sont pas cassées !

Alors, rassurée semble-t-il, Thérésa s'envole, légère avec ses petites chaussures, sa petite jupe plissée et son petit corsage bouffant, pour atterrir comme une bulle légère de 40 kilos dans la couverture des sauveteurs. Et immédiatement derrière elle, les cheveux roussis, les yeux pleurant de fumée, l'héroïque chef de rayon, Peggy Berry, lâche enfin la dernière le rebord de la fenêtre, au moment même où une explosion de flammes allait l'en empêcher.

Tout le monde est sauf.

Les lunettes de Thérésa ont retrouvé son nez. Quand on est myope, on veut sauver ses lunettes quitte à sauter dans le brouillard... ça fait moins peur.

TELS UNE GERBE D'OBUS, LES MORCEAUX DE LA MERCEDES DE LEVEGH, QU'UNE AUTRE VOITURE VIENT DE HEURTER, FAUCHANT LA FOULE DES 24 HEURES DU MANS. LA FIRME ALLEMANDE DÉCIDERA, PAR ÉGARD POUR LES 84 MORTS, DE SE RETIRER DE LA COURSE QUI CONTINUE.

photo © J.J. Rebuffat - O.R.T.F.

LA MORT AUX 24 HEURES DU MANS

Il est très exactement 18 h 26, en ce samedi 11 juin. Sous un ciel maussade, quelque 150 000 spectateurs guettent au bout de la ligne droite des tribunes l'arrivée de la Jaguar verte d'Hawthorn roue dans roue avec la Mercedes grise de Levegh et celle de Fangio.

Dans ces 24 Heures du Mans 1955, c'est la lutte à mort entre Mercedes et Jaguar.

Dix ans après la guerre, les Anglais se retrouvent face à face avec les Allemands, guerre toute pacifique celle-là, mais qui met en jeu des sommes considérables. Pour les deux grandes firmes européennes, le prestige et l'intérêt exigent la victoire.

Jaguar a triomphé au Mans en 1951 puis a confirmé sa supériorité en 1954. Cette même année, Mercedes fait une entrée éclatante. Résultats : 600 Mercedes à 2,5 millions de francs 1954 chacune, vendues.

Nous sommes donc au 34e tour. Mercedes et Jaguar se

sont dépassées à tour de rôle déjà plus de 10 fois, Hawthorn qui est en tête pour le moment surgit dans la courbe de la Maison-Blanche. Il va falloir qu'il se ravitaille en essence... A 250 mètres du but, il serre sur sa droite et freine brutalement mais s'apercevant qu'il a dépassé le stand Jaguar de quelques mètres, il décide brusquement de faire encore un tour de piste et accélère à fond.

Comme il reprend la droite de la piste, il oblige Macklin qui pilote une Austin-Healey à donner un coup de frein, ce qui déporte la voiture sur la gauche. C'est le moment précis où arrive la Mercedes de Levegh lancée à 220 à l'heure...

Le choc entre la Mercedes et l'Austin est imperceptible, mais à 220 à l'heure, l'incident le plus minime prend des proportions incontrôlables. Déportée sur sa gauche, la voiture heurte le parapet qui la fait décoller littéralement. Elle vole sur 40 mètres en fauchant sur son passage 14 spectateurs, et explose en retombant. Et c'est l'horreur, le carnage : les pièces du moteur, les roues, le radiateur, l'arbre de transmission, devenus des boulets de canon propulsés à 200 à l'heure, fauchent tout sur leur passage...

Un énorme cri jaillit de la foule. En quelques secondes, l'explosion de la Mercedes vient de faire 82 morts !

Quelques instants plus tard dans le bureau des organisateurs, le préfet de la Sarthe fait irruption en compagnie d'un procureur de la République qui se trouvait là en tant que spectateur.

— Il faut arrêter la course !

— Conformons-nous au règlement si vous le voulez bien, il est là pour ça, répond M. Faroux le directeur de la course. Il est formel : un seul cas peut faire arrêter les 24 Heures du Mans, le cas où la piste cesserait d'être libre.

Et le directeur donne à ses deux assistants deux drapeaux : un jaune — Ralentissez — un bleu — Tenez votre droite.

Sur la gauche de la piste, la Mercedes de Levegh achève de brûler.

Le destin passe, les 24 Heures continuent.

En Allemagne, les dirigeants de la firme Daimler-Benz sont mis au courant quelques heures plus tard. Vers minuit alors que les derniers flonflons de la kermesse s'éteignent dans la fraîcheur de la nuit, un coup de fil arrive au stand Mercedes.

— Il ne faut pas qu'on dise que nous n'avons eu aucun égard pour le deuil des Français : arrêtez la course.

A 2 heures du matin, les trois remorques qui transportent les voitures de course reprennent la route d'Allemagne. Jamais plus une Mercedes ne partira sur un circuit de course.

A la même heure, le téléphone sonne dans un cottage près de Londres.

— Pardonnez-moi de vous réveiller Sir, mais Mercedes vient d'abandonner.

Bill Lyons, le directeur de Jaguar, est catégorique :

— Abandonner, c'est laisser supposer que Jaguar est responsable, ce qui n'est pas le cas, n'est-ce pas ? Les intérêts exigent que nous « maintenions ».

Cinq jours avant le départ des 24 Heures, sur la route du Mans, une Jaguar Mark VII verte roulant à vive allure se trouvait dans un virage face à un camion américain. Les deux conducteurs eurent un réflexe inverse : l'Américain serra sur sa droite, l'Anglais sur sa gauche. Le choc fut terrible. Le jeune homme de 20 ans qui conduisait la Jaguar fut tué sur le coup.

C'était le fils de Bill Lyons, le directeur de Jaguar. En 1955, Jaguar ne fit pas de publicité.

CHRISTIAN, ÉJECTÉ LORS D'UN ACCIDENT DE VOITURE, EST RESTÉ 8 JOURS ET 7 NUITS, PARALYSÉ, ÉTENDU SUR LE DOS, DANS LES FOUGÈRES. SON COPAIN, EN FAUTE, AVAIT "OUBLIÉ" DE PARLER DE LUI. LES GENDARMES L'ONT RETROUVÉ TRÈS AFFAIBLI MAIS TOUJOURS LUCIDE.

photo © Georges Melet

LE MIRACULÉ DE LA ROUTE

L'automobile : la meilleure invention et la pire... Créée hier par l'homme pour le libérer, aujourd'hui elle l'a tellement envahi que c'est le problème N° 1 de nos cités. L'histoire que je vais vous raconter est sans doute la plus significative et la plus terrible que l'on puisse verser au dossier des accidents de la route.

Nous sommes le 29 juillet 1966...

La France entière est au volant, et, sur la route qui longe la baie de Saint-Brieuc, dans le virage de la Colombière, une voiture va trop vite.

Erreur d'appréciation ? Inattention ? Dérapage, coup de frein brutal, vol plané, tonneaux et atterrissage sur le toit à 20 mètres de là dans les fourrés.

Comme cela se passe en plein jour, des gens se précipitent. De la voiture, sort le conducteur un peu sonné, il a 17 ans.

— Ça va ?

— Oui oui ça va !
— Vous n'avez rien ?
— Non, non !
— Vous étiez seul ?
— Oui oui c'est pas la peine d'appeler les gendarmes !

Et l'accidenté s'en va pour chercher un garagiste.

Les gendarmes arrivent quand même. Ils fouillent les alentours pour voir s'il n'y a pas quelque chose de tombé, ou même quelqu'un.

— Mais il était seul, il me l'a dit, précise un témoin du camping voisin.

Possible, mais on ne sait jamais, avec des fous pareils...

En ces 29 juillet, 30 juillet et 1er août, cet endroit grouille de monde. Les campeurs d'un côté, les automobilistes de l'autre, les curieux qui viennent regarder l'épave, les gendarmes qui sont venus et qui vont revenir, tous passent à côté de cet endroit où le corps d'un jeune homme est étendu dans les fougères.

Oui, contrairement à ce qu'a déclaré le conducteur, il y avait à côté de lui un copain, Christian, qui a été éjecté de la voiture au cours des tonneaux.

Pourquoi Yvon n'a-t-il pas parlé de Christian ? Le choc, la peur aussi, allez savoir. L'amnésie est due aux deux, sûrement. Toujours est-il qu'Yvon ne parle pas de son copain qu'il doit croire mort.

Seulement voilà, Christian n'est pas mort du tout. Il est paralysé et ne peut plus crier, mais il vit. Non seulement il vit, mais il est conscient de tout ce qui se passe autour de lui. Mais comme il peut à peine bouger les bras, il ne peut pas signaler sa présence. Et ce jeune homme de 17 ans va rester 8 JOURS là, étendu sur le dos, avant que quelqu'un vienne le secourir.

Pendant 8 jours et 7 nuits, il va entendre les cris des enfants sur la plage, les automobilistes s'arrêter pour satisfaire leurs besoins, les gens s'appeler : toute une vie active et bruyante se dérouler à quelques mètres de lui, s'assoupir le soir pour renaître au petit matin, et lui, immobile, sur le dos, face aux étoiles, ne pouvant ni appeler ni se relever. 8 jours ! et surtout 7 nuits. Nuits horribles, avec la rosée qui lui glace ce qui lui reste de vie, des chiens qui viennent le renifler et qui repartent, des petits rongeurs qui l'attaquent et qu'il chasse en leur jetant de petits cailloux.

A Guingamp, ses parents font le siège de la gendarmerie : « Où est Christian ? » Questionné, Yvon répond toujours qu'il ne l'a pas vu.

Enfin, 8 jours après l'accident, il dit que la mémoire vient de lui revenir : « Christian était bien avec moi. » Les gendarmes reviennent pour trouver le cadavre. Pensez donc, une semaine après... Mais le jeune homme n'est pas mort ! Il ouvre les yeux. On l'emporte... Christian survivra.

C'est vraiment le miraculé de la route, ou l'homme qui ne voulait pas mourir.

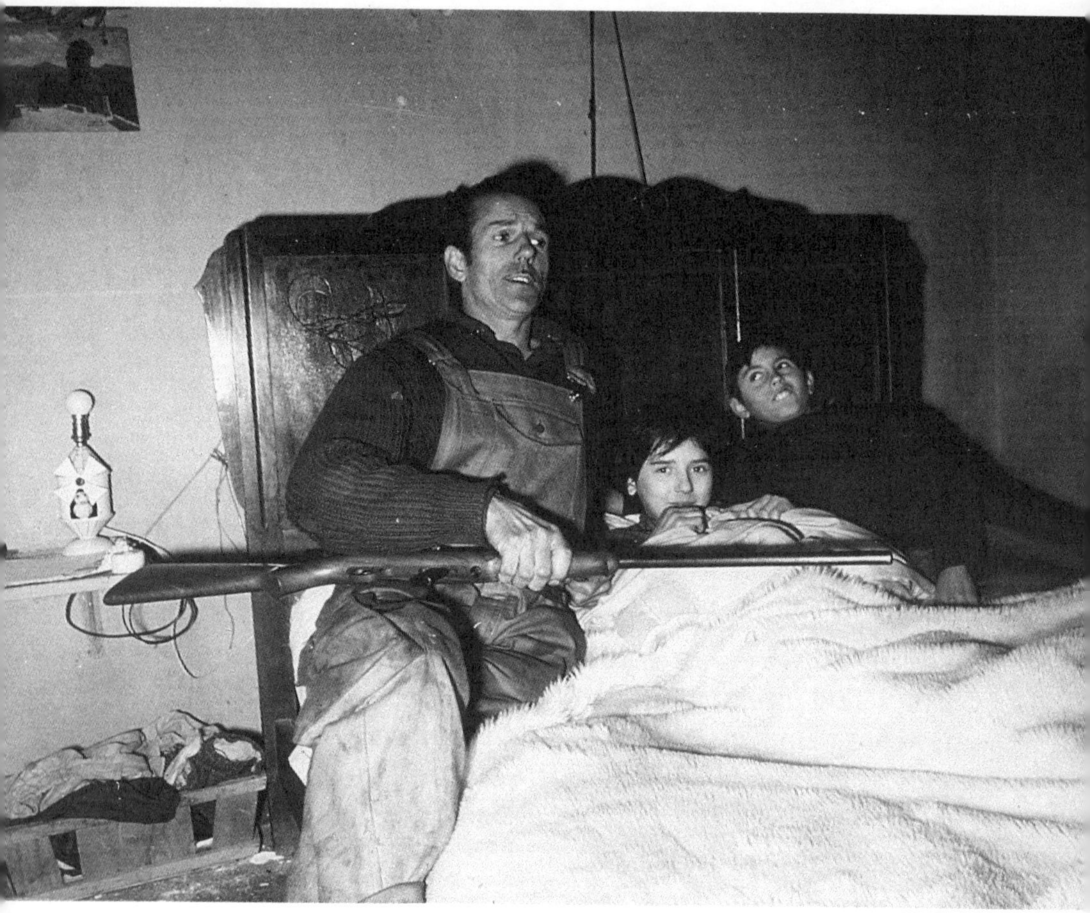

CES TROIS PERSONNES VONT MOURIR. FOURQUET S'EST RETRANCHÉ DANS SA FERME AVEC SES DEUX ENFANTS. IL NE LES ÉCHANGERA QUE CONTRE SA FEMME DONT IL EST DIVORCÉ. LES GENDARMES DONNENT L'ASSAUT AVEC DES BLINDÉS. LE PÈRE ABAT SES DEUX ENFANTS ET SE SUICIDE.

photo © Reporters Associés

LE MASSACRE DE FORT SAYET

— Fourquet rends-toi...

— Jamais !

— Ce soir, demain, dans 10 jours nous viendrons et force restera à la loi. As-tu compris Fourquet ?

Un temps. En ce soir glacial du dimanche 16 février 1969, la voix d'un enfant de 11 ans s'élève dans le silence :

— Nous « mourirons » ici... nous ne nous rendrons pas.

Cette phrase digne d'un héros de la *Guerre des boutons* s'adresse à l'ennemi qui assiège la ferme de Sayet depuis 13 jours. Elle résume si bien la situation, que la voix de Fourquet s'élève à son tour :

— Voilà la réponse !

De la voiture blindée qui s'était avancée sur le chemin la voix nasillarde du haut-parleur conclut :

— Alors adieu Fourquet !

C'est le dernier échange entre les forces de l'ordre et celui que, par commodité, on qualifie depuis deux semaines de

« forcené ». Hors de sens. Et pourtant, à le voir, à l'entendre, Fourquet semble jouir de toutes ses facultés. La preuve c'est que deux de ses enfants ont choisi de rester à ses côtés, et c'est d'ailleurs là tout le drame.

Il y a Francis, le vaillant petit soldat qui vient de crier cette phrase digne d'un Joseph Bara, et il y a Aline, 13 ans. Aux journalistes qui ont réussi à convaincre Fourquet de les laisser rentrer dans la ferme, le « forcené » et ses enfants ont montré un visage serein, souriant même. C'est que pour Fourquet, la situation semble toute simple : ou on fait venir la mère des enfants et il la tue, ou il tue ses enfants. C'est clair, net et précis. Au début, les gendarmes n'ont pas pris cela très au sérieux. Il y a un monde entre les menaces et les actes, c'est bien connu et puis, après les premiers jours d'échanges prudents entre les autorités et Fourquet, celui-ci a commencé à tirer sur « tout ce qui bouge » et le malheur a voulu qu'un gendarme soit tué.

Évidemment, ce drame a tout changé. Depuis le mardi 11, c'est-à-dire depuis 5 jours, deux automitrailleuses sont venues renforcer les gendarmes qui encerclent la ferme sur laquelle flotte le drapeau tricolore et le drapeau noir symbole de la révolte contre la société.

L'histoire de Fourquet est celle pourtant de milliers de gens. Un mariage malheureux, une femme qui en a assez et se sauve à la ville avec ses trois enfants. Fourquet les reprend et s'enferme avec eux. Les gendarmes viennent, Fourquet les menace et, dans sa fureur destructrice, met le feu à sa grange et à sa voiture. Capturé par les gendarmes alors qu'il va se ravitailler au village, le divorce est prononcé à ses torts tandis qu'il purge sa peine de prison. Libéré, comme il a le droit de voir ses enfants deux fois par mois, le dimanche 2 février Fourquet les emmène chez lui et décide qu'il ne les rendra qu'en échange de leur mère. Et voilà deux semaines que ça dure et voilà 5 jours que les journalistes et la France entière sont en haleine : que va faire Fourquet ? Comment cela va-t-il finir ?

— Nous mourirons ici.

Cette phrase d'un enfant de 11 ans aurait dû sans doute laisser présager le pire en cas d'attaque de la ferme. On aurait dû penser qu'il était entré dans le jeu du héros de western qui meurt courageusement, sous les flèches des Indiens. Toute cette publicité faite à la radio autour du père aurait dû permettre de croire qu'il ne pouvait plus faire marche arrière sous peine de déchoir aux yeux de l'humanité tout entière. On aurait pu attendre encore. Mais quoi ? Et puis, il y avait ce gendarme qui avait été tué. C'est toujours facile de dire : « On aurait dû ! »

Le lundi 17 février à 8 h 03, l'ordre est donné d'attaquer la ferme. A peine les engins blindés s'approchent-ils de la ferme que 3 coups de feu claquent. Des grenades lacrymogènes explosent, des hommes masqués et armés envahissent les lieux. A l'intérieur, trois corps sont étendus sans vie...

Force est restée à la loi... Il n'y a pas de commentaires.

LA "FAMILLE" MALLET PRESQU'AU COMPLET.
SUPPOSÉS DESCENDANTS D'UN CERTAIN JOSEPH
MALLET, QUI AVAIT FAIT FORTUNE EN AMÉRIQUE,
ILS DEVAIENT TOUS DEVENIR MILLIARDAIRES.
HÉLAS, ILS ÉTAIENT VICTIMES D'UNE FAUSSE
PRINCESSE ET D'UN VÉRITABLE ESCROC.

photo © D.R.

L'ONCLE D'AMÉRIQUE

Voici une trentaine d'années, un matin, plusieurs centaines de Français de tout poil trouvent dans leur courrier une lettre, dont la teneur est de nature — comme on dit — à mettre du beurre dans les épinards. Jugez.

Ils apprennent qu'ils sont les héritiers d'une colossale fortune estimée à 260 milliards, fortune qui sommeille aux États-Unis depuis 117 ans. Et ce n'est pas un canular. La lettre émane d'une certaine princesse Ayoubi, issue de la fameuse lignée des Ayoubi d'Irak, et présidente d'une œuvre toute dévouée à la cause de l'enfance malheureuse. Outre ses activités humanitaires, la princesse a été conduite à rechercher les héritiers présumés d'un certain Joseph Mallet, Français d'origine, l'homme qui a amassé, outre-Atlantique, les 260 milliards en question... Et c'est à tous les Mallet de France et de Navarre que la bonne nouvelle est annoncée.

Deux cents d'entre eux, enthousiastes, répondent « présent » au « congrès » organisé par celle qui leur propose de se constituer en association afin de récupérer le magot. Certes, ils sont un peu surpris de découvrir, non une belle et mystérieuse princesse orientale, mais une blonde assez plantureuse, native de Jarnac en Charente. Elle s'explique. Oui, elle est française, mais également veuve d'un roi du pétrole, feu le prince Ayoubi. Et les derniers doutes s'estompent, lorsque, subjugués, les Mallet l'entendent raconter l'extraordinaire histoire de leur ancêtre Joseph...

Émigré très jeune aux États-Unis, le bougre s'établit en Louisiane, sauve la vie d'une riche créole, l'épouse et, quand il meurt sans enfant, ses terres représentent la superficie de 6 départements français qu'il lègue à l'un de ses frères, resté en pays limousin. Or, sceptique, ce dernier n'a pas cru à sa bonne fortune, n'a rien réclamé. Voilà pourquoi, aujourd'hui, — les intérêts aidant — c'est un fabuleux pactole qui est à la disposition des héritiers.

L'assistance fait une ovation à la princesse. A l'unanimité, elle est désignée présidente de l'association. Chaque membre s'engage à verser une cotisation annuelle de 100 F et d'apporter son obole à l'enfance malheureuse... moyennant quoi la princesse va se mettre à l'œuvre afin que le capital soit restitué aux légitimes héritiers.

Bien qu'un Einstein ne sommeille pas en tout Français, les quelque 200 Mallet présents ont cependant calculé qu'ils se trouvent actuellement à la tête d'un bon petit milliard chacun. Aussi, sont-ils un peu affectés lorsque la princesse affirme que le fabuleux héritage doit profiter à tous les Mallet du monde... y compris les collatéraux. Et qu'en conséquence, il faut en retrouver le plus possible. La motion est acceptée : voter contre serait évidemment faire preuve d'une cupidité de mauvais aloi. Et des Mallet, et des collatéraux, on en récupère à la pelle.

D'année en année, l'association s'étoffe. De 200 adhérents, elle passe bientôt à 2 000, puis 6 000. En 1965, 15 000 Mallet sont recensés et leur congrès annuel devient international. Il en vient d'Angleterre, de Belgique, d'Asie, d'Afrique... Oui, mais l'héritage me direz-vous ? Que voulez-vous, la procédure est longue, les juristes américains coriaces. Ils renâclent à lâcher les 260 milliards, ils demandent toujours plus de preuves. La princesse se démène pourtant comme un beau diable.

Après plusieurs années de laborieuses négociations, elle en appelle maintenant à nos pouvoirs publics. Notre ministre des Affaires étrangères est invité à fournir son appui. C'est long, mais l'espoir fait vivre, surtout quand il a la couleur du billet vert américain.

Hélas, ne voilà-t-il pas qu'un modeste petit archiviste de la Haute-Vienne va tout gâcher.

Las d'être harcelé sans cesse par de nouveaux Mallet, impatients de prouver leur filiation, il se mue en généalogiste et acquiert bientôt la certitude que le fameux Joseph Mallet n'a jamais mis les pieds hors de France. Qu'en 1789, quand les Parisiens prenaient la Bastille, il était cantonnier et qu'il est mort en 1815, année de Waterloo, près d'Agen... Ce qui explique pourquoi on n'a jamais retrouvé trace de son acte de décès dans son village natal et ce qui a permis à la légende de s'accréditer.

Indignation bien sûr de la princesse, mais quand le même empêcheur de tourner en rond prouve également qu'elle n'a rien à voir, ni de près ni de loin, avec la dynastie Ayoubi et qu'elle n'est que l'ex-épouse d'un certain Ahmed Youbi, sans profession définie, il ne fait plus de doute que l'héritage Mallet n'est qu'un mythe.

Adieu veau, vache, etc. La fabuleuse fortune du « Tonton d'Amérique » n'était qu'un leurre. Autant en emporte le vent.

CETTE MAIN A BOULEVERSÉ LE MONDE : C'EST CELLE D'ÉRIC, UN PARA DE 20 ANS DU 1er R.C.P. DE PAU, PRIS SOUS LES DÉCOMBRES DE L'IMMEUBLE « DRAKKAR » A BEYROUTH PULVÉRISÉ PAR UNE BOMBE TERRORISTE. SON COPAIN RESTERA AUPRÈS DE LUI, TANDIS QU'ON DÉGAGE LES BLOCS DE GRAVATS.

photo © Sipa

LA MAIN DE L'ESPOIR (BEYROUTH)

Novembre 1983. La sonnerie du clairon vient de retentir dans la cour du *Drakkar*. C'est ainsi que l'on nomme le vaste immeuble de neuf étages qui sert de caserne aux parachutistes français cantonnés à Beyrouth. Le réveil vient d'être sonné, et dans les chambrées, les jeunes volontaires du 1er Régiment parachutiste de Pau s'apprêtent à passer leur cinquième dimanche dans la capitale libanaise. Ils ne sont pas venus là pour faire la guerre mais pour préserver la paix. Armée dissuasive créée pour empêcher que la lutte fratricide ne dégénère en conflit mondial. Beyrouth, poudrière de la planète qu'une étincelle suffirait pour faire exploser.

Tandis que sur neuf étages les soldats sortent de leur torpeur, en bas, dans la rue, un homme s'apprête à mourir en entraînant dans son fanatisme un maximum de ces Français qui sont, on le lui a dit et répété, les ennemis jurés de son peuple. Au volant d'une camionnette bourrée d'explosifs, il répète une ultime fois en pensée le chemin qu'il devra parcourir avant de déclencher l'explosion. Tout a été minutieusement prévu, calculé, préparé sur un plan : s'approcher au maximum du poste de garde qui défend l'accès de l'immeuble à petite vitesse, comme le font souvent les camionnettes de livraison munies d'un laissez-passer ; feindre de ralentir pour laisser venir les sentinelles, et là, foncer plein gaz jusqu'au gros pilier de béton juste en face, l'un de ceux qui supportent le bâtiment, et enfin appuyer sur le contact !

Au neuvième étage de l'immeuble, le parachutiste Éric vient lui aussi de se lever. Tout en enfilant son pantalon, il s'est approché de la grande baie vitrée qui donne sur la mer. Une brume bleuâtre décore le paysage d'un voile de mousseline. Une brise légère souffle de la mer. Comme il devait faire bon vivre ici... avant. Ce devait être une sorte de paradis terrestre. Éric pense que, décidément, l'homme est un enfant capricieux. Vivre là, posséder de telles richesses et tout gâcher avec ce conflit stupide auquel d'ailleurs lui et la majorité de ses copains ne comprennent rien.

Éric a tout juste 20 ans, et les hasards de la vie font que le voici en ce matin du dimanche 4 novembre 1983 à Beyrouth au neuvième étage de l'immeuble occupé par le 1er R.c.p. de Pau. Le parachutiste Éric va prendre son nécessaire de toilette pour aller à la douche, lorsqu'une énorme vibration lui donne tout à coup l'impression qu'il flotte dans l'air et puis plus rien, le noir absolu.

Dans un craquement d'épouvante, les neuf étages de l'immeuble s'effondrent les uns sur les autres, devenant en quelques secondes un amas de béton et de ferrailles d'à peine 3 mètres, duquel on retirera 58 cadavres.

La première stupeur passée, le champ de ruines devient un vaste chantier sur lequel les sauveteurs organisent les secours. Tâche ardue, rendue difficile par les risques d'éboulements. Çà et là quelques cris fusent des entrailles du chaos.

On s'empresse d'y répondre, de les localiser. C'est ainsi que soudain, alors qu'une pelleteuse s'apprête à retirer un pan de béton, une voix est montée des ruines. Un para présent se précipite en hurlant :

— Arrêtez, c'est mon copain !

Alors, dans le silence qui suit ce cri, une main sort des décombres, une main suppliante qui se tend vers l'espoir.

— Bouge pas, j'arrive !

En quelques enjambées prudentes, le para est arrivé près de la brèche et saisit cette main qu'il tire à lui. Un hurlement lui répond. Si la main est libre les jambes sont coincées par le béton et tout mouvement reste impossible sous peine de souffrances insupportables.

— T'inquiètes pas, on va te tirer de là !

Et, tandis que les spécialistes vont découper le béton pour élargir l'orifice, les mains de ces hommes unies par l'amitié vont rester soudées l'une à l'autre, sorte de transfusion fraternelle qui, mieux que tout, donne le courage de supporter la douleur et l'espoir de revenir à la vie.

Après une heure d'efforts, le para Éric sera enfin retiré des décombres. Il fera partie des quelques rescapés du *Drakkar* de Beyrouth. 58 de ses camarades n'auront pas eu cette chance... On appelle ça aussi le destin !

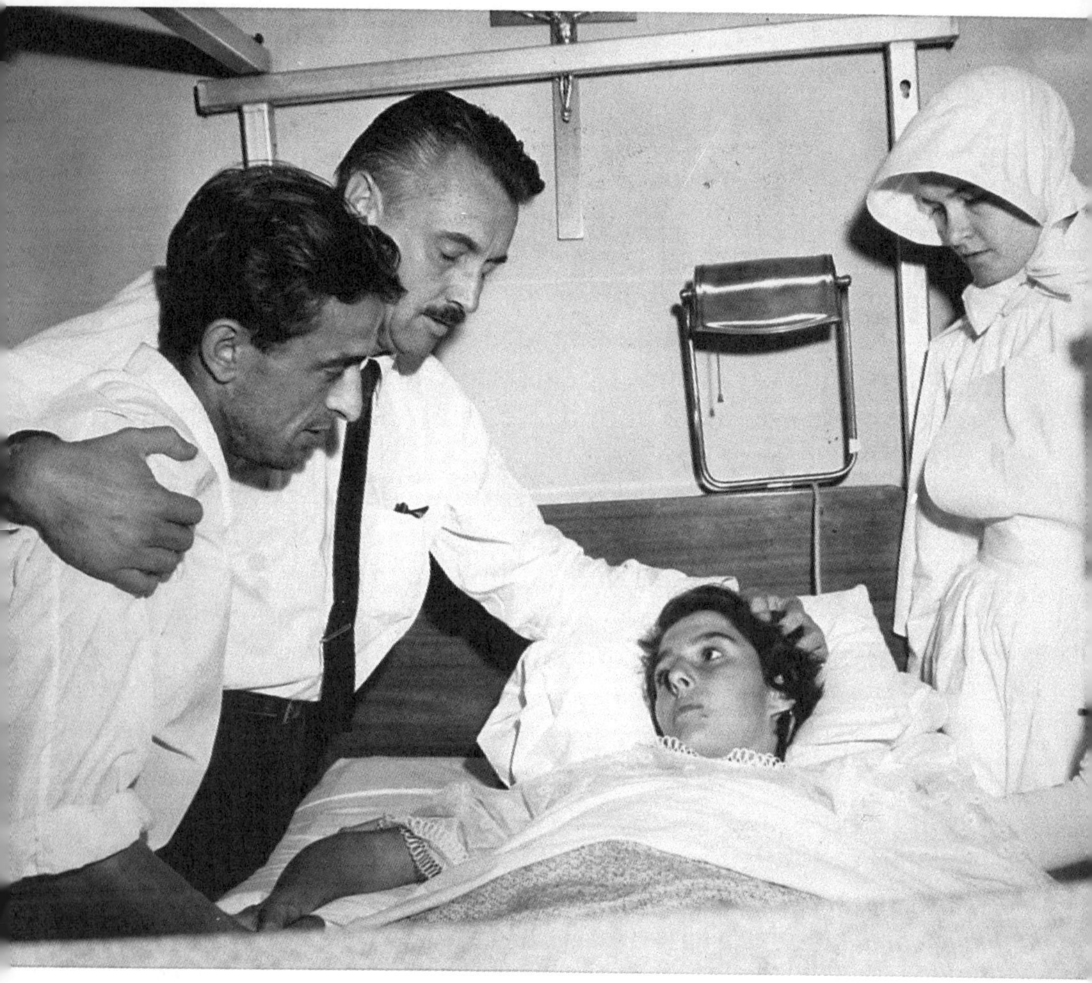

LINDA, 13 ANS, NE SAIT PAS À QUOI ELLE A ÉCHAPPÉ : LE PAQUEBOT "ANDREA-DORIA" À BORD DUQUEL ELLE SE TROUVAIT A ÉTÉ ÉPERONNÉ PAR LE "STOCKHOLM". CELUI-CI, SE RETIRANT A EMPORTÉ AVEC D'AUTRES FERRAILLES LA COUCHETTE OÙ L'ENFANT DORMAIT.

photo © A.P.

LA PETITE FILLE QUI DORMAIT

A bord d'un grand paquebot noir et blanc qui avance dans la brume, une petite fille dort. 25 juillet, au large de la côte nord-est des États-Unis, non loin du Canada.

Le paquebot est l'un des plus grands et des plus beaux de son temps. C'est le plus moderne en tout cas des navires italiens. Insubmersible, il ne peut pas brûler. Les magazines spécialisés ont largement parlé de cette merveille des mers, véritable palace 4 étoiles : l'*Andréa-Doria*.

La petite fille dort, elle s'appelle Linda Morgan. Le grand paquebot file dans la brume à 20 nœuds : 36 kilomètres/heure pour une masse de 30 000 tonnes, c'est une bonne vitesse ! Mais le bateau dispose d'un radar ultraperfectionné et se joue du brouillard. Sur ce radar d'ailleurs, un autre paquebot se signale, en sens inverse : le *Stockholm*. Il n'avance qu'à 18 nœuds, environ 33 kilomètres/heure, et doit normalement croiser l'*Andréa-Doria*, sur la gauche. Le radar ne signale aucun danger. La distance de croisement apparaît largement suffisante : 2 degrés...

Et la petite fille dort toujours, sur l'*Andréa-Doria*, dans la cabine 54, comme la plupart des 1 134 passagers.

Il est 23 h 12. Et quelque chose ne va pas...

Les deux navires, le *Stockholm* et l'*Andréa-Doria* devraient se croiser en sens inverse, or le commandant du *Stockholm* s'aperçoit que l'*Andréa-Doria* ne va pas le croiser normalement sur sa droite, et le commandant de l'*Andréa-Doria* voit également sur son radar que le *Stockholm* ne va pas le croiser sur sa gauche...

A quel jeu de fous ont donc joué les deux radars ? ou l'un d'eux ? Mystère !

Les deux énormes navires arrivent l'un sur l'autre, face à face, proue à proue, ils vont se heurter de plein fouet, avec en tout 2 375 personnes à leurs bords, à la vitesse additionnée de 38 nœuds, c'est-à-dire 70 kilomètres/heure, en pleine mer.

Dans sa cabine, la petite fille dort toujours sur la couchette supérieure, à l'avant tribord droit de l'*Andréa-Doria*. Dans deux minutes, les paquebots vont provoquer l'une des plus grandes catastrophes maritimes de l'après-guerre.

Le paquebot suédois est doté d'une étrave renforcée, destinée à rompre la banquise. C'est un véritable éperon, qui s'approche de l'*Andréa-Doria* et s'enfonce avec une force énorme à l'avant, traverse une première cabine, fracasse deux cloisons étanches et pénètre jusqu'à la cabine 54, où la petite fille dort toujours...

Les 30 000 tonnes de l'*Andréa-Doria* sont soulevées par le choc, et l'avant retombe ensuite brutalement dans la mer. A ce même moment, le commandant du *Stockholm* a tenté une « marche en arrière toute » désespérée ! Trop tard pour éviter le choc bien entendu, mais il arrive à arracher l'étrave de son navire, enfoncée comme un pieu dans la proue de l'*Andréa-Doria*.

Le *Stockholm* recule lentement après le choc, ramenant des ferrailles tordues, des morceaux de cabines éventrées, et sur l'une de ces ferrailles, la petite fille qui dormait et dort toujours, assommée par le choc, transportée dans sa couchette d'un navire à l'autre, mais indemne !

C'est un marin italien qui va la décrocher de son lit de tôle et de poutrelles tordues, suspendu au-dessus de l'océan.

Collision inexplicable, sauvetage extraordinaire, à 160 milles de New York.

L'*Ile-de-France* a le premier capté le S.o.s. à l'aube ; il emporte 753 rescapés. La mer est noire de mazout. L'*Andréa-Doria* sombre sur le flanc dans un bouillonnement d'écume. Il n'y a bientôt plus qu'un cercle blanc au-dessus des 70 mètres de fond, où repose son épave.

Linda, 13 ans, miraculée de ce gigantesque affrontement, écoute l'effroyable histoire que lui raconte son père : « 40 morts, 1 700 rescapés... et tu dormais ! »

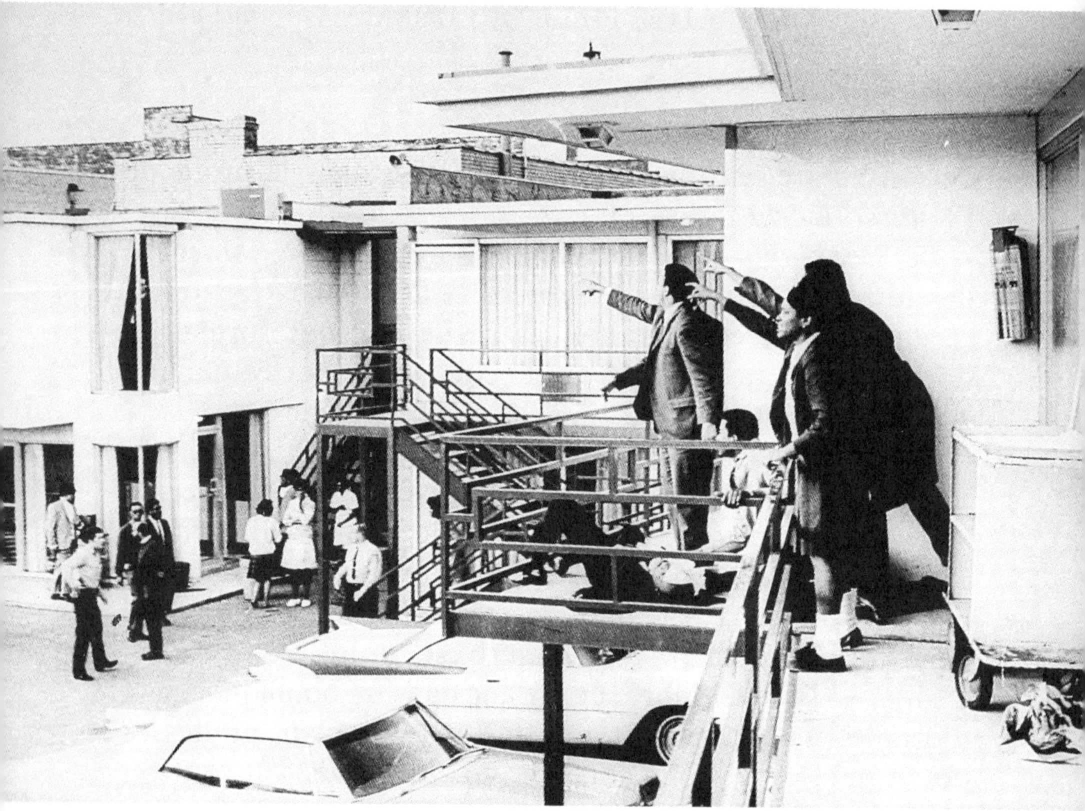

LA LONGUE MARCHE POUR LES DROITS DES NOIRS DE MARTIN LUTHER KING VIENT DE S'ACHEVER : LE PASTEUR EST TOMBÉ, FRAPPÉ PAR LES BALLES SUR LE BALCON DE L'HÔTEL DE MEMPHIS D'OÙ IL PARLAIT. BRAS TENDU, SES AMIS DÉSIGNENT LE TUEUR QUI S'ENFUIT.

photo © Time Life

LA MORT D'UN PASTEUR

Atlanta, Georgie. Une ville célèbre dans l'histoire américaine.

Au temps de la terrible guerre de Sécession, Atlanta, fief des Sudistes, a brûlé. Et l'esclavage a brûlé comme elle... en principe.

15 janvier 1929. Atlanta, Georgie. Un demi-siècle après la grande guerre, la troisième génération d'hommes noirs et libres accueille un nouveau-né : Martin Luther King, fils d'un pasteur baptiste. Selon la religion de son père, il accédera au baptême et à la consécration de la foi, à l'âge adulte.

1955 : Martin Luther King devenu adulte, et pasteur à son tour, a compris bien des choses. L'esclavage n'est plus, certes, mais la ségrégation demeure. Pourquoi un jeune Noir n'aurait-il pas le droit de prendre le même autobus qu'un Blanc, pour se rendre dans la même école, apprendre la même culture de la même Amérique ?

A 25 ans, Martin Luther King entame le combat pour

l'intégration des Noirs. En Alabama notamment, où la discrimination raciale est de règle, le vieux poison sudiste n'est pas mort. Martin Luther King y organise la grève scolaire, la grève des bus, sa campagne est non violente. Il veut obtenir les droits civiques des Noirs par les moyens démocratiques. Et il doit pour cela lutter contre le pouvoir blanc raciste, non seulement contre des organisations de Noirs qui prônent la violence, mais aussi contre le peuple noir lui-même.

Trop habitués à courber la tête, à changer de trottoir et à vivre en ghetto, les Noirs eux-mêmes ont peur de réclamer leurs simples droits.

Martin Luther King devient leur leader, pacifiste. Il est président d'une association importante dont les principes s'inspirent de Ghandi.

1964 : à force de courir tous les États d'Amérique pour la paix raciale, à force de discours, de conférences, de marches de la paix, le pasteur noir se voit décerner la plus belle récompense en ce monde guerrier : le prix Nobel de la Paix.

1968 : Martin Luther King a 39 ans. Il est marié, il a des enfants, il continue le combat. Le 4 avril il se rend à Memphis (Tennessee) pour un discours important, sur les droits des Noirs et sur la paix. Comme toujours ; il le fera jusqu'à la mort. Il a déjà échappé à un attentat à Harlem en 1958 ; il était l'ami du président Kennedy, c'est un héros... il faut l'abattre.

Sur le balcon de l'hôtel Lorraine à Memphis, il est 18 heures. Le pasteur vient de prononcer sa phrase célèbre :

— J'ai fait un rêve pour l'Amérique...

Non loin de là, deux hommes le surveillent... L'un est photographe, il s'appelle Joseph Louw, il vise le pasteur à l'aide d'un téléobjectif. L'autre est un inconnu, blanc, armé d'un fusil à répétition.

L'assassin s'est installé à la fenêtre d'un hôtel, juste en

face du balcon où se tient l'orateur. Il tire à plusieurs reprises. Le photographe a quelques secondes de surprise, puis il déclenche son appareil.

Martin Luther King vient de s'effondrer, mortellement blessé, et ses gardes du corps désignent le tireur du doigt. Le pasteur est mort, la foule hurle, on se précipite de partout, c'est la panique. Et le tueur blanc disparaît. Retrouvé, il sera condamné à 99 ans de prison.

Après John Kennedy, Martin Luther King est tombé, victime disait-il de ce « vent impétueux de la haine qu'engendrent les terribles tempêtes de la violence ».

Le 11 avril, le président Johnson signe la loi sur les droits des citoyens, que le pasteur avait réclamée pour ses frères noirs.

On meurt pour la paix comme pour la guerre.

LA JOYEUSE PARTIE DE CHASSE À LA GAZELLE EN PLEIN SAHARA A TOURNÉ AU DRAME. LAISSANT LE CAMION EN PANNE, LES SEPT SOLDATS SONT PARTIS À PIED. L'UNITÉ DE SECOURS N'EN RETROUVERA VIVANTS QUE TROIS, ABRITÉS SOUS DES TÔLES QUI LES ONT SAUVÉES.

photo © R. Depardon/Delmas Sipa

L'EAU QUI PEUT TUER

— Je vous rappelle que le règlement...

Le caporal s'arrête net. Parler de règlement à six soldats perdus au milieu du désert sur une piste isolée près d'un camion inutilisable, a quelque chose de si dérisoire que le jeune chef n'achève pas sa phrase.

— Moi les gars si vous n'y allez pas, j'y vais tout seul...

Joignant le geste à la parole, le plus costaud des sept a mis sa veste sur sa tête et s'éloigne en courbant l'échine.

— Il a raison, si on reste on va crever, lance quelqu'un en lui emboîtant le pas.

Alors les uns après les autres, ils partent tous dans la direction du poste qu'ils savent être « quelque part par là ». A combien de kilomètres ? Personne ne serait capable de le dire.

La veille, au petit jour, les sept copains de la base d'Hamaguir ont pris des casse-croûte et sont partis en camion pour chasser la gazelle du désert. Le retour était prévu pour l'heure du déjeuner. Et puis, sur le coup de 9 heures, alors qu'ils allaient faire demi-tour, un trou plus traître que les autres, un craquement sinistre, l'avant du camion qui s'affaisse et se plante dans le sol. Rupture de fusée, le camion est inutilisable.

D'abord, on plaisante, on rit de la situation. Et puis, au fur et à mesure que le soleil monte dans le ciel l'ironie disparaît. Leur départ presque clandestin ne sera pas signalé avant le lendemain matin. Les recherches ne commenceront que vers midi. Et d'ici là...

La journée a été horrible. Abrités sous le camion, dans une chaleur de four incandescent, les sept soldats retrouvent la fraîcheur du soir avec un certain soulagement. Soulagement vite dépassé par le froid de la nuit qui leur fait claquer des dents.

Au petit jour, la situation est plus que critique. Grelottant de froid, sans vivres et sans eau (la veille ils ont bu l'eau du radiateur), la majorité décide de quitter l'abri du camion et de regagner la base à pied. Vainement, le caporal a rappelé que le règlement stipule qu'un soldat doit rester près de son véhicule en panne pour la bonne et simple raison qu'un véhicule est plus facilement repérable qu'un homme dans le désert. Mais allez donc parler raison à des jeunes hommes de 20 ans, encore pleins de vigueur, et dont la seule idée est de regagner le camp. Tous se sont levés...

— Et puis, ça va nous réchauffer !

C'est compter sans le soleil... A 10 heures, après avoir fait 7 kilomètres, la chaleur est telle que trois d'entre eux apercevant un tas de tôle ondulée, ancien poste de repérage, s'écroulent à l'ombre de cet abri improvisé.

— Continuez si vous voulez, nous on reste là...

Sans même leur prêter une quelconque attention, les quatre autres s'éloignent vers ce qu'ils croient être leur salut.

A la tombée du jour, on retrouvera leurs quatre corps desséchés par le soleil, dans le lit d'un oued tari. Ils sont morts.

Et les trois autres ? Eh bien, les trois autres vont être sauvés grâce à ce maigre rempart de tôles entre leurs corps et le soleil. Lorsque la patrouille de secours les rejoint, un soldat se précipite avec une gourde, lorsqu'un cri l'arrête net.

— Non ! il est interdit de leur donner à boire !

Les moribonds, la langue gonflée, les lèvres craquelées, tendent leurs mains suppliantes. L'homme qui a parlé s'approche, inflexible : « Non, ce serait vous tuer. »

La chance a voulu que ce soit un toubib spécialiste de la survie dans le désert qui, le premier, soit arrivé près d'eux. Il fait asperger les corps déshydratés, ne leur versant que quelques gouttes sur la langue. Si les trois moribonds n'avaient pas eu la chance de tomber sur cet homme hautement compétent, ils seraient morts quelques minutes après avoir bu.

Il était utile de le savoir : on ne sait jamais ce qui peut arriver.

IL Y A 20 ANS, LEUR BOMBARDIER ÉTAIT COUPÉ EN DEUX PAR LA D.C.A. ALLEMANDE, LEURS TROIS CAMARADES TUÉS, EUX-MÊMES PORTÉS DISPARUS. UNE PHOTO DE LEUR AVION PARUE DANS "MATCH" A FAIT SE RETROUVER CES QUATRE RESCAPÉS SAUVÉS PAR LEUR PARACHUTE.

photo © René Vital

LE B26 COUPÉ EN 2

En ce 14 février 1945, le B26 *Vosne-Romanée* arrive sur son objectif : le Rhin. Les sept hommes qui constituent son équipage sont sept copains. Ils viennent tous d'horizons différents mais tous sont conscients de l'importance de leur mission. La Bête nazie est acculée de toutes parts et ses derniers soubresauts font mal. Von Rundstedt a lancé une violente offensive en Alsace, et l'armée française a du mal à résister. Pour se maintenir, il faut l'appui de l'aviation et l'escadrille *Bourgogne* basée à Lyon est vivement sollicitée.

A bord du *Vosne-Romanée*, le commandant Rolland-Fauxonnet a appris juste avant le départ qu'il était l'ultime survivant de tous les aviateurs de sa formation. De plus, c'est le mercredi des Cendres et Fandry le mitrailleur de queue qui « n'en rate pas une » a dit en montant dans l'avion : « Le jour rêvé pour se faire des...cendre... » Les copains ont fait semblant de rigoler... pour masquer leur peur.

Il faut dire que les quatre dernières sorties ont été bien

arrosées par la *flack* allemande. Le *Vosne-Romanée* est rentré chaque fois criblé de trous, et là encore, ça cogne de partout. Des petits nuages noirs explosent tout autour d'eux. Il en suffit d'un !

Tous les hommes ont des parachutes. Les quatre hommes de queue, installés aux mitrailleuses (une au-dessus, deux de chaque côté et une dans la queue), le commandant Rolland et son copilote Mercier, seul le bombardier, le sous-lieutenant Val, allongé dans le nez de l'appareil, ne peut pas avoir son parachute. En cas de pépin, il doit s'extirper de son trou pour venir l'endosser dans la cabine.

— Un poil à gauche. Top ! toujours tout droit.

Dans quelques secondes, les quatre bombes de 500 kilos descendront vers leur objectif.

— Bien, comme ça. Attention !

C'est à ce moment précis qu'une secousse formidable secoue l'avion tout entier.

Le commandant Rolland sent « le manche » s'arracher de ses mains.

— Touchés !

Les ordres sont coupés et les commandes ne répondent plus.

— Allez, on saute !

Dans ces cas-là, chacun pour soi et Dieu pour tous... C'est sans doute vrai mais pas pour le commandant Rolland. Accroupi près de la trappe de laquelle Val tente de s'extirper, il l'aide d'une main tandis qu'il se cramponne de l'autre à son siège.

— Vite mon vieux !

Mais allez faire des gestes précis dans un avion qui pique vers le sol en tourbillonnant comme une feuille morte. A 100 mètres au-dessus du *Vosne-Romanée*, le mitrailleur d'un autre B26 prend une photo saisissante de l'avion coupé en deux par l'obus de la *flack*. La queue et le fuselage ont disparu et les ailes et le moteur descendent en vrille vers le sol.

A bord, le commandant Rolland et le copilote Mercier luttent de vitesse pour attacher le parachute sur le bombardier enfin sorti de son trou d'homme. Mais leurs gestes sont imprécis, à chaque tour de l'avion les trois hommes voient grossir la terre. Mercier a bien appuyé sur un bouton qui déclenche en même temps l'ouverture de la trappe d'évacuation et le largage des bombes. Mais les bombes ne se sont pas décrochées, ce qui accélère la chute qui devient vertigineuse : au sol ce sera l'explosion et la mort.

L'homme qui a pris la photo dans le B26 qui se trouvait au-dessus n'a pas vu de parachute.

Au retour à Lyon, il montre sa photo et comme personne n'a vu de parachute s'ouvrir, sur la fiche du B26 on écrit : « Abattu par la *flack*. »

Les sept hommes sont portés disparus officiellement et reçoivent la Légion d'honneur à titre posthume.

Vingt ans plus tard, en 1965, *Paris Match* publie la photo du *Vosne-Romanée* coupé en deux. Quelques jours après une première lettre arrive : « Mais je ne suis pas mort, j'étais à bord de l'avion ! » Puis une seconde lettre : « Moi aussi, j'étais à bord du *Vosne-Romanée*. »

Eh oui, chose incroyable, sur les sept hommes disparus avec le B26, quatre ont réussi à sauter en parachute...

Dans quelles conditions ? (Pour mieux comprendre reportez-vous au dessin explicatif que *Paris Match* a publié dans son numéro du 6 mars 1965.)

Alors que dans l'avant de l'appareil le commandant et son copilote tentent d'aider leur camarade à endosser son parachute, une violente secousse éjecte Mercier par la trappe de sortie et il se retrouve en plein ciel. La poignée du parachute le frappe en plein visage lui rappelant qu'il doit tirer dessus pour l'ouvrir. Une secousse formidable lui arrache un hurlement, une sangle mal attachée.

Et dans la queue de l'appareil... Et bien dans la queue de l'appareil, il y avait Bertrand le mécanicien, Beaulieu le radio, Champromis le navigateur et Fandry le mitrailleur de queue. Au moment de l'explosion qui coupe en deux le B26, un éclat d'obus tue net le mécanicien Bertrand aux commandes de la mitrailleuse supérieure. Les trois autres se rendent tout de suite compte de ce qui vient de se passer. Aussitôt après l'explosion, ils entendent le bruit des moteurs qui s'éloignent, et puis le silence, et puis une décélération. Dans leur tourelle, les trois hommes voient l'horizon qui bascule, puis la queue de l'avion descendre vers le sol, en planant un peu grâce aux ailerons... En quittant leurs sièges, les trois hommes glissent sur le plancher en pente et vont se cogner contre la porte fermée qui sépare l'avant de l'arrière.

— Sauter, il faut sauter ?

Les trois survivants se hissent jusqu'aux sabords d'évacuation d'urgence. La terre se rapproche d'eux à toute vitesse.

Les uns après les autres, ils réussissent à se jeter dans le vide. Ils tirent sur la poignée d'ouverture. Les parachutes s'ouvrent, ils sont sauvés. Recueillis par les Allemands, ils seront envoyés en captivité pendant 3 mois.

La queue de l'appareil tombera dans un jardin en bordure du Rhin.

Quand les soldats allemands voudront sortir le cadavre de Bertrand toujours cramponné à sa mitrailleuse, le doigt du mort resté crispé sur la détente fera partir une rafale qui atteindra un Allemand qui fouillait l'épave. L'Allemand est mort tué par un Français mort !

Vingt ans passent. Et puis, en 1965, *Paris Match* publie

la photo de l'avant du B26 sans queue en disant qu'il n'y avait pas eu de survivants.

Après réception des lettres, *Paris Match* organise la rencontre des quatre aviateurs qui ne s'étaient jamais revus.

Et, dans son numéro du 6 mars 1965, le journal publie le reportage de ces retrouvailles.

Ils n'avaient jamais parlé de leur aventure. Leurs concitoyens apprendront en lisant leur récit que des héros vivaient parmi eux. N'est-ce pas là une des garanties du véritable héroïsme ?

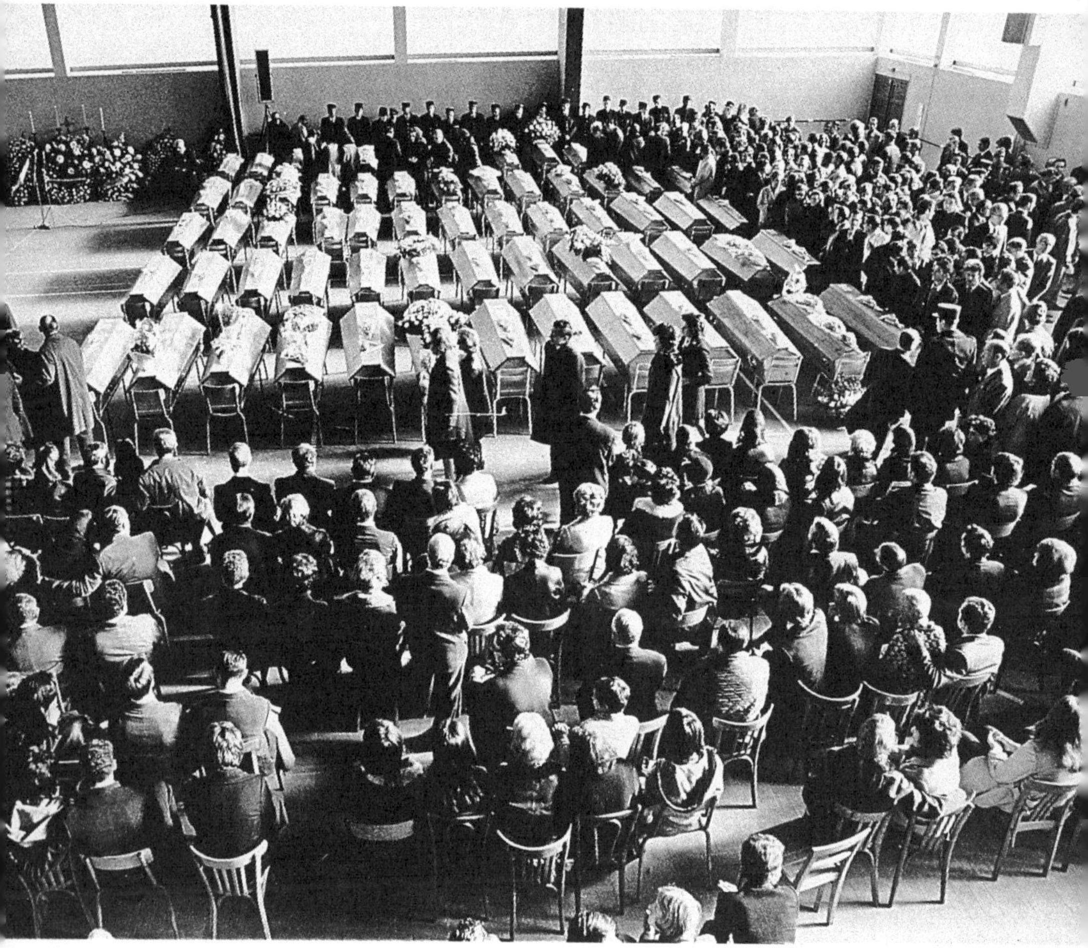

LE DRAME DE CES 146 FAMILLES EST CELUI DE TOUTE LA FRANCE, EN CETTE TOUSSAINT 1970. ELLES PLEURENT LEURS ENFANTS QUI ÉTAIENT ALLER DANSER AU "5-7" ET N'EN SONT JAMAIS RESSORTIS, PIÉTINÉS, ÉTOUFFÉS PAR LA FUMÉE, DÉVORÉS PAR LES FLAMMES.

photo © Gérard Wurtz

LE PROBLÈME DU 5-7

Il est 1 h 45, en cette nuit de Toussaint 1970, et dans la « boîte » l'ambiance bat son plein. Tous les jeunes de la région se pressent sur la piste et gesticulent à qui mieux mieux. Il faut dire que, sur le podium, l'orchestre y met du sien. Le quartette *Storm* se déchaîne. Michel à la basse, Alain à la guitare, Bernard à la trompette et Franck à la batterie sont au mieux de leur forme. Tous ces jeunes qui, à eux quatre, ne totalisent pas cent ans viennent d'enregistrer leur premier disque, et les demandes de galas affluent de partout. Cette gloire naissante n'a pas entamé leur bonne volonté et c'est pourquoi, en cette nuit de Toussaint, ils se déchaînent sur le podium du *5-7* à Saint-Laurent-du-Pont, petit village sur le contrefort du massif de la Chartreuse entre Grenoble et Chambéry.

Le *5-7* est la boîte à la mode, et à 20 km à la ronde, chaque week-end, les jeunes se retrouvent dans cette atmosphère surchauffée pour danser. C'est comme ça que les couples se forment, c'est vrai depuis des lustres, et la tradition est respectée. Tout autant d'ailleurs que la tradition de la resquille qui consiste à tenter d'entrer sans payer.

Comme c'est sur les entrées payantes que le *5-7* compte pour faire ses frais et gagner sa vie, le patron a pris des mesures draconiennes pour évincer les resquilleurs. Il y a un tourniquet à l'entrée, qui filtre les arrivants et les sortants, un par un. Quant aux issues de secours, elles sont fermées au verrou, des verrous classiques et traditionnels, clé à l'extérieur, molette tournante à l'intérieur, un simple coup de pouce et ça s'ouvre. En cas de « problème », les portes s'ouvrent et c'est l'air libre en deux secondes. Le « problème » c'est que précisément en « cas de problème », les gens n'ont pas les mêmes gestes ni les mêmes réactions qu'en temps normal. Le « problème » c'est que si quelques portes s'ouvrent de l'intérieur vers l'extérieur, les autres s'ouvrent dans le sens traditionnel... vers l'intérieur.

Or, si en « temps normal » il suffit d'un geste pour tourner le verrou et libérer la porte, faut-il encore la tirer vers soi et pour ce faire, bénéficier d'un bon mètre de battement. Pour le tourniquet, c'est la même chose. S'il laisse facilement passer une personne qui sort et une qui rentre, faut-il encore que d'autres personnes poussées par-derrière ne viennent pas bloquer la partie qui pivote vers l'intérieur... Bien sûr, il y a la grande porte double qui s'ouvre vers l'extérieur. Mais supposons que ce soit précisément là que le feu prenne — une simple supposition, ça n'arrivera pas bien sûr, mais supposons...

Eh alors ! Il y a les extincteurs et puis, et puis... Si on ne pensait qu'aux « problèmes » qui peuvent arriver, on ne ferait plus rien, c'est bien connu.

Or, en cette nuit de Toussaint là, à 1 h 45, le « problème » va précisément surgir sous la forme d'une flamme qui a brusquement jaillit du côté de la grande porte double. En quelques secondes, les suppositions les plus pessimistes sont devenues réalités. Le plastique ignifugé, qui ne brûlait pas, s'est mis à fondre en grésillant, les décorations ininflammables ont pris feu, les cris, la bousculade, la panique vont faire le reste.

Courageusement, les quatre musiciens vont continuer de jouer pour tenter de rassurer ceux qui étaient venus leur apporter leur soutien, et puis, quand les flammes vont devenir trop grandes et surtout quand la fumée va les suffoquer, ils vont vouloir gagner la sortie comme les autres, tous les autres, agglutinés devant les issues fermées. Alors ils vont tomber les uns après les autres, asphyxiés, puis ils vont brûler comme les autres, tous ces malheureux qui ne s'étaient pas posé le « problème du problème » qui pouvait survenir.

Quelles que soient les responsabilités, quelles qu'aient été les négligences, des ruines fumantes du 5-7, on devait retirer 146 morts... Oui, 146 jeunes ont payé de leur vie « le problème » qui ne devait pas arriver.

ÇA Y EST ! ELLE A BONDI DANS LE VIDE, COLETTE DUVAL, AU-DESSUS DE LA BAIE DE RIO, POUR UN SAUT "EN COMMANDÉ" FANTASTIQUE. SON BUT, C'EST LE RECORD DU MONDE DE CHUTE LIBRE, DÉTENU PAR UN HOMME, ET ELLE VA GAGNER... AVEC 2 117 M D'AVANCE !

photo © D.R.

UNE FILLE FORMIDABLE

Elle est ravissante notre Parisienne... et intrépide. Il vaut mieux, étant donné l'épreuve qui l'attend. Sa profession ? Mannequin.

Mais en ce printemps 1956, ce n'est pas la mode française que Colette Duval s'apprête à promouvoir. Non, avec son treillis moulant verdâtre, un gros casque sur sa crinière et un énorme masque à oxygène fixé sur le nez, elle fait plutôt penser à un scaphandrier. Une précision encore : elle se trouve à bord d'une super-forteresse B17 qui survole la baie de Rio de Janeiro et... elle lit. Oui, histoire de se détendre, elle lit *Le petit prince* de Saint-Exupéry, que Gil Delamare, son compagnon de voyage, son mentor aussi, lui a passé après le décollage. Il est beaucoup plus tendu qu'elle d'ailleurs, plus anxieux surtout le casse-cou numéro 1 français. Et il a raison. Le défi que Colette a relevé est positivement suicidaire...

Il est maintenant 14 h 30. Gil écrit quelque chose sur un petit papier qu'il passe à la jeune femme. « Nous sommes à 37 400 pieds... je t'aime. » Tout en calculant mentalement, elle lui adresse un regard plein d'amour et de confiance. 37 400 pieds ? Ça veut dire qu'on a dépassé les 10 000 mètres. Du peu au jus, « comme on dit ». Du coup, le pouls de Colette s'accélère. Qu'est-ce que ça va être lorsqu'elle devra s'élancer dans le vide pour réaliser le bond le plus prodigieux jamais tenté ?

« Ça passera ?... Ça cassera ?... » Ah si ça passe, à elle le record du monde en chute libre détenu actuellement par un soviétique avec 9 030 mètres sans ouverture de parachute...

Si ça casse, et bien elle sera bonne pour la rubrique nécrologique. Comme c'est arrivé, voici deux jours, à Léo Valentin. Léo, l'homme oiseau, qui s'est écrasé devant 10 000 spectateurs. Gil lui a caché le détail. Hélas une indiscrétion l'a mise au courant avant d'embarquer dans le B17. Dur, dur pour le moral. 14 h 39 : jambes écartées, Colette Duval vient se placer au-dessus de la trappe à bombe, dernier regard à Gil :

« C'est O.K. ? »

Elle lève le pouce : « C'est O.K. ! »

La trappe s'ouvre. Un tourbillon d'air glacé l'enveloppe. A 11 000 mètres, on a droit à du moins 30. Alors, elle joint les jambes. Le vide l'aspire.

Pendant une bonne dizaine de secondes, elle se paye une super panique. Ballotée comme un fétu de paille, il faut absolument qu'elle arrive à se mettre en position du saut de l'ange pour se stabiliser. Dieu, que ça lui a paru long, mais ça y est. A présent, c'est comme si elle nageait dans une mer de plumes. Dessous, Rio commence à grossir. Son « Pain de sucre » semble faire un clin d'œil à Colette pour dire « Je t'attends ». Si tout marche bien, dans moins de trois minutes, elle sera au rendez-vous.

Soudain, une douleur fulgurante lui traverse la tête. L'impression qu'on lui arrache. Elle hurle ! Elle pleure ! des larmes qui gèlent aussitôt.

« Qu'est-ce que c'est ? Qu'est-ce qui m'arrive ? Si c'était un tympan qui... » Une phrase lui revient à l'esprit : l'éclatement du tympan par compression trop rapide provoque la syncope. « La syncope ! » Si elle a une syncope, adieu ! Il faut qu'elle ouvre tout de suite son parachute sinon... Mais elle est encore à 3 000 mètres et, dans ce cas, adieu le record.

Alors pour se soulager, Colette crie ! Pour se prouver qu'elle est encore en vie, Colette hurle comme une démente !

Maintenant le Pain de sucre est là, tout près, à portée de main... Plus que 350 mètres, le repère qu'elle s'est fixé. Mais elle attend encore. Ce n'est qu'à 250, qu'elle tire enfin sur la poignée pour libérer le parachute.

Quelques instants plus tard, une mer agitée l'accueille. Le record est battu ! Colette Duval a descendu 11,147 km en chute libre. Plus tard, quand un journaliste lui demandera : « En arrivant dans l'eau, n'as-tu pas eu peur d'être bouffée par les requins. Ils pullulent dans la baie de Rio ? » Elle a ri : « Je n'avais rien à craindre, ils détestent le surgelé ! »

Un mot encore. 30 ans ont passé. Des victoires impossibles, Colette Duval en a remporté d'autres. Sa dernière date de plus d'un an. Atteinte d'un terrible mal, elle n'a pas capitulé. Elle s'est battue contre le monstre... et elle a gagné.

ICI, L'HOMME PORTE SON CHIEN, MAIS HIER, LE CHIEN A SAUVÉ L'HOMME : LA NUIT OÙ LE BARRAGE DE MALPASSET A CÉDÉ, "LA GOUPILLE", LE VIEUX GARDIEN DE L'AÉRO-CLUB, ALLAIT ÊTRE EMPORTÉ PAR LES EAUX QUAND BOBBY EST VENU LE CHERCHER ET L'A TIRÉ SUR LE TOIT D'UN HANGAR.

photo © René Vital

LE BARRAGE DE MALPASSET

En ce dimanche 29 novembre 1959, un déluge s'est abattu sur le massif des Maures et de l'Estérel transformant tout à coup les ruisseaux en cataractes.

Le lundi, la pluie est déjà moins forte et le mardi, elle a cessé tout à fait. Le mercredi 2 décembre, le soleil est revenu sécher les terres de la vallée rose, mais la montagne déverse encore le surplus d'eau qui s'est abattu sur ses flancs.

Dans la vallée du Reyran, si la population a retrouvé son paysage habituel, au pied des monts, un homme ne cache pas son inquiétude. C'est le gardien du barrage de Malpasset.

Que n'a-t-on pas dit sur ce barrage construit non pas pour en faire une source d'énergie, mais tout simplement une réserve d'eau. Une réserve destinée à fournir de l'eau l'été lorsque la sécheresse s'abat sur les cultures de la vallée. Seulement voilà, depuis 5 ans que le barrage est construit, les pluies n'ont jamais réussi à le remplir ce barrage, et les ingénieurs s'en sont même inquiétés : « La paroi interne d'un barrage n'est pas conçue pour être exposée au soleil de Provence, elle a été faite pour contenir de l'eau. »

Eh bien justement, en ce mercredi 2 décembre, pour la première fois, l'eau est là. Elle est même tellement là, que le gardien alerte ses supérieurs : « La cote 98 est atteinte ! et si ça continue, l'eau va passer par-dessus. »

« Alors ouvrez les vannes ! »

A 18 h 15, lorsque le gardien réussit à ouvrir les vannes — elles n'avaient pratiquement jamais servi — l'eau n'est plus qu'à 28 centimètres du bord. A partir de là, 60 mètres cubes d'eau s'échappent à la seconde dans un grondement libérateur. Tout en regardant sa maison située un peu plus haut que le faîte du barrage, André Ferro, le gardien, songe qu'il faudra faire des rondes toutes les trois heures. C'est la consigne lorsqu'on ouvre les vannes de délestage. A 21 heures donc, le gardien fait une nouvelle ronde et constate que malgré la « lachure » des 60 mètres cubes/seconde, l'eau est toujours aussi près du bord.

Pour tous les pessimistes qui rabachent que le barrage est une feuille de papier à cigarette qui ne tiendrait pas le plein, voilà enfin un démenti officiel pense Ferro en inscrivant « R.a.s. » sur le registre officiel : Rien à signaler !

Il est maintenant 21 h 30 et dans la vallée rose (on l'appelle ainsi parce qu'au printemps, tous les pêchers en fleurs forment un bouquet rose sur des kilomètres), les familles sont devant la télévision et regardent : *La piste aux étoiles*, la célèbre émission de Gilles Margaritis. C'est Zavatta qui pénètre sur la piste et les rires déferlent en cascade sous le grand chapiteau.

Au barrage, un craquement sourd fait vibrer légèrement le sol. Le gardien tend l'oreille. C'est peut-être une simple impression. La prochaine ronde sera pour minuit. A quelques kilomètres de là, dans une barraque attenante au hangar de l'aéroclub de Fréjus, un homme somnole sur un lit de camp. C'est La Goupille, un ancien de l'Aérospatiale. Il doit son surnom au fait qu'il a été le mécano de Guillaumet et de Mermoz. Sans ressources, il a été engagé comme gardien de l'aéroclub. Près de lui, au pied de son lit, son chien Bobby émet depuis quelques instants des plaintes.

— Tu vas te taire oui... qu'est-ce qu'il y a ?

Il y a, qu'il est 21 h 45 et que le barrage de Malpasset vient de céder...

C'est l'horreur.

Dans un fracas d'apocalypse, une vague gigantesque déferle en direction de la mer balayant tout sur son passage.

En quelques minutes, 500 personnes vont trouver la mort, broyées, asphyxiées, noyées dans un torrent de boue, de pierres, d'arbres et de débris de toutes sortes. L'aéroclub est heureusement un peu sur le côté de la coulée principale. Mais la vague éventre les portes du hangar. Dans la cabine, La Goupille sent son lit partir à la dérive. Son chien a sauté près de lui. Le lit bascule au moment où la cabane se démantèle. Le vieil homme s'est mis à nager, mais la peur, la surprise, l'affolement lui font perdre pied, il coule une première fois : « Au secours ! » Lorsqu'il refait surface un clapotis tout près attire son attention, c'est Bobby qui est revenu le chercher. Alors, le vieux mécano s'accroche au collier du chien qui le tire vers le hangar resté miraculeusement intact. A bout de forces, La Goupille se hisse sur le toit, il tire à lui son chien et c'est là, qu'au petit jour, les pompiers les trouveront tous les deux blottis l'un contre l'autre : le vieil homme et son chien.

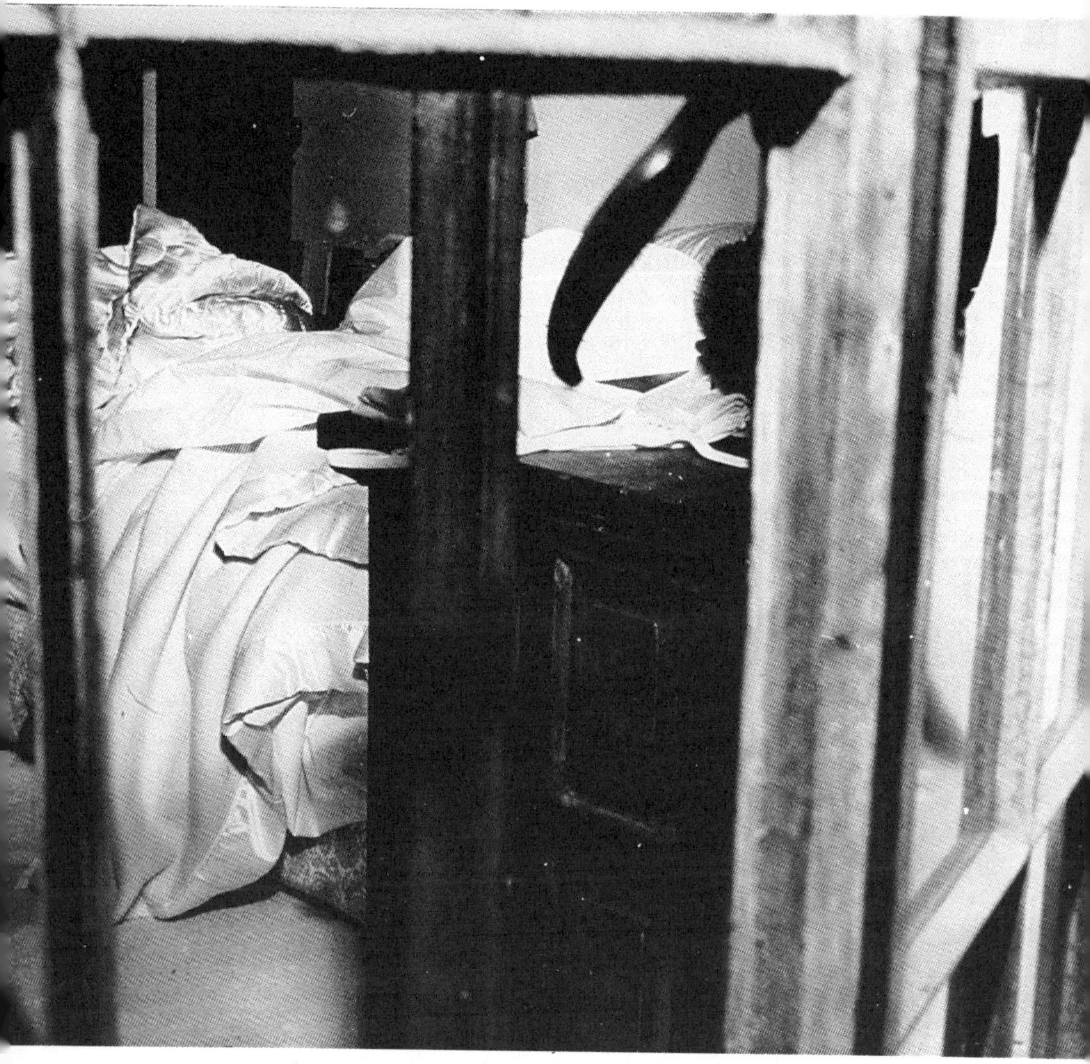

C'EST DANS CE PAUVRE LIT DÉFAIT QUE S'EST
ÉTEINTE, TRAGIQUEMENT, CELLE QUI AVAIT FAIT
RÊVER DES MILLIONS D'HOMMES ET DE FEMMES,
MARYLIN MONROE. FIN PATHÉTIQUE ET MISÉRABLE
POUR LA PLUS GRANDE DES STARS, MAIS AUSSI
MORT DEMEURÉE SUSPECTE.

photo © U.P.I.

LE DERNIER JOUR D'UNE STAR

La plus intense émotion de sa vie, le docteur Noguchi l'a certainement ressentie au matin du dimanche 5 août 1962. Arrivant à l'Institut médico-légal de Los Angeles, ce jeune médecin trouve une note : « Procéder d'urgence à l'autopsie d'une femme blonde de 36 ans, décédée dans la nuit. » Le rapport de police mentionne aussi que près du lit de la victime, on a trouvé un flacon de barbituriques vide. De toute évidence, un suicide on ne peut plus classique. Aussi quand le docteur Noguchi pénètre dans la salle d'autopsie, attache-t-il peu d'importance à la présence d'un officier de police. Mais lorsqu'il retire le drap qui recouvre la victime, il lui faut plusieurs secondes pour bien réaliser que, devant lui, repose le corps de la plus grande star de l'époque : Marilyn Monroe.

Le docteur Noguchi ne sait pas non plus que de son rapport, on attend confirmation du suicide. A moins que ses conclusions ne fassent apparaître une autre hypothèse... Qui sait, celle d'un crime maquillé en suicide ?

Certes, depuis quelque temps l'étoile de Marilyn n'est plus au firmament. Après *The Misfits* (les désaxés) — un film qui curieusement va se révéler comme le chant du cygne des trois principaux interprètes : Clark Gable, Montgomery Clift et elle-même —, elle ne tourne plus. La Fox l'a résiliée. Pourtant, si elle n'occupe plus le haut de l'affiche, sa vie privée continue de défrayer la chronique... Ne parle-t-on pas d'une idylle entre elle et Robert Kennedy, le propre frère du Président ! On dit également qu'elle est devenue terriblement dépressive.

Mais revenons maintenant au 4 août, jour de sa mort. C'est vrai que, depuis quelque temps, Marilyn se cloître dans son appartement de Brenwood. Elle est d'humeur anormalement changeante. Elle passe ses journées enfermée dans sa chambre, à téléphoner. Elle ne dort qu'à grand renfort de somnifères. Son docteur a d'ailleurs exigé la présence à ses côtés d'une infirmière : Miss Murray. Grâce à celle-ci, on connaît heure par heure l'emploi du temps de la vedette le jour fatal. Marilyn s'est levée vers 11 heures, étonnamment gaie. (Ne lui a-t-on pas proposé de créer une super comédie musicale à Broadway.) Midi : dispute avec son agent de presse. Elle lui reproche de lui avoir subtilisé des somnifères. L'après-midi : visite de son docteur. Il reste deux heures avec elle. Il la trouve « désorientée ». 19 h 30 : de sa chambre, elle appelle le fils de son second mari, Joe Di Maggio junior. Miss Murray entend Marilyn rire aux éclats. Or, l'autopsie va l'établir, une demi-heure plus tard, elle est en train de mourir. Indirectement et ultérieurement, ce sera confirmé par l'acteur Peter Lawford, beau-frère de Robert Kennedy.

A 20 heures, le comédien a Marilyn au bout du fil et l'invite à venir faire un poker chez des amis. Refus de l'actrice dont la voix bizarre l'inquiète. D'ailleurs, elle raccroche... Lawford prévient le manager de la vedette qui, à 21 h 30, appelle Marilyn. C'est Miss Murray qui décroche. Tout va bien : « Elle se repose dans sa chambre. » Cependant vers minuit, s'étant réveillée et constatant qu'il y a toujours de la lumière filtrant sous la porte de la chambre, Miss Murray essaie d'ouvrir, en vain... Affolée, elle appelle le docteur. Pour pénétrer dans la pièce, il devra casser une vitre. Là, il trouve Marilyn étendue sur son lit, nue, morte. Accomplissant un ultime geste, son bras est tendu, sa main repose sur le téléphone...

Tout porte donc à croire qu'il s'agit d'un suicide, ce que confirmera le rapport d'autopsie. Un point demeure cependant obscur : la police n'a été alertée du décès qu'à 4 h 30 du matin, soit quatre heures après la découverte du corps. « Ce laps de temps a été utilisé pour maquiller un crime en suicide », clameront ceux qui penchent pour cette thèse. Mais qui pourrait avoir voulu supprimer Marilyn ?

Les plus folles rumeurs ont circulé. On aurait voulu éviter un scandale à Robert Kennedy. On a parlé aussi de la Mafia et même de la C.i.a.

Vingt-six ans ont passé depuis que la fascinante Marilyn n'est plus, sans qu'aucun élément vraiment nouveau n'éclaire le mystère de sa mort. Alors, que repose en paix celle qui avait vaincu tous les obstacles pour se hisser au sommet de la renommée, mais qui pourtant se montra incapable d'assurer son propre bonheur.

BANALE PHOTO D'UN BIVOUAC EN PLEIN DÉSERT ? OUI, MAIS LA MORT EST TAPIE NON LOIN. ILS VONT S'ÉGARER, CES TROIS-LÀ VONT AGONISER LENTEMENT, ET SEULE LA FILLE AÎNÉE, QUI A PRIS LE CLICHÉ, SURVIVRA JUSQU'À L'ARRIVÉE DE LA COLONNE DE SECOURS.

photo © D.R.

LA MORT DANS LE DÉSERT

Au commencement était le désert, de In-Salah à Tamanrasset. C'est une promenade pour touristes aventureux mais organisés : deux jours de voiture, un petit circuit dans le Hoggar, ce n'est pas le bout du monde. Il faut avoir une bonne voiture, des réserves d'eau et d'essence, et connaître la piste. Passer Noël au Sahara, cela fait partie des programmes des agences de voyage et, en 1984, toute une famille choisit ce programme.

Gaston le père, c'est lui qui conduit, connaît le trajet, il l'a déjà fait, il est amoureux du pays. Simone, la mère, et les deux filles Marie-Pierre et Colette ont la même passion.

Le 23 décembre au soir, c'est le départ directement pour Tamanrasset, afin d'y trouver un guide pour la grande balade. Le village d'Arak est à 300 km. C'est le premier point de ravitaillement. La route est sans histoire, c'est la transsaharienne, et lorsqu'on l'a faite une fois on croit la connaître. Seulement, la route est mauvaise et l'équipage familial décide de quitter la piste principale pour une parallèle, sablonneuse mais plus praticable. On y voit encore des traces de roues, elle doit rejoindre la grande route un peu plus loin, juste un petit crochet dans le désert, Arak ne doit pas être loin.

Tout a commencé là. Les traces sur une piste du désert sont trompeuses, sans pluie ni vent, elles peuvent dater de plusieurs mois et en croiser d'autres qui ne mènent nulle part. Au matin, l'équipage est perdu ; pas de panique encore, ils ont de l'eau, des vivres mais plus d'essence, ils se croient dans la bonne direction. Quelqu'un va passer, il suffit d'attendre. L'accroc fait partie de l'aventure et la mort dans le désert ça n'arrive qu'aux autres. Pourtant, la mort s'est déjà installée en un point qu'elle est seule à connaître, quelque part en direction de la frontière du Mali à 40 km d'une piste fréquentée.

25 décembre : Noël de sable et la peur qui commence. Trois jours sans voir âme qui vive. La famille naufragée dessine dans le sable jusqu'à des kilomètres autour de la voiture, des S.o.s. gigantesques. 22° le jour, moins de zéro la nuit. Une semaine se passe.

29 décembre : Colette l'aînée des filles a 26 ans ce jour-là...

1er janvier 1985 : un avion passe dans le ciel de nuit. Le pilote ne voit pas les lampes. Sable partout, chaleur, l'eau va manquer, des corps vont souffrir, la famille redécouvre l'amour. Ni plainte ni discussion, mais l'espoir. Les recherches ont dû commencer. Le cauchemar va sûrement finir.

Trois semaines dans la prison de sable. La parole devient difficile, les souffrances intolérables et la beauté du soleil couchant devient tragique soir après soir. Colette, l'aînée, creuse le sable de ses mains. Elle veut trouver de l'eau. Le père est à l'agonie, la petite sœur aussi. Le point de non-retour est atteint, lorsque la salive manque, que les corps ont perdu la moitié de leur poids en eau et que les hallucinations commencent.

Quelqu'un a tiré une nuit dans le désert. Un chasseur ? Il s'est enfui au premier coup de klaxon désespéré. Le Paris-Dakar n'est pas passé loin.

Le 13 janvier, il n'y a plus qu'une survivante. Les recherches entreprises par le frère aîné ont enfin abouti. Il arrache Colette à la mort. Elle rapporte dans ses bagages une photo. Elle racontera plus tard après un long coma ce que fut la lente agonie de sa famille et l'amour qui les fit résister 21 jours entre espoir et cauchemar dans le sable nu autour de ce bivouac.

A l'instant de cette photo de famille prise par Colette, la mort attend. Elle n'a laissé échapper que le photographe...

TIRÉE DE LA BANDE VIDÉO D'UNE CAMÉRA DE SURVEILLANCE D'UNE BANQUE, CETTE PHOTO AVAIT STUPÉFIÉ L'AMÉRIQUE : PATRICIA HEARST EN PERSONNE, LA FILLE DU MILLIARDAIRE, "BRAQUANT" LE CAISSIER. DEPUIS, LA JEUNE DÉVOYÉE A RETROUVÉ LE DROIT CHEMIN.

photo © U.P.I.

LA FILLE DU MILLIARDAIRE

Le 15 avril 1974, cinq jeunes personnes pénètrent dans L'Hibernia Bank de San Francisco. A peine entrés, quatre d'entre eux sortent une mitraillette qu'ils tenaient dissimulée sous leur manteau, et braquent les personnes présentes.

— Ceci est un hold-up !... Le premier qui ne s'allonge pas par terre reçoit une balle dans la tête !

Scénario classique, réactions conditionnées. Tandis que l'un des assaillants rafle les piles de billets de banque entassés sur les comptoirs, l'une des filles qui braque sa mitraillette sur le public crie d'une voix forte :

— Je suis Patricia Hearst...

Sur le moment, personne n'attache d'importance à cette révélation. Ce n'est qu'en visionnant la bande vidéo enregistrée par les caméras de sécurité, que l'Amérique tout entière apprend la nouvelle avec stupeur : Patricia Hearst, fille et petite-fille des magnats de la presse des États-Unis, Patricia Hearst, enlevée depuis deux mois et demi par l'A.l.s.

(Armée de Libération Symbionique) a pris fait et cause pour ses ravisseurs. La preuve, elle vient, en leur compagnie, de dévaliser une banque, mitraillette au poing.

Tandis que, dans toute l'Amérique, « la chasse à la femme » s'organise, Patricia, par des messages enregistrés, atteste son appartenance à l'Armée Symbionique de Libération, elle déclare haïr ces « cochons de capitalistes » à la tête desquels son père occupe la place n° 1 d'Ennemi du peuple.

Le F.b.i. prend l'affaire en main et, le 17 mai, une maison isolée dans laquelle se sont réfugiés sept membres actifs de l'A.l.s., est encerclée par la police. Une fusillade s'ensuit, puis le feu prend à la ferme. Dans les décombres fumants, on retrouvera sept cadavres carbonisés. Appelés d'urgence, les parents de Patricia ne reconnaissent pas leur fille parmi les victimes.

Le 7 juin, Patricia Hearst réapparaît sous forme d'un message envoyé à ses parents, dans lequel une nouvelle fois, elle leur exprime sa haine. Et c'est le silence. Un silence de mort. M. et Mme Hearst ne croient plus revoir leur fille vivante, lorsque le 18 septembre 1975, le F.b.i. qui a mis sur l'affaire 3 000 agents qui ont interrogé 30 000 personnes, arrête dans un appartement des faubourgs de San Francisco, un couple appartenant à l'A.l.s. Dans la chambre voisine, allongée sur le lit, hébétée, crasseuse, une jeune femme se rend sans résistance : c'est Patricia Hearst.

Tout d'abord agressive envers la société, responsable à ses yeux de tous les maux, la fille du milliardaire, change très vite de comportement. Elle déclare avoir été victime d'un lavage de cerveau et n'avoir obéi aux ordres que sous l'empire de la peur et de la contrainte. Emprisonnée puis mise en liberté sous caution, son procès s'ouvre en février 76.

Malgré le récit horrible qu'elle fait de sa détention (sévices, viols, embrigadement), le jury la condamne à 7 ans de prison pour participation à un hold-up. L'opinion américaine réagit. On pense que la peine est trop sévère. Des milliers de lettres parviennent au président Carter qui accorde une remise de peine.

Après 23 mois de prison, Patricia Hearst, la petite-fille de celui qui servit de modèle à Orson Welles dans son film *Citizen Kane,* le milliardaire William Randolph Hearst, Patricia retrouvera ses parents bouleversés, et reprendra sa vie d'héritière, à l'abri du besoin.

Quelques mois plus tard, elle épousera son garde du corps, un certain Bernard Shaw. Entourée d'enfants, elle coulera une existence paisible, dans leur maison de Redwood au sud de San Francisco.

Elle a écrit un livre intitulé *Mon voyage en Enfer.* Des extraits de ce livre ainsi que des photos ont été publiés dans le *Paris Match* du 25 février 1983.

Ces documents étonnèrent la France alors qu'ils avaient bouleversé les États-Unis. Question de proportions.

NON, LE BOBBY N'EST PAS EN TRAIN D'EXPÉRIMENTER UN NOUVEAU STYLE DE PASSAGE À TABAC, MAIS ESSAIE DE LIBÉRER LA TÊTE DE L'ENFANT QUE CELUI-CI A IMPRUDEMMENT GLISSÉE ENTRE LES PILIERS. IL Y RÉUSSIRA AU PRIX DE MILLE PATIENCES ET DE MILLE TORTURES.

photo © Keystone

UN PETIT GARÇON TROP CURIEUX

Bien que les Londoniens ne possèdent aucun grand magasin à l'enseigne de notre marquis de La Fayette — celui-ci fut, rappelons-le, le bourreau des Anglais durant la guerre d'Indépendance des États-Unis — il se passe quand même toujours quelque chose dans la bonne ville de Londres.

Et que se passe-t-il précisément le 3 juin 1955, vers 17 heures ?

Des millions de sujets de Sa très gracieuse Majesté prennent le thé. Exact. Mais est-ce un événement ? Non, l'événement serait qu'aucun ne le prenne. Et justement, c'est le cas pour quelques dizaines d'entre eux, et cela, par la faute de leur jeune concitoyen qui les retarde, un nommé Ian.

Ian requiert, en effet, l'attention de nombreux curieux massés dans la cour du ministère de la Reconstruction à Whitehall. Non qu'il y ait déjà déposé une bombe ou pris en otage le ministre — il n'a que 5 ans le petit — mais à sa manière, il vient de se distinguer. Voici d'ailleurs les faits dans leur implacable réalisme.

Quelques minutes auparavant, Ian, accompagné de sa mère, longe la balustrade extérieure du ministère. Balustrade faite de piliers classiques, ronds de tour de taille, plus joufflus en leur centre qu'aux extrémités. A plusieurs reprises, Ian essaie d'introduire sa tête entre deux piliers, ce qui lui attire cette admonestation :

— Ne passe pas la tête là Ian, tu ne pourras pas la retirer.

Ce n'est pas qu'il soit particulièrement désobéissant, mais il a déjà vérifié, à maintes reprises, que les avertissements maternels ne reposent sur aucun fondement. « Ian, ne met pas ton doigt dans ton nez, tu ne pourras pas le retirer. » « Ian, ne met pas toujours le doigt dans le trou de la serrure. » « Ian, ne tire pas la queue du chat, il va te griffer. »

Bref ! chaque fois, l'expérience lui a prouvé que la menace ne se matérialisait jamais. Il a toujours récupéré son doigt ou autre chose, jamais le chat ne l'a griffé, il passe donc outre, poursuit ses essais. Le sixième est le bon. Sa tête, en forçant un peu, s'introduit dans l'espace séparant les extrémités supérieures des deux piliers. Là, il a pilier sur cour. Mais lorsque lassé du spectacle, il tente de retirer sa tête, misère ! Im-pos-si-ble ! Ses oreilles, dans ce mouvement de retraite se plaçant naturellement en éventail, empêchent tout recul.

Bien sûr, la mère, affolée, triomphe néanmoins : « Tu vois, je te l'avais bien dit ! Tu es insupportable ! tu seras privé de pudding ! » Tout cela en essayant d'extirper sa progéniture de son carcan de pierre. Rien à faire.

L'incident monopolise l'attention. Des badauds s'arrêtent, proposant leur aide. En vain ! toutes les tentatives échouent. Du coup, les commentaires vont bon train. Quelqu'un évoque l'enfant d'un collègue de sa belle-mère qui avait glissé sa menotte dans la cage d'un fauve et qui a été à 2 doigts de la perdre. Durant le *blitz,* rappelle une vieille dame aux cheveux argentés, « je suis restée 72 heures bloquée dans les décombres de ma maison. On m'alimentait avec un flexible : le thé m'arrivait froid ».

Comme les secours tardent à venir, quelqu'un suggère de détruire les piliers « constrictors » au marteau piqueur ! Oui, mais les dégâts... La balustrade dépend du ministère de la Reconstruction. C'est l'occasion pour lui de prouver sa fiabilité.

Enfin, voilà les secours ! Mal informés, les pompiers débarquent avec leur grande échelle. Elle s'avère inadaptée. D'une ambulance stoppant en trombe, on sort un brancard. Inutilisable. Il faudrait couper la tête de l'enfant.

Arrive enfin, bon dernier, Police-Secours... Au moins là, tout n'est pas terminé. Tout reste à faire même. Après une heure de palabres, on met en application la suggestion d'un policeman : on glisse des feuilles de papier enduites de graisse entre les piliers, on « chattertonne » les oreilles de l'imprudent... et on le tire doucement par le postérieur. La tête s'engage dans le créneau. Passe ? Passe pas ? Elle passe !

Ian, qui a stoïquement attendu — et pour cause — sa délivrance, n'a même pas droit à une fessée, mais au baiser maternel. Tout est bien qui finit bien.

C'était il y a 30 ans... et je me plais à imaginer qu'aujourd'hui un charmant père de famille, prénommé Ian, passant avec son jeune fils devant l'ex-ministère de la Reconstruction, est extrêmement attentif, prêt à lui dire : « Ne passe pas ta tête là, Murdoch, tu ne pourrais pas la retirer. »

Oui, il se passe toujours quelque chose à Londres... pour un journaliste.

ÉCHAPPER AVEC SEPT AUTRES PASSAGERS SEULEMENT À L'ÉCRASEMENT DE LEUR AVION, OÙ PRÈS DE DEUX CENTS PERSONNES SONT MORTES, A CONVAINCU LA FAMILLE NEGUERS QUE DIEU EXISTE ET QU'IL FAIT DES MIRACLES. ILS SE SONT FAITS BAPTISER AUSSITÔT.

photo © Nova Press/Sygma

LA FAMILLE MIRACULÉE

Minuit moins le quart... Dans le Boeing 747, le haut-parleur invite les passagers à regagner leur siège et à boucler leur ceinture. L'appareil amorce sa descente. Dans quelques minutes, il va se poser sur l'aéroport de Madrid-Barajas, dernière escale avant le long vol qui le conduira de l'autre côté de l'Atlantique, en Colombie.

La famille Neguers a embarqué à Roissy. Patrice, le père, Elizabeth, la mère, Cathy et Ludovic, leurs deux enfants, sont installés au centre de l'appareil, non loin d'une issue de secours. A travers le hublot, Elizabeth aperçoit au loin la capitale espagnole, grosse tache illuminée. Devant elle, une passagère en tee-shirt blanc annonce à son compagnon : « Je vais dormir, demain je me réveillerai à Bogota. »

Elizabeth n'a pas sommeil. Certes, ce voyage la ravit. Née en Colombie, mariée à un Français, elle est enchantée de retrouver son pays et surtout ses parents qui ne connaissent pas encore leurs petits-enfants. Pourtant, ce bonheur se teinte d'anxiété. Depuis ce matin, un pressentiment l'habite. N'a-t-elle pas dit à Patrice : « Aujourd'hui, je sens qu'il va arriver quelque chose. » Il faut dire que l'idée de voyager en avion la traumatise toujours un peu : petite fille, elle a vécu un atterrissage en catastrophe au milieu de passagers paniqués.

Minuit. Suspens à la tour de contrôle de l'aéroport. Le Boeing d'Avianca qui doit atterrir, signale des ennuis à bord. Au sol, l'alerte est déclenchée.

Bien qu'il se soit moqué affectueusement, ce matin, des appréhensions de sa femme, l'angoisse saisit à son tour Patrice. Il a la désagréable impression que l'appareil plonge beaucoup trop vite vers le sol.

Minuit et quatre minutes. La tour de contrôle perd le contact avec le Boeing.

C'est alors qu'Elizabeth étreint le bras de son mari : « Regarde ! » Il se penche et, à travers le hublot, aperçoit qu'un moteur flambe tandis que l'avion poursuit sa descente infernale. Tout va aller très vite maintenant.

En dessous, à quelques centaines de mètres, c'est le village de Majorada del Campo. Le Boeing s'y rue littéralement et puis, brusquement, il vire. Mais presque aussitôt, se produit un choc brutal. Patrice réalise que l'avion s'est posé mais qu'il ne roule pas sur une piste d'atterrissage. Encore trois secondes et, soudain, un sentiment de cauchemar et de fin du monde, le terrasse. Il se sent soulevé, projeté tandis qu'une sensation de fraîcheur le saisit et qu'une pluie de projectiles s'abat sur lui. Perd-il connaissance ? Il ne sait pas. Il ne sait pas que toute la partie avant de l'appareil vient de se disloquer dans un champ, qu'il a été éjecté à l'extérieur, la porte de secours près de laquelle il se trouvait ayant été arrachée.

Maintenant, il gît dans les décombres, au milieu d'un brasier. Il lui faut faire un effort surhumain pour dégager une de ses jambes retenue par un morceau de ferraille. Il saigne. Il a mal. Une idée le hante : fuir ! Fuir là-bas, où tout est noir, où il n'y a pas de flammes. Et puis soudain, il s'arrête : les siens ! Sa femme ? Ses enfants ?

Alors, Patrice fait demi-tour, replonge dans l'enfer, hurle :

— Elizabeth ! Elizabeth, où es-tu ?

— Je suis là !

Un instant, Patrice croit rêver. Est-ce possible ? Non, c'est bien la voix de sa femme. Alors comme un fou, il la cherche, et parmi les amas fumants, la découvre, ses deux enfants blottis contre elle. Il en prend un, les entraîne, bute dans une petite fille qui pleure, la saisit au passage. Il éloigne tout son monde des débris incandescents.

Le Boeing 747 d'Avianca transportait 192 passagers. Il n'y aura que onze survivants. Et encore, parce que par « miracle », la queue de l'appareil ne s'est heureusement pas désintégrée. « Miracle » aussi, que parmi onze survivants, on compte une famille entière.

Dix jours après la catastrophe, Patrice Neguers et les siens, se sont faits baptiser : désormais, ils croient en Dieu.

C'EST UNE BIEN FUNÈBRE PÊCHE QUE CES DEUX ESPAGNOLS VIENNENT DE FAIRE, EN FACE DE GIBRALTAR. CET HOMME-GRENOUILLE MORT PAR NOYADE EST UN OFFICIER DE MARINE SOVIÉTIQUE. NOYÉ ? MAIS NOYÉ COMMENT ? UNE ÉNIGME QUI NE SERA JAMAIS ÉCLAIRCIE.

photo © Europa Press/Madrid

L'HOMME QUI VENAIT DE LA MER

Le 25 août 1960, des pêcheurs du port de Ceuta, ville espagnole face à Gibraltar, en terre africaine, repêchent le corps d'un homme portant une ceinture de sauvetage caoutchoutée parfaitement gonflée. Il est en possession d'une gourde d'eau douce pleine, porte 2 fusées blanches en bon état à la ceinture, ainsi qu'un poignard de combat frappé de la faucille et du marteau. Un Russe à n'en pas douter. Ce que confirment les papiers qu'il porte sur lui dans une pochette étanche, avec 4 500 roubles, soit environ 4 000 F d'aujourd'hui. Il s'appelle Stejar Alexander Tejar, premier lieutenant dans la marine de guerre soviétique.

Alertées, les autorités locales auxquelles se joint le vice-consul britannique font porter le corps à l'Institut médico-légal où l'on constate que l'homme était mort depuis moins d'une heure lorsqu'il fut repêché et qu'il était rasé de frais. Quoique ce jour-là, la mer fut parfaitement calme et que le gilet lui maintenait la tête hors de l'eau, le Russe est mort noyé.

Le 28 août, l'amirauté de Gibraltar annonce discrètement qu'un télégramme en provenance de l'Otan l'avait avertie du passage dans le détroit, de trois navires soviétiques se dirigeant vers le mer Noire où ils se ravitailleraient en combustible. « Ils passeront le détroit la nuit du 23 au 24 août. » Cette ultime précision plonge les autorités de Ceuta dans la plus grande perplexité. En effet, si le passage de navires soviétiques dans le détroit pouvait être prévu grâce à l'observation de bâtiments alliés, préciser que les Russes allaient se ravitailler en mer Noire, ne pouvait provenir que d'une fuite. De là à penser que l'auteur de cette fuite n'était autre que l'homme qui reposait dans un tiroir de la morgue de Ceuta, il n'y a qu'un pas à franchir.

« Le lieutenant Tejar est un espion à la solde des Alliés, il est démasqué et en passant le détroit, hop, à l'eau. » Encore que c'est une mansuétude bien inhabituelle envers les espions que de leur donner une gourde d'eau douce, un poignard, de l'argent et un gilet de sauvetage... Mais admettons. Ce qui ne colle plus, c'est la date. L'autopsie et l'état du corps ont prouvé que l'homme était mort au matin du 25 août. Or, c'est dans la nuit du 23 au 24 que sont passés les bâtiments russes. Soit 24 heures avant... Bien sûr, les navires soviétiques ont très bien pu faire des ronds dans l'eau. Dans quel but ? Ça, mystère ! Mais c'est possible. Donc le 24 ils sont là, au large de Ceuta. Et alors ?

La version « espion puni » restant bien invraisemblable, il y a une autre piste : le lieutenant Tejar « choisit la liberté ». Au matin du 24 août, il se rase de près, il prend son poignard, son argent, une gourde pleine, un gilet de sauvetage, et hop, il saute par-dessus bord. Oui, mais alors, comment se noie-t-il ? La mer est plate ce jour-là et même si le naufragé est évanoui, sa tête reste hors de l'eau.

Évidemment à bord, on a pu le voir sauter. Le bateau s'arrête, on met un canot à la mer, on rattrape le fugitif et pour le punir de son forfait, on lui enfonce la tête sous l'eau. Un peu voyant, non ? Alors plus « raffiné », on remonte Tejar à bord, on remplit une baignoire d'eau de mer et on le noie. Il n'y a plus qu'à le rejeter à la mer.

Mais alors, pourquoi lui remettre ses accessoires ? C'est tellement plus logique de faire croire à une noyade accidentelle.

Comme on se pert en conjectures, les autorités de Ceuta préviennent l'ambassade russe de Madrid et on enterre le Russe dans le petit cimetière de Santa Catalina.

L'affaire se serait sans doute arrêtée là, si 71 jours plus tard, une lettre officielle soviétique ne réclamait le corps du noyé. C'est ainsi que quelques jours plus tard, les restes du lieutenant Tejar prenaient la direction de l'U.r.s.s. à bord du pétrolier soviétique *Novosk*. Un mystère de plus à ajouter à cette guerre permanente que se livrent les grandes puissances et que l'on nomme l'espionnage.

A UNE SECONDE DU RECORD QU'IL ALLAIT BATTRE, LANCÉ À 483 KM/H, "L'OISEAU BLEU" DÉCOLLE SOUDAIN, SE CABRE VIREVOLTE ET... DONALD CAMPBELL VOULAIT CE JOUR-LÀ FAIRE MIEUX QUE SON PÈRE, DÉTENTEUR DU RECORD. LA MORT L'ATTENDAIT AU BOUT DU LAC.

photo © Keystone

L'OISEAU BLEU

Les aventuriers ont un sourire particulier. Il ne ressemble pas aux autres sourires. C'est que les aventuriers sourient à la fois à la vie et à la mort.

Donald Campbell a 45 ans ce jour-là. Un jour important car il a décidé de prendre sa retraite d'aventurier. Ce record qu'il veut battre sera le dernier, mais le plus important. Il s'agit de battre le record de vitesse sur l'eau. Le record des 300 miles.

Le commun des mortels n'apprécie pas toujours l'intérêt de ce genre de compétition. Parce que le commun des mortels n'a pas les mêmes motivations que Donald Campbell. Le père de Donald a passé sa vie à battre des records de vitesse : neuf records du monde sur terre, trois sur l'eau. Mais il est mort. Et son fils a relevé le défi.

En 1957, il a frôlé la mort sur le lac Coniston, à 200 km/heure. Son bateau le *Blue Bird* s'est retourné en pleine vitesse et a coulé. En 1960, sa voiture a explosé à

450 km/heure sur le lac salé de Bonneville.

Un premier miracle, un deuxième miracle, chaque fois un retour à la vie, et un nouveau sourire avant d'attaquer le record suivant. Celui d'aujourd'hui appartient à son père. Or, voici que les Américains veulent le lui ravir. Le défi est donc à la fois patriotique — Donald est anglais — et filial. Il est aussi en forme d'apothéose pour le champion qui s'est ruiné toute sa vie, à monter des opérations de records, en voiture sur terre, ou en bateau sur mer.

Donald regarde ce lac et estime ses chances : 50 %. Depuis neuf semaines, il attend que la météo soit favorable. Elle l'est. Il est 7 h du matin...

L'*Oiseau bleu*, un bateau étroit de carlingue, comme une fusée, est posé sur le lac tranquille, que le vent frise à peine. Donald n'aime pas la direction de ce vent. Il n'aime pas cette douleur au cou qui le taraude depuis la veille. Il n'aime pas cette dame de pique qu'il a tirée aux cartes la veille. Il n'aime pas ce cauchemar qu'il a fait. Les aventuriers sont superstitieux. Ils ont peur souvent, et souvent raison d'avoir peur.

A 8 h 45, l'homme en combinaison bleue s'installe dans son bateau bleu, sur le lac vert. Première vitesse : 297 miles. Il vire pour le trajet de retour et se lance. En 9 secondes la vitesse de l'*Oiseau bleu* passe de 70 à 300 miles — 483 km/heure. Encore une seconde, la dixième seconde et l'*Oiseau bleu* dépassera les 300 miles. Il manque 150 yards.

A la dixième seconde, l'*Oiseau bleu* se soulève comme pour un envol, se cabre, droit, debout sur le lac, fait un double saut en arrière... et explose, avant de couler, corps bleu et bateau bleu dans la profondeur du lac.

Donald Campbell, l'aventurier de la vitesse, est mort dans une gerbe d'eau et de flammes, à une seconde de battre le record de son père...

LA LONGUE TRAQUE

— Les montres à l'heure à la seconde près. Messieurs à mon « top », il sera très exactement 20 heures. Attention... Top ! Dans la petite salle, loin de tout regard indiscret, trente hommes, l'œil rivé sur leur chronomètre, viennent de prendre l'heure du chef.

— L'heure « H » : 20 h 55... Allons-y !

Sans un mot les trente hommes sortent de la pièce.

En ce vendredi 20 février 1987, alors que la France entière regarde le journal de 20 heures, dans un tout petit village près d'Orléans, une page importante de l'histoire du terrorisme va être tournée.

« Terrorisme » un mot qui sonne comme un glas dans notre univers quotidien. Personne n'est à l'abri : que ce soit en avion, dans la rue, à la terrasse d'un café, dans le métro. Guerre lâche qui frappe des gens dont la seule faute est de se trouver là au mauvais moment.

« Terrorisme » un nom synonyme d'assassinat de gens

C'EST FINI, POUR NATHALIE MÉNIGON ET SES TROIS COMPLICES : LES SUPER-POLICIERS DU "RAID" ONT MIS, EN TRENTE SECONDES, LA MAIN AU COLLET DES MENEURS D'ACTION DIRECTE. SANS COUP FÉRIR ET EN DOUCEUR : PAS UNE GOUTTE DE SANG N'A ÉTÉ VERSÉE.

photo © Sipa - Zihmioglu - Sola

dont la seule faute est de bien servir la cause de leur pays : quatre détonations dans la rue, une cavalcade, et un homme est là, par terre, dans un flot de sang. Son savoir, ses idées, son expérience, à jamais perdus pour tout le monde, vous et moi.

Il faut faire quelque chose ! Il faut arrêter cela ! Tous les partis, toutes les tendances, tout le monde est d'accord. Comme tout le monde est d'accord pour dire que c'est le travail de la police.

— Alors qu'ils fassent leur travail !

Ce vendredi donc à 20 h 54, dans une ferme isolée, à quelques kilomètres d'Orléans, deux couples sont à table. Au menu : purée et saucisson. Ils mangent, tranquilles, et pourtant à quelques mètres d'eux, vêtu de noir, cagoule sur le visage, équipé de chaussures spéciales, un commando de policiers s'active en silence. Des pastilles de plastic ont été collées aux points vitaux de la porte. Des hommes, pistolet-mitrailleur au poing, sont prêts à bondir.

20 h 54 et 50 secondes. Le responsable artificier pose son doigt sur le bouton du détonnateur. Plus que 10 secondes... 5 secondes... Dans un tourbillon de poussière, les portes de la ferme volent en éclats. Presque en même temps les policiers masqués bondissent dans la pièce. L'un des hommes fonce vers l'escalier. Une rafale de mitraillette l'arrête net dans son élan. L'autre amorce un geste vers un pistolet posé à terre. Un policier shoote dedans et l'expédie plus loin.

— Ne joue pas avec ça... Pas avec nous !...

C'est fini.

Les quatre suspects lèvent les mains. L'opération n'a pas duré 30 secondes.

« Nous » c'est l'unité spéciale de police : le Raid dirigé par Ange Mancini. Ils sont arrivés là au terme d'une « traque » interminable de sept mois, orchestrée par les Renseignements généraux sous les ordres de Philippe Massoni.

Il est 21 h 05 lorsque le téléphone sonne dans le bureau de Robert Pandraud. Tous les patrons de la police sont là. Dans le silence qui s'est fait, quatre noms s'égrènent sans aucun commentaire :

— Rouillan - Ménigon - Cipriani - Aubron.

— Et comment ?

— Pas une goutte de sang n'a été versée.

— Bravo à tous !

Belle victoire de l'ordre sur la brutalité terroriste.

LE CRIME PLUS FORT QUE LA JUSTICE ?

— On déjeune ensemble à la buvette ?

— Pas question vieux, c'est mercredi !

« C'est vrai »... Ceccaldi n'insiste pas... Mercredi, jour des enfants, jour sacro-saint pour Pierre : il retourne déjeuner chez lui où l'attendent Béatrice 9 ans et Emmanuelle 6 ans, ses deux filles.

A midi trente, Pierre Michel quitte son bureau. Dans la cour du Palais de Justice de Marseille, il coiffe son « intégral » et enfourche sa Honda 125. Bientôt le « petit cube » s'engage sur le boulevard Michelet. A une dizaine de mètres, suit une Honda rouge. Une 900 cm^3 celle-là ! Motard et passager portent eux aussi un casque intégral. Pourquoi la 900 se contente-t-elle de demeurer dans le sillage de la 125 ? Elle pourrait facilement la doubler.

Nous sommes le 21 octobre 1981.

A quoi pense ou peut penser Pierre Michel, premier juge au tribunal de la cité phocéenne, tandis qu'il remonte main-

PARCE QU'IL ÉTAIT COUPABLE DE DÉTESTER LE CRIME ET DE LE COMBATTRE SANS MERCI, LE JUGE PIERRE MICHEL A PERDU LA VIE. DEUX TUEURS, À MOTO COMME LUI, L'ONT ASSASSINÉ À UN FEU ROUGE. DANS LES PRISONS, CE JOUR-LÀ, LES TRUANDS FIRENT LA FÊTE.

photo © Doumenech

tenant le boulevard Michelet ? A ses dossiers ? A tous ces dossiers, plus brûlants les uns que les autres et sur lesquels, tard, chaque nuit, il planche ? Notamment à ce sanglant règlement de compte du *Bar du Téléphone,* bilan : 10 morts ? Ou encore — et celui-là lui tient particulièrement à cœur — à la filière franco-sicilienne de la drogue, à qui, depuis plusieurs années déjà, il donne tant de fil à retordre ?

Est-il seulement conscient des risques qu'il encourt en accomplissant honnêtement, scrupuleusement, son boulot de défenseur de la loi ? Ne se souvient-il pas quelquefois du juge Renaud — dit le Shérif — abattu six ans plus tôt par des tueurs ? Les lettres de menaces de mort qui s'entassent sur son bureau devraient pourtant le faire réfléchir... Il refuse pourtant d'en tenir compte. La preuve : il ne porte ni arme, ni gilet pare-balles. « S'ils veulent m'avoir, ils m'auront de toute façon » a-t-il prophétisé. Elles l'inquiètent pourtant ces menaces... mais pour les siens. Ceux dont il entrave l'activité coupable n'hésiteraient pas, il ne le sait que trop, à le frapper dans ce qu'il a de plus cher : sa femme, ses gosses.

Ce qui est sûr, c'est qu'il ne songe pas à changer de style, de look — comme on dit. Même les avocats de ses clients le redoutent. Ils savent qu'on ne transige pas avec lui, que toute requête de mise en liberté est refusée d'avance et qu'il ne lâche pas un dossier tant qu'il a la conviction qu'il reste une chance de confondre le ou les coupables.

Pourtant, bien qu'il n'ait que 38 ans, comme il a changé le petit juge. Qu'y a-t-il de commun entre « ce qu'il était » et « ce qu'il est devenu » ? Qu'y a-t-il de commun entre le troublant étudiant de la fac de Nancy, mais aussi grand organisateur, boute-en-train de surboums, et ce magistrat intransigeant, qui traque et dérange ?

Peu avant la Cité radieuse de Le Corbusier, la 125 toujours suivie de la 900 s'engage sur une bretelle. Dans deux minutes, le juge aura rejoint sa petite maison entourée d'un jardin où l'attendent sa femme et ses filles.

Comme il marque un temps d'arrêt avant de s'engager dans la contre-allée, la Honda 900 vient à sa hauteur. De son blouson, le passager assis sur le tan-sad sort une arme, ajuste le conducteur de la 125 et tire deux fois. Touché, Pierre Michel bascule, sa moto lui tombe dessus. Alors en bon tueur consciencieux, l'assassin saute de la Honda rouge et d'une troisième balle en pleine tête achève sa victime.

Ainsi fut exécuté ce jour-là, à l'ombre de la Cité radieuse, l'ennemi public N° 1 des truands et autres trafiquants de drogue. Comme il se doit, la nouvelle fut saluée comme une victoire par le milieu et aussi dans les prisons à grand renfort de concerts de casseroles.

« Le crime plus fort que la justice ? » Cette légende accompagnait la terrible photo prise quelques instants après l'assassinat du juge Michel parue dans *Paris Match* du 6 novembre 1981. Aujourd'hui, l'assassin — un homme de main bien sûr —, ainsi que les huit complices présumés de cette exécution commanditée sont sous les verrous en instance de jugement.

MARCINELLE

Août 1956, la guerre s'estompe peu à peu à l'horizon de la planète. Dans la France entière des familles de vacanciers commencent leur migration vers les plages de l'Hexagone. La télévision fait sa timide apparition dans les foyers citadins. La radio a pris une place prépondérante dans la vie quotidienne, chaque semaine des émissions ponctuelles rassemblent des millions d'auditeurs autour des récepteurs. Le soleil brille sur la France en sommeil lorsque le 8 août, une nouvelle éclate comme un coup de grisou : catastrophe à Marcinelle, il y aurait des dizaines de morts, peut-être même des centaines.

Marcinelle ! La France entière apprend l'existence de cette cité minière du Hainau en Belgique. Près de Charleroy, à une trentaine de kilomètres au nord-est de Maubeuge.

Le « coup de grisou »... Toute notre enfance a été marquée par ce mot qui sonne comme un glas, et qui évoque aussitôt la mort dans les pires conditions à des centaines de

CES POINGS CRISPÉS PAR L'ANGOISSE AUTOUR DES BARREAUX DE LA GRILLE DE LA MINE, LE VISAGE RAVAGÉ DE CE MINEUR QUI IMAGINE SES CAMARADES EMMURÉS LÀ-BAS EN BAS, C'EST TOUTE LA TRAGÉDIE DE MARCINELLE, QUI ENDEUILLA L'EUROPE DE L'APRÈS-GUERRE.

photo © Magnum

mètres sous terre. Le coup de grisou de Courrières en 1906 reste présent dans la mémoire des gueules noires avec ses 1 200 victimes.

En l'occurrence à Marcinelle, c'est une benne de remontée qui, en se bloquant à 975 mètres, a provoqué la catastrophe. Un court-circuit dégage une température de 3 000 degrés. Oui 3 000 degrés, ce qui fait fondre instantanément les câbles du puits d'aération distant pourtant de 30 mètres. De plus cela met le feu aux boiseries qui soutiennent les galeries. Aussitôt la sirène de la mine se met à hurler arrachant un même cri aux centaines d'habitants de Marcinelle : « Il est arrivé un accident à la mine ! »

Tandis que de toute part des femmes accourent vers les lieux du sinistre, un gros nuage noir sort du puits d'extraction et s'élève dans le ciel, tel un voile de deuil. Très vite, la nouvelle se répand comme une traînée de poussière : 270 mineurs seraient bloqués au fond.

Pour autant de familles, l'attente commence, terrible, inexorable. Les mains rivées aux grilles, les femmes, les enfants, les fiancées, les mères, de ceux qui sont en bas, guettent, le regard fixé sur tout ce qui peut donner une étincelle d'espoir. Des rumeurs circulent venues d'on ne sait où, apportant des nouvelles réconfortantes. « On jetterait de la laine de verre dans le puits pour éteindre les flammes. » « Les pompiers de Charleroy sont arrivés et auraient des méthodes révolutionnaires. »

En fait, le premier soin des sauveteurs, c'est d'éteindre le feu qui dans le puits d'évacuation bloque 4 galeries lattérales situées à 765 mètres, 840, 907 et 1 035 mètres. Pour ce faire, ils déversent dans le puits des tonnes d'eau, de sable et de laine de verre en effet. Et la première nuit se passe sans que rien de notable puisse venir soulager l'angoisse de ces centaines de personnes massées devant les grilles. Seules les allées et venues incessantes des camions de sable et des citernes permettent de voir qu'on s'occupe de ces malheureux bloqués par les flammes à des centaines de mètres sous terre.

Et le jour se lève et l'attente s'éternise. Le soir va tomber lorsque tout à coup une même voix s'élève de la foule : « Regardez ! la roue s'est mise à tourner ! » En effet, les premiers sauveteurs viennent de prendre place dans une benne d'extraction et descendent au secours des emmurés.

Au petit jour, après 10 heures d'efforts ils parviennent à faire remonter 6 blessés. Aussitôt, un même cri d'espoir jaillit de toutes les poitrines : « Il y a des survivants ! »

Hélas, très vite, la joie fait place à la tristesse. Dix morts viennent d'être remontés. A l'annonce de leurs noms, des cris déchirants répondent, et la foule s'écarte pour laisser passer ceux qui viennent de perdre l'espoir.

A partir de là, les mauvaises nouvelles vont se précipiter. « Il a fallu obturer la galerie 765 en sacrifiant ceux qui pouvaient s'y trouver encore. » « Dans la galerie 840, il y a 80 morts. »

Et les jours et les nuits succèdent sans que les sauveteurs trouvent trace de survivants.

Le court-circuit a provoqué une flamme gigantesque qui a embrasé d'un seul coup les 4 galeries. Les hommes ont brûlé sur place avant d'avoir pu esquisser le moindre geste de défense.

Il faudra 16 jours aux sauveteurs pour remonter le dernier corps apportant la tragique certitude qu'à part 6 miraculés, la catastrophe de Marcinelle a fait 263 morts en quelques secondes.

« Allen dood. » Ils sont tous morts.

LE LION EST MORT CE SOIR

C'est un metteur en scène de cinéma à qui l'on a confié la réalisation d'une super-production dite *péplum*, intitulée *Goliath et les géants*. Goliath est un géant philistin dont parle la Bible et qui vivait au onzième siècle avant Jésus-Christ, dit la tradition. Il provoqua tous les Israélites de l'armée du roi Saül, en combat singulier. Vous connaissez la suite : le jeune David armé seulement d'une fronde et d'un bâton eut raison du géant, et les Philistins épouvantés s'enfuirent sans demander leur reste. Belle histoire légendaire qui a inspiré bien souvent les scénaristes.

Voici donc la énième transposition de l'histoire du géant Goliath que l'on tourne à Madrid et en studio, en cette fin d'année 1960. Le réalisateur a prévu de tourner une scène particulièrement impressionnante pour le public : un homme est enfermé dans un cachot, en compagnie de cinq lions rugissants et affamés. Il doit s'agir probablement d'un prisonnier torturé par les géants philistins. Dans ce genre de

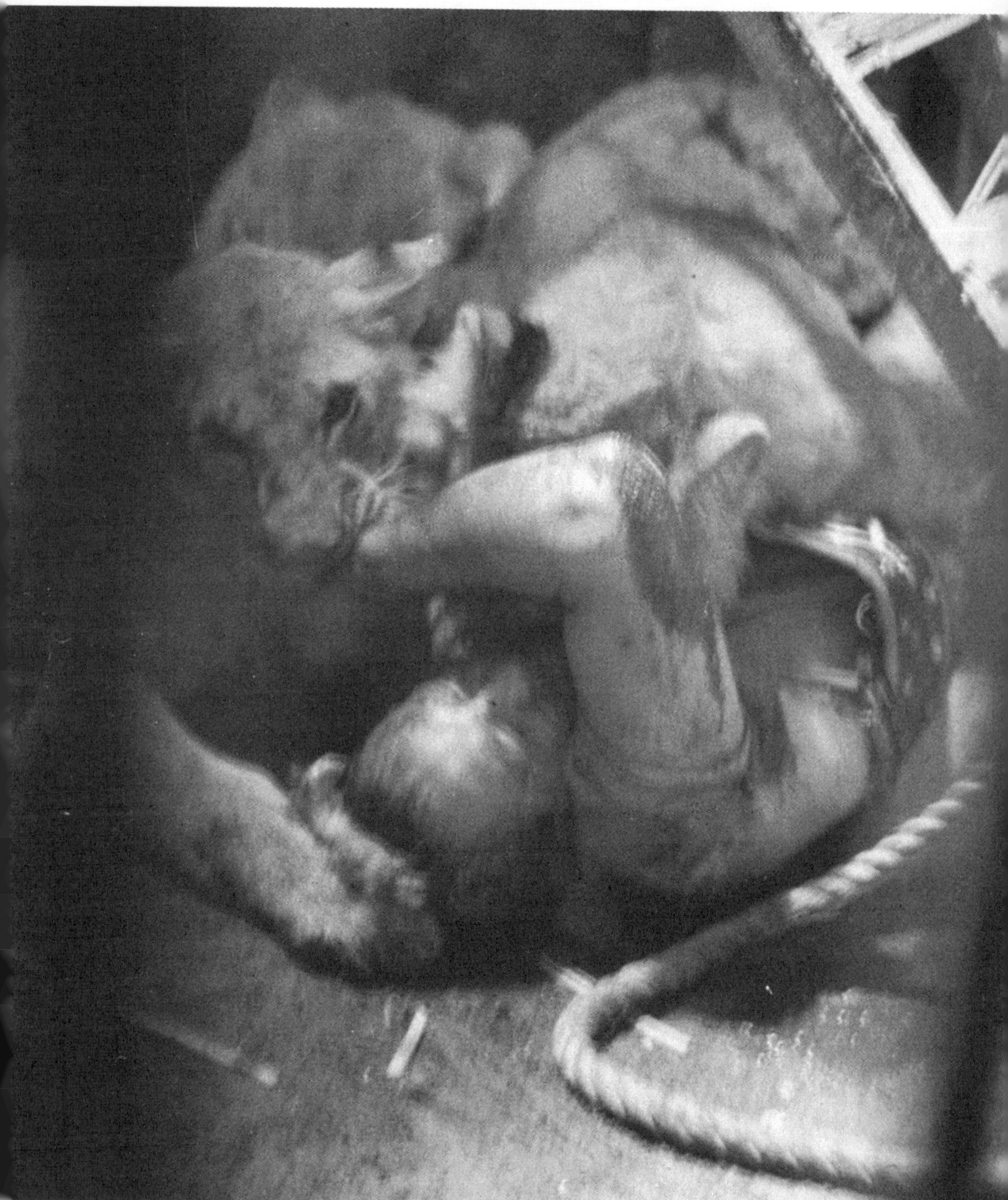

LA RÉALITÉ A DÉPASSÉ LA FICTION SUR LE PLATEAU OÙ L'ON TOURNAIT "GOLIATH ET LES LIONS" : VOLONTAIREMENT AFFAMÉS, LES FAUVES, QUI N'ONT PAS RECONNU LEUR DOMPTEUR DÉGUISÉ, LUI ONT SAUTÉ DESSUS. LE FILM N'A PAS ÉTÉ MONTRÉ SUR LES ÉCRANS !

photo © Calderon

production, la vérité historique n'étant pas l'essentiel du scénario, il faut au réalisateur un figurant et cinq lions. De préférence, le figurant sera le dompteur des lions.

On engage Joachim Barranco, dompteur cubain de son état, et les cinq lions de son numéro habituel. La production lui offre pour chaque jour de tournage, la somme de 8 000 F anciens, des francs de 1960 d'accord, mais pour un professionnel du cirque et cinq lions, ce n'est pas cher payé.

Peu importe, Barranco est un « pro », il connaît bien ses fauves, il est à l'heure sur le plateau. Première erreur, on l'habille d'un costume bizarre : à demi-nu, une cuirasse et un casque soi-disant antique sur la tête. Barranco aurait dû habituer les lions à sa nouvelle apparence. Chacun sait, ou devrait savoir, qu'un casque ou n'importe quel chapeau sur la tête d'un homme effraie l'animal qui n'y est pas habitué. L'autre erreur passe avant la première : c'est pire qu'une erreur, c'est une folie criminelle.

Pour faire plus vrai, le réalisateur a exigé que les lions soient affamés. Et les cinq fauves ont été privés de nourriture pendant deux jours avant le tournage.

Eh, quoi ! Ce « génial » metteur en scène prétend qu'il a trop vu de lions endormis et jouant les gros chats dans ce genre de séquence. Il veut du réalisme, il veut de vrais rugissements, de vrais crocs, de vraies griffes... Barranco est censé lutter pour sa vie contre ces fauves. Le spectateur doit y croire.

Barranco a le trac, découvrant au fur et à mesure les exigences du réalisateur fou, il devrait reculer, demander du temps, des répétitions et nourrir ses fauves. Trop tard, c'est aujourd'hui qu'on tourne. Une journée de production coûte cher, même pour un navet.

Barranco entre dans la cage. Tout le monde fait silence sur le plateau. Les cinq fauves grondent à la vue de leur dompteur, ils ne le reconnaissent pas, ils sont énervés, ils ont faim, et le plus gros d'entre eux, le chef, avance sur Barranco, gueule ouverte, en deux secondes il prend le dessus. Un bras du dompteur est entre ses crocs, au niveau de l'épaule. Il l'immobilise le long de la cage. Une seconde, et d'un coup de patte griffue il déchire le crâne de sa proie. On hurle autour de la cage, on cherche un revolver, une corde. Barranco lutte avec le fauve, il est ensanglanté, il n'en peut plus.

Enfin, on tire, enfin le lion s'écroule, enfin on remonte le dompteur, sauvé... de justesse, au ras des crocs des autres fauves.

Le lion est mort ce soir, Monsieur le réalisateur, et vous n'avez pas tourné cette image : l'ultime corps à corps entre l'homme et la bête. La fureur et le sang... *Goliath et les géants* a-t-il vu le jour sur les écrans ?

DE MERVEILLEUX FOUS VOLANTS

Qu'est-ce que vous croyez ? Bien sûr que les merveilleux fous volants existent encore. Même s'ils ne se déplacent plus sur de drôles de machines.

Pâques 1984, Paris savoure un vrai printemps. Ciel radieux, juste une petite brise. Aussi en ce 18 avril, vers 11 heures du matin, la tour Eiffel fait-elle son plein de touristes. Mike et Amanda, deux jeunes Gallois qui portent des sacs à dos de camping, apparemment bien garnis, se sont hissés jusqu'au troisième étage comme tout le monde, en ascenseur. Mais, à la différence des autres visiteurs, ils n'ont pas l'intention de regagner la terre ferme par le même processus. Non, Mike et Amanda ont décidé, secrètement, de regagner le Champ-de-Mars, en moins d'une minute. Comment ? En parachute ! Oui, vous avez bien lu : en parachute.

Un vieil adage affirme : « En mai, fais ce qu'il te plaît ! » Apparemment, Mike et Amanda sont en avance d'un mois.

SOUS LES YEUX MÉDUSÉS DES TOURISTES, MIKE, APRÈS AMANDA, SE JETTE DU HAUT DE LA TOUR EIFFEL. LES DEUX PARACHUTISTES SE POSERONT EN DOUCEUR SUR LA PELOUSE DU CHAMP-DE-MARS. DOUBLÉ RÉUSSI POUR LES FIANCÉS GALLOIS AMATEURS DE SAUTS INSOLITES.

photo © Sygma

L'entreprise peut paraître démente. Elle l'est d'ailleurs. Mais ne croyez pas que c'est sur un coup de tête que les deux jeunes fous ont décidé cette première. Mike y songe depuis deux ans... Depuis que son copain Frank l'a persuadé que le saut est réalisable. En effet, le danger, le grand danger une fois que l'on s'élance dans le vide, c'est d'aller heurter les poutrelles d'acier qui s'élargissent au fur et à mesure qu'on se rapproche du sol. Aussi Mike et Frank se sont-ils entraînés pour vérifier la théorie.

Hélas, en se jetant du haut d'un building londonien, le parachute de Frank ne s'est pas ouvert et il s'est tué... Cela n'a pas découragé pour autant Mike, un parachutiste superdoué, comptant plus de 1 000 sauts à son actif. C'est d'ailleurs au cours de l'un d'eux qu'il a rencontré... l'amour — qui avait les yeux de la blonde Amanda. Pour la première fois, leurs mains se sont unies en plein ciel, au cours de ces ballets aériens, où les parachutistes exécutent des figures imposées.

Lorsque Mike a fait part de son projet à Amanda, elle n'a pas hésité : ils feront équipe. Reste que la tentative exige un repérage minutieux des lieux.

En lui rendant plusieurs fois visite, c'est donc à un véritable check-up de la tour qu'ils se livrent début avril. Vitesse et direction des vents sont étudiées. Mais, demeure un problème majeur : « la vieille dame de fer » bénéficie d'une surveillance renforcée afin de décourager les candidats au suicide garanti. Les plates-formes d'accès sont grillagées comme des prisons : impossible de se jeter dans le vide... Cependant Mike et Amanda finissent par découvrir une petite ouverture entre l'armature de la tour et le toit du grillage de sécurité. Il ne leur reste plus qu'à attendre le jour où les vents seront favorables.

Le 18 avril semble réunir toutes les garanties. Aussi, à 11 heures, sont-ils à pied d'œuvre. Ultime test : Mike lance des bouts de papier dans le vide... Aïe ! Le vent les renvoie côté tour, mais il estime que leur poids doit contrecarrer cette brise inopportune.

Par l'ouverture repérée, ils se hissent jusqu'au toit grillagé, s'équipent. Bien sûr, des touristes les repèrent et se demandent à quel jeu ils vont se livrer. Pourvu qu'aucun n'alerte les services de sécurité...

Maintenant, Amanda rampe sur le grillage, s'avance jusqu'au bord, se retourne vers Mike qui lui fait signe : « Vas-y ! Vas-y !... » Alors, après lui avoir adressé un joli sourire confiant, elle se jette dans le vide. Presque aussitôt son parachute s'ouvre, sous les acclamations des témoins. A son tour, sans hésiter, il se jette le plus loin possible dans le vide, tandis que les spectateurs se taisent soudain : Mike chute comme une pierre, son parachute ne s'ouvre pas et le voilà qui se rapproche à toute allure des poutrelles. Va-t-il s'y écraser ? Non, la grande corolle se déploie enfin et l'éloigne de la tour.

Quarante-cinq secondes plus tard, les merveilleux fous volants se retrouvent, à dix mètres l'un de l'autre, sur la pelouse du Champ-de-Mars.

C'est alors que deux gardiens de la paix, visiblement furieux, leur font signe de les rejoindre. « Aïe, aïe, aïe... » L'amende risque d'être salée et assortie d'un séjour à l'ombre, c'est sûr.

Ils obtempèrent, s'approchent des agents.

— Vous ne savez donc pas lire ?... « Interdit de marcher sur les pelouses »...

Dans un mauvais français, Mike répond qu'il ignorait.

— Allez circulez !... Et ne recommencez plus !

Alors seulement, fous de joie, Mike et Amanda tombent dans les bras l'un de l'autre...

MORT D'UNE LÉGENDE

Dieu que le monde est petit ! James et Lance se retrouvent par hasard au bord du comptoir d'un restaurant californien.

— Où tu vas, demande James, qui a le regard bleu et une chevelure aussi blonde que rebelle ?

— A Salinas vieux, pour voir la course !

— Non ?... Tu sais que j'y participe !

Et du doigt, James désigne, stationnée devant le restau, une sublime Porsche grand sport, carrossée tout aluminium.

— Et sans pousser à fond, en moins de deux, on monte à 150 miles à l'heure garanti, ajoute James avec une joie enfantine.

Il raconte aussi qu'une demi-heure plus tôt, un flic l'a stoppé pour excès de vitesse et lui a dit : « Connaissez-vous Salinas ?... Si vous n'allez pas plus lentement, jamais vous ne connaîtrez ! »

James en rit encore.

VOUS AURIEZ JURÉ QUE JAMES DEAN S'ÉTAIT TUÉ, SOLITAIRE, À 200 À L'HEURE ? EH BIEN, NON. LA VÉRITÉ, CACHÉE PENDANT VINGT ANS, EST QU'IL N'ÉTAIT PAS SEUL À BORD, ET QUE C'EST UN CHAUFFARD QUI L'A TUÉ, EN DÉMARRANT À UN CARREFOUR. DÉCEVANT ?

photo © Rapho

Maintenant, la Porsche fonce à tombeau ouvert. Le compteur flirte avec le 200.

A proximité du croisement de Grapewine, James aperçoit une Ford qui va s'y engager... Sans hésiter, il accélère. Mais comme le conducteur de l'autre véhicule a le même réflexe, dans un fracas épouvantable, les deux voitures s'encastrent l'une dans l'autre.

Du bolide argenté — qui n'est plus qu'un magma de tôles informes — James a été éjecté et tué sur le coup, la colonne vertébrale brisée. Le flic avait raison : il ne connaîtra pas Salinas !

Il est 17 h 59. Nous sommes le 30 septembre 1955. Ceci n'est pas du cinéma et pourtant celui qui incarne toutes les aspirations de la jeunesse américaine, celui dans lequel filles et garçons se retrouvent, s'identifient, puisent leur raison d'exister, James Dean le bien-aimé, James Dean l'idole n'est plus ! Il meurt à 24 ans, aussi vite qu'il a vécu.

Oui, fulgurante carrière que celle du héros de *A l'est d'Eden* et de *La fureur de vivre*. Elle n'a duré que seize mois. Trois films en tout et pour tout, dont un inédit.

Et pourtant, cela a largement suffit à faire de ce solitaire faussement désinvolte, mal dans sa peau, un mythe ! Un mythe que sa mort soudain, à 200 à l'heure, va encore sublimer. Oui il est mort, mais pour toute une génération, James Dean entre à jamais dans la légende.

A jamais ?

Ce sera vrai pendant 20 ans. Pendant 20 ans le culte de « l'inoubliable » ne va pas se démentir. Et puis, un jour de 1975, un homme prénommé Rolf va le déboulonner, en faisant — comme on dit — des révélations.

Le 30 septembre 1955, dans le restaurant, James et son copain ne sont pas seuls à discuter. Il y a un troisième homme. Vous voyez on ne quitte pas le cinéma. Et ce troisième homme, c'est Rolf. Rolf, ami de James, son mécanicien aussi, et ce jour-là, il l'accompagne à Salinas. Lorsque la Porsche va reprendre sa course à la mort, James n'est pas seul... Rolf en témoigne : « James était au volant. La voiture roulait à une allure tout à fait normale. En vue du carrefour de Grapewine, nous aperçumes une Ford venant de gauche. Comme James a la priorité, il s'engage. Mais l'autrè conducteur en fait autant. C'est la collision inévitable, classique, due à un non-respect de priorité. »

Plus chanceux, Rolf s'en tire avec une fracture du crâne. Dans l'aventure, il laisse aussi ses dents et quelques centimètres de sa jambe gauche. Mais à l'époque, dans le compte rendu de l'accident, jamais sa présence dans la Porsche disloquée ne sera mentionnée.

Pourquoi cet oubli volontaire, ce compte rendu mensonger ?

Trois jours avant l'accident, James Dean a achevé *Géant* son troisième film et il ne faut surtout pas compromettre la sortie de celui-ci. Au contraire ! *La fureur de vivre* a fait de lui un symbole, le « héros » qui défie la mort au volant d'une voiture. Il ne faut surtout pas détruire cette image. Il ne faut pas qu'il échappe à sa légende. Il doit être mort à 200 à l'heure...

Vingt ans après, Rolf le mécano a parlé. Tant pis pour la légende. Le dieu James Dean est mort comme un simple accidenté de la route, victime d'un chauffard.

LE PUITS DE LA MORT

Je vais dire une lapalissade... Nous allons dans la Lune, nous savons y aller en tout cas. Nous sommes capables de compter les étoiles de l'univers, comme Dieu, paraît-il, compte les cheveux sur la tête de chaque homme. Mais nous sommes incapables de descendre 60 mètres sous terre, dans un vieux puits artésien, pour en sortir un gosse de 6 ans.

Par deux fois dans le monde, un enfant qui jouait innocemment sur un terrain vague a disparu, englouti dans cette sorte de tombeau à ciel ouvert, étroit, tortueux, profond, inaccessible. Une fois aux États-Unis, c'était une petite fille, elle est morte devant les caméras de télévision, en direct, après de multiples tentatives pour la sortir de ce tunnel de la mort.

En juin 1981, le petit Alfredo Rampi court aussi sur un terrain vague... et disparaît. Cinq heures plus tard, les parents découvrent le lieu de sa disparition : un puits désaffecté. L'enfant crie, à 36 mètres sous terre. Le boyau est

"ENCORE CINQ MINUTES, MON CHÉRI !" RÉPÈTERA PENDANT TROIS JOURS CETTE MÈRE À SON PETIT GARÇON TOMBÉ AU FOND D'UN PUITS, À 60 M. "NON, MAMAN ! TU NE PEUX RIEN POUR MOI" RÉPONDAIT L'ENFANT. IL AVAIT RAISON : TOUS LES EFFORTS POUR LE REMONTER RESTERONT VAINS.

photo © Sygma

si étroit que personne ne peut s'y aventurer. Les sauveteurs décident de creuser une galerie parallèle, au trépan, une galerie plus large qui atteindra la même profondeur et permettra à un homme de rejoindre l'enfant sous terre, par un autre petit tunnel perpendiculaire.

On creuse, le trépan fait un bruit d'enfer. On rassure le gamin en lui racontant au porte-voix que Goldorack vient à son secours.

La terre et la roche vibrent. 20 mètres, 30 mètres, 35 mètres, presque 36 mètres... Les sauveteurs touchent au but. Soudain, un glissement de terrain et l'enfant dégringole 60 mètres plus bas.

La roche est trop dure, les marteaux piqueurs ne pourront pas l'entamer. La galerie parallèle ne servira à rien.

La mère d'Alfredo parle à son fils. Pendant deux jours et trois nuits, elle ne cessera de lui crier d'espérer :

— Encore cinq minutes, encore cinq minutes Alfredo ! Ils te sortiront de là...

Un spéléologue particulièrement mince tente de rejoindre l'enfant. Pendu par les pieds, la tête en bas, il tente de l'attacher à une corde et n'y parvient pas. Alors il l'attrape de ses mains et réussit à le faire monter d'une dizaine de mètres. L'effort est impossible, il lâche, et on le remonte dans le coma.

C'est la nuit du deuxième jour. Alfredo qui a 6 ans, qui a déjà été opéré du cœur, est un petit bonhomme lucide. Il crie à sa mère :

— Maman, arrête de mentir... je vais mourir !

Un acrobate de cirque parvient jusqu'à lui, toujours pendu par les pieds, il n'arrive pas à dégager l'enfant, coincé comme un bouchon, dans une position plus difficile encore que précédemment. L'acrobate a échoué.

Sur le terrain vague, lumière et caméra de télévision ont retransmis ce sinistre show de la mort. Une caméra descend à 60 mètres de fond, et les écrans montrent au public la mort en direct. Un enfant de 6 ans couvert de boue, un bras levé, une main tendue vers la lumière, vers sa mère, vers la vie. On descend un micro aussi, pour vérifier les battements du cœur.

C'est là que la mère a compris le désordre et l'inefficacité des secours, la technique dérisoire, la bonne volonté anarchique... Elle n'a pu que parler à son fils en attendant sa mort, dans un porte-voix, à 60 mètres de distance, lui dans sa tombe, elle à la surface, impuissante...

« Encore cinq minutes mon chéri ! »

« Arrête de mentir Maman. »

Au soir du troisième jour, Alfredo est mort.

MUNICH
LES JEUX DE LA HAINE

Il est 20 h 50 en ce 5 septembre 1972, lorsque trois hélicoptères allemands se posent 200 mètres derrière l'immeuble réservé aux Israéliens. Depuis le matin, le monde entier ne vit plus qu'à l'écoute de Munich. Munich où brûle la flamme olympique depuis 9 jours et qui depuis 5 heures du matin vit un cauchemar.

Un commando palestinien tient sous la menace de ses armes neuf otages israéliens. En échange de la vie de ces neuf sportifs, ils demandent la libération de deux cents prisonniers détenus en Israël. Toute la journée, des échanges de coups de fil ont eu lieu entre toutes les parties concernées et, fidèle à sa promesse de ne jamais céder au chantage, Jérusalem a dit non et ne reviendra pas sur sa décision. On estime que les neuf otages sont perdus et que seule une intervention miracle peut les sauver.

Avec l'accord et peut-être le conseil de Jérusalem, les Allemands vont tenter cette intervention miracle : il faut

CETTE TÊTE ENCAGOULÉE, C'EST CELLE DE L'ÉPOUVANTE QUI RÈGNE À MUNICH DEPUIS L'AUBE, QUAND DES TERRORISTES ONT PRIS LES ATHLÈTES ISRAÉLIENS EN OTAGE. TOUT FINIRA PAR UN CARNAGE QUI FERONT DE CES JEUX DE 1972 LE CAUCHEMAR DU MONDE OLYMPIQUE.

photo © Bild Zeitung

abattre les huit terroristes pendant le trajet qu'ils doivent faire entre l'immeuble des Israéliens et les hélicoptères. Sur ce trajet une dizaine de tireurs d'élite munis de fusils à lunette infrarouge sont cachés sur les toits. Bien dissimulés derrière les cheminées, ils déclencheront leurs tirs tous ensemble au moment optimum.

A pied et tenant en joue chacun un otage, les terroristes formeront à un moment ou à un autre une cible idéale. De toute façon, il n'y a pas le choix.

A 20 h 51 on avise par haut-parleur que les hélicoptères sont prêts. L'un des terroristes masqués se présente à la porte, regarde les toits, tous les tireurs se tassent sur eux-mêmes... L'homme les a-t-il vus ? Possible, toujours est-il qu'il refuse de faire le trajet à pied. Il exige un car. Le plan de la police allemande s'effondre. Il faut changer le dispositif de l'embuscade et le reporter à l'aéroport où un Boeing de la Lufthansa attend.

Tandis que l'on transporte de toute urgence les tireurs d'élite d'un point à l'autre, un autocar arrive devant l'immeuble israélien. Un homme masqué va visiter le car. De longues minutes s'écoulent avant que les otages et leurs bourreaux ne prennent place dans le véhicule.

Sur la route de l'aéroport, une longue caravane s'ouvre un passage à grand renfort de sirènes. C'est l'opération de la dernière chance. En fait, plus personne ne croit au miracle. On a l'impression que l'on ne sait plus quoi faire. Tout se passe dans la confusion et le découragement. Le cauchemar touche à sa fin et tout le monde a hâte d'en finir.

A 22 h 50, lorsque les hélicoptères transportant otages et terroristes se posent à proximité du Boeing qui doit les emmener vers Tunis, cinq tireurs d'élite seulement ont été dissimulés derrière l'avion. Cinq tireurs contre huit terroristes, le doigt crispé sur la détente de leur mitraillette, c'est courir au massacre. Même si les huit cibles se trouvaient brusquement dans le champ de tir, il aurait fallu autant de tireurs que d'hommes à abattre. Mais tout semble indiquer que le sort des otages est perdu d'avance, tout le monde a hâte que ça finisse au plus tôt. Deux terroristes sortent des hélicoptères et vont visiter l'avion qui leur est réservé, lorsqu'ils reviennent, deux otages sont poussés sur la piste suivis de deux autres feddayin, leur arme braquée dans leur dos. C'est le moment où éclate LE coup de feu...

Qui a tiré ? Personne ne le saura jamais. La police dit que cela venait d'un hélicoptère ? Ce coup de feu déclenche la fusillade. Les deux otages debouts sur la piste sont abattus sans pitié. L'un des terroristes tombe lui aussi, les autres remontent dans les hélicoptères où des rafales ont éclaté. Sur la banquette de l'un d'eux un athlète israélien est écroulé sur son siège, mort. De tout côté, des projecteurs se sont allumés.

Une nouvelle heure va s'écouler, horrible, interminable, avec des cadavres par terre baignant dans leur sang. A minuit 4, une grenade éclate dans un hélicoptère où se trouvent quatre prisonniers et un feddayin. L'appareil prend feu, les cinq hommes vont brûler vif. C'est le signal de la curée. De tout côté, les tirs fusent et bientôt le dernier terroriste tombe mitraillette à la main. Et c'est le silence, un silence de mort qui tombe sur l'aéroport de Munich. La plus grande tragédie des Jeux Olympiques vient de s'achever dans un bain de sang.

Les huit terroristes sont morts. Les neuf otages sont morts aussi. Les « jeux de la joie », ces jeux créés pour rassembler les athlètes du monde entier dans une joute pacifique, sont devenus les « jeux de la haine »... Ils auront bien du mal à survivre.

LE SALARIÉ DU RISQUE

Tassés à l'avant de la décapotable, ils sont trois : deux hommes, une jeune femme coincée entre eux. La voiture roule à allure modérée sur une portion de l'autoroute du Nord entre La Courneuve et Le Bourget.

Soudain, le deuxième homme indique au conducteur un camion plate-forme arrivant en sens inverse. Et plus précisément le plateau inférieur du camion sur lequel est arrimée une traction noire... « la voiture des gangsters ».

A peine le camion est-il passé, que la décapotable freine à mort. Dérapage, tête-à-queue aussi impeccable qu'impressionnant, et la voilà qui se lance à la poursuite du camion.

— Coupez !...

Vous l'avez deviné, ce n'est que du cinéma. On vient de tourner pour la sixième fois une scène d'action du film *Le Saint prend l'affût*... Le Saint étant le fameux aventurier Simon Templar auquel Jean Marais prête ses traits. C'est le Saint bien entendu qui est au volant de la décapotable,

CETTE SCÈNE N'ÉTAIT PAS PRÉVUE DANS LE SCÉNARIO DU FILM "LE SAINT PREND L'AFFÛT". LE CABRIOLET, CONDUIT PAR LE CASCADEUR LE PLUS CÉLÈBRE DE FRANCE, GIL DELAMARE, DÉRAPE LORS D'UN TÊTE-À-QUEUE ET SE RENVERSE. GIL MEURT, FAUCHÉ EN PLEINE ACTION.

photo © France Soir

mais pour cette scène qui exige un pilote chevronné, Jean Marais est doublé et le metteur en scène a fait appel tout naturellement au plus sûr, au meilleur, au casse-cou N° 1 du cinéma français : Gilbert Yves de la Mare de la Villenaire de Chenevarin, célèbre dans le métier sous l'appellation plus lapidaire de Gil Delamare.

Il a tout fait Gil, tout fait depuis que, figurant dans le film *Duguesclin*, il a remplacé au pied levé la doublure de la vedette, malade, pour effectuer une cascade sur un cheval qui se cabrait... Depuis, pour les séquences à hauts risques, les héros de la pellicule, les Ventura, Belmondo, Constantin et bien d'autres, cèdent la place à Delamare lorsqu'il s'agit de voyager sur l'aile d'un avion, d'effectuer des sauts périlleux à moto, de plonger dans un torrent, de se battre contre un boa, de se jeter en parachute dans une église en flammes, ou d'accomplir cent autres exploits spectaculaires qui font battre le cœur des foules dans les salles obscures.

Un surdoué ? un superman ce Gil Delamare ? Non, un vrai pro. Certes, il a choisi un métier qui est un perpétuel pied de nez à la mort... mais pour lui, le pied de nez ne se veut pas « défi ». Il ne laisse jamais place au hasard et c'est pour ça qu'il réussit l'impossible, c'est pour ça que, depuis près de 20 ans, ce trompe-la-mort est indestructible.

— Gil ! encore une prise demande le metteur en scène...

Delamare ne proteste pas. La sixième lui a paru « impec », mais le réalisateur est seul à décider. Il soupire seulement : « Ils ne sont jamais satisfaits. » C'est sans appréhension cependant qu'il regagne la décapotable.

— Prêt ?... Moteur !

Dans la voiture, Gil s'écarte légèrement d'Odile Astier, sa partenaire.

— Mieux vaut garder sa liberté de mouvement, lui glisse-t-il... on ne sait jamais.

« On ne sait jamais »... Ce seront ses dernières paroles.

La voiture démarre... le camion arrive... coup de frein... glissade... le tête-à-queue... non !!! La voiture s'est déséquilibrée et Gil a beau contre-braquer, la décapotable amorce inexorablement un tonneau, puis deux...

Les trois occupants ont été éjectés : les deux passagers ne seront que légèrement contusionnés, le conducteur, lui, ne se relève pas... Il s'est fracassé le crâne contre un montant du pare-brise. Gil Delamare savait que malgré toute son expérience, ses réflexes, sa prudence aussi, il paierait tôt ou tard son tribut au risque lorsque la « baraka » le quitterait.

Ironie du sort, lorsqu'elle l'a quitté, la mort a épinglé le prince des casse-cou dans un banal exercice de dérapage contrôlé à la portée apparemment de tout conducteur un peu avisé, privant même ce super salarié du risque de mettre un point final à ses Mémoires intitulées : *Le risque est un métier.*

LE DERNIER MIRACLE DE RAMSÈS II

En 1878, un archéologue français Maspero trouve, en Égypte, l'entrée d'une nécropole inviolée dans laquelle les prêtres ont entassé en secret voilà deux mille ans les dépouilles des anciens pharaons dont les sépultures avaient été pillées. Toutes les momies soigneusement étiquetées sont identifiées. Parmi leurs noms, figure le plus prestigieux de tous : Ramsès II.

Dans le plus grand secret, ces momies sont chargées sur un bateau et acheminées par le Nil jusqu'au Caire. Au moment de les débarquer, des employés des douanes surgissent et exigent un droit d'importation. Comme on explique au chef douanier l'intérêt de la précieuse cargaison, celui-ci en fonctionnaire têtu persiste à réclamer un droit de débarquement. Pour en finir, Maspero accepte de payer. Ne sachant sur quelle base se fixer, le fonctionnaire finit par imposer les momies de ces pharaons qui ont fait la gloire de l'Égypte... au tarif du poisson séché.

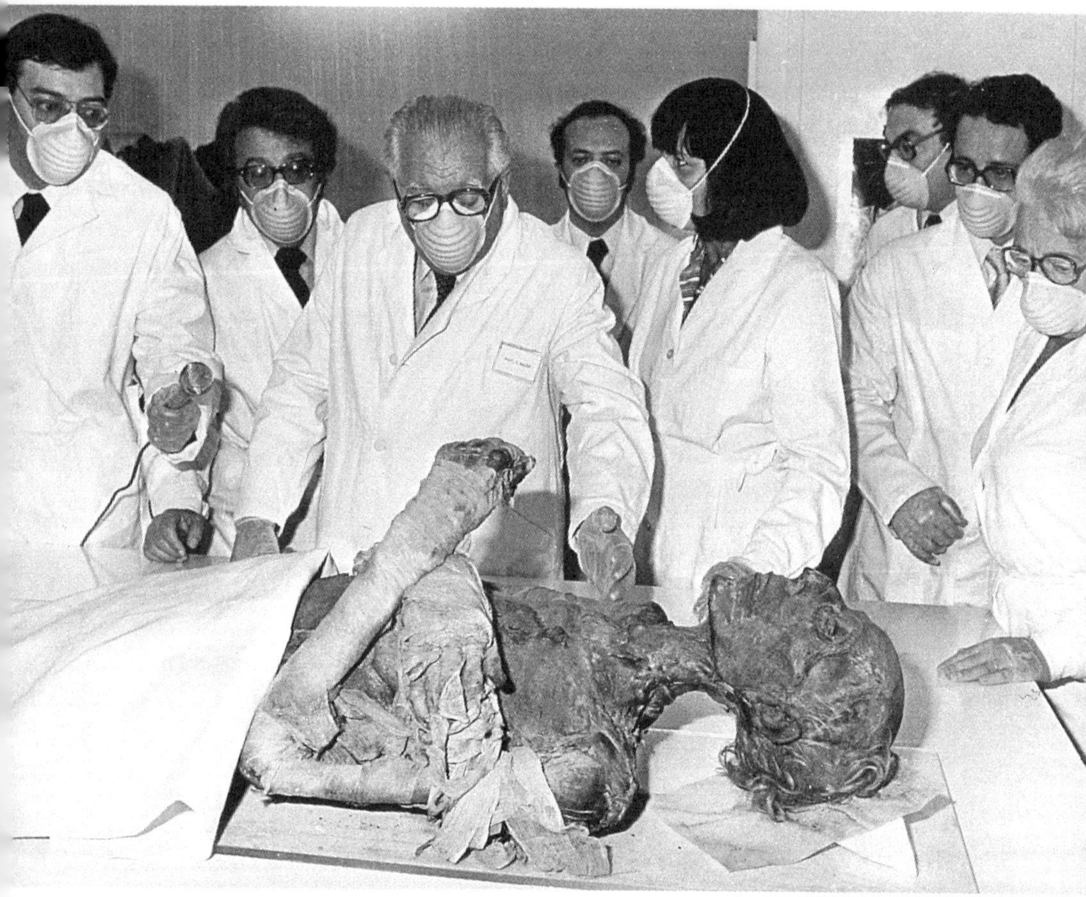

C'EST LE MALADE LE PLUS CÉLÈBRE DU MONDE, ÂGÉ DE 3 200 ANS, SUR LEQUEL CES SAVANTS SE PENCHENT RESPECTUEUSEMENT. RAMSÈS II SERA SOIGNÉ HUIT MOIS DURANT À PARIS ET À SACLAY, EMMAILLOTÉ DANS DES BANDELETTES NEUVES, ET RAMENÉ GUÉRI AU CAIRE.

photo © Gamma

Et voilà comment, peu de temps après, le monde entier va découvrir le visage étonnamment expressif du Dieu Roi, figé pour l'éternité dans la posture classique des pharaons : les bras croisés sur la poitrine. Il n'a plus de bandelettes. Elles ont été arrachées voici des siècles par les pillards pour voler ses précieux bijoux.

Et un siècle passe jusqu'au jour où : « Ramsès II est malade ! Ramsès II va mourir une seconde fois. » Cette rumeur étrange se propage dans les coulisses des musées du monde au début des années 70. En effet, depuis peu, la dépouille du grand roi exposée sous une vitrine du musée du Caire dégage des odeurs nauséabondes, et l'état de l'auguste momie laisse présager le pire. La première, la France pose sa candidature pour sauver la momie du pharaon.

Après des années de pourparlers aussi bien scientifiques que diplomatiques, le président Sadate accepte enfin de confier aux savants français le plus prestigieux de ses ancêtres, le grand Ramsès II.

C'est ainsi que, le 26 septembre 1976, arrive au Bourget une grande caisse munie de poignées avec « haut » inscrit en haut comme il se doit. Un ministre et la garde républicaine sont là pour l'accueillir... c'est la moindre des choses. Après avoir eu droit aux hommages militaires, le plus célèbre des pharaons est monté dans une camionnette et, précédé de deux motards, prend la route de Paris. Direction, le musée de l'Homme.

Mais, avant d'arriver dans les lieux spécialement aménagés pour lui, les autorités françaises ont prévu une petite attention particulière. La camionnette précédée des deux motards va faire le tour de la place de la Concorde. Quelle vision extraordinaire ! Si les prêtres égyptiens du grand roi avaient pu lui prédire cette scène fabuleuse : Ramsès II lancé à 60 km/heure dans une camionnette mue par des chevaux-vapeur, tournant autour de l'un des deux obélisques qu'il avait fait ériger 3 200 ans auparavant à des milliers de kilomètres de là, sous un ciel qui ne connaît pas de nuages...

La suite ne manque pas d'intérêt. Grâce à l'aide de sociétés de renommée mondiale, telles que Elf-Erap, Kodak, L'Oréal, Rank Xerox, Du Pont de Nemours, etc., la momie de Ramsès II est restaurée au musée de l'Homme.

Deux pièces ont été spécialement aménagées pour lui : 19° en permanence, 50 % de taux d'hygrométrie. Les fenêtres ne laissent pas passer les rayons ultraviolets. Ramsès est déposé sur un chariot chirurgical.

A partir de là, pendant huit mois, toute une équipe de savants va utiliser les moyens les plus modernes, les techniques les plus sophistiquées pour sauver le Dieu Roi de sa perte.

Tous ceux qui l'approchent portent un masque, des gants et une blouse blanche. Quinze laboratoires d'État et privés vont se pencher sur le cas unique de ce grand malade de 3 200 ans.

On commence par enlever les morceaux de bandelettes qui sont collés à la peau. On les analyse, ainsi que les morceaux de peau qui sont tombés et on découvre la présence de deux agents redoutables : des insectes et des champignons. Oui, les détecteurs scientifiques (il n'y a pas d'autres mots) trouvent des insectes microscopiques qui vivent dans les bandelettes entourant les membres de la momie. Ce sont des dermestides et des vrillettes de musée, grands dévoreurs de vêtements.

Consulté, l'Institut Pasteur confirme : l'invasion microbienne se fait uniquement dans les tissus végétaux, et la preuve en est vite donnée, lorsque Ramsès II est débarrassé en totalité de ses bandelettes, la mauvaise odeur a disparu. Après avoir débarrassé la momie de la faune, les savants passent à la flore.

Il y a plus de 60 espèces de champignons qui vivent au détriment de Ramsès II. On les traite, on les élimine et parmi les études faites à partir de ces prélèvements, on découvre une chose ahurissante : pour embaumer le corps de Ramsès II, les Égyptiens ont utilisé du tabac ! Oui, la légende de l'herbe à Nicot importée d'Amérique au XVIe siècle s'écroule : les Égyptiens connaissaient le tabac il y a 3 200 ans de cela.

Après avoir fait des centaines d'expérience sur une autre momie de moindre intérêt, baptisée « le soldat inconnu », on transporte Ramsès II à Saclay où pendant neuf heures on va l'irradier au cobalt 60, ce qui a pour but de détruire définitivement tout parasite qui pourrait vivre encore.

On remet des bandelettes neuves autour des bras. On vêt Ramsès d'un manteau de lin royal blanc, et le 15 mai 1977, le plus prestigieux des pharaons fait de nouveau son entrée au musée du Caire dans une vitrine spécialement pensée pour lui éviter toute nouvelle rechute.

Grâce à ce check-up unique au monde, les savants ont pu établir une fiche signalétique du grand roi : Ramsès II qui mesurait 1,72 m, mourut à l'âge de 88 ans, la colonne vertébrale entièrement soudée par la spondylarthrite ankylosante, ce qui l'obligeait à marcher raide, la tête penchée à droite et à tout petits pas. Il est mort d'une infection généralisée, due à ses dents qui étaient en très mauvais état et dont il devait souffrir atrocement.

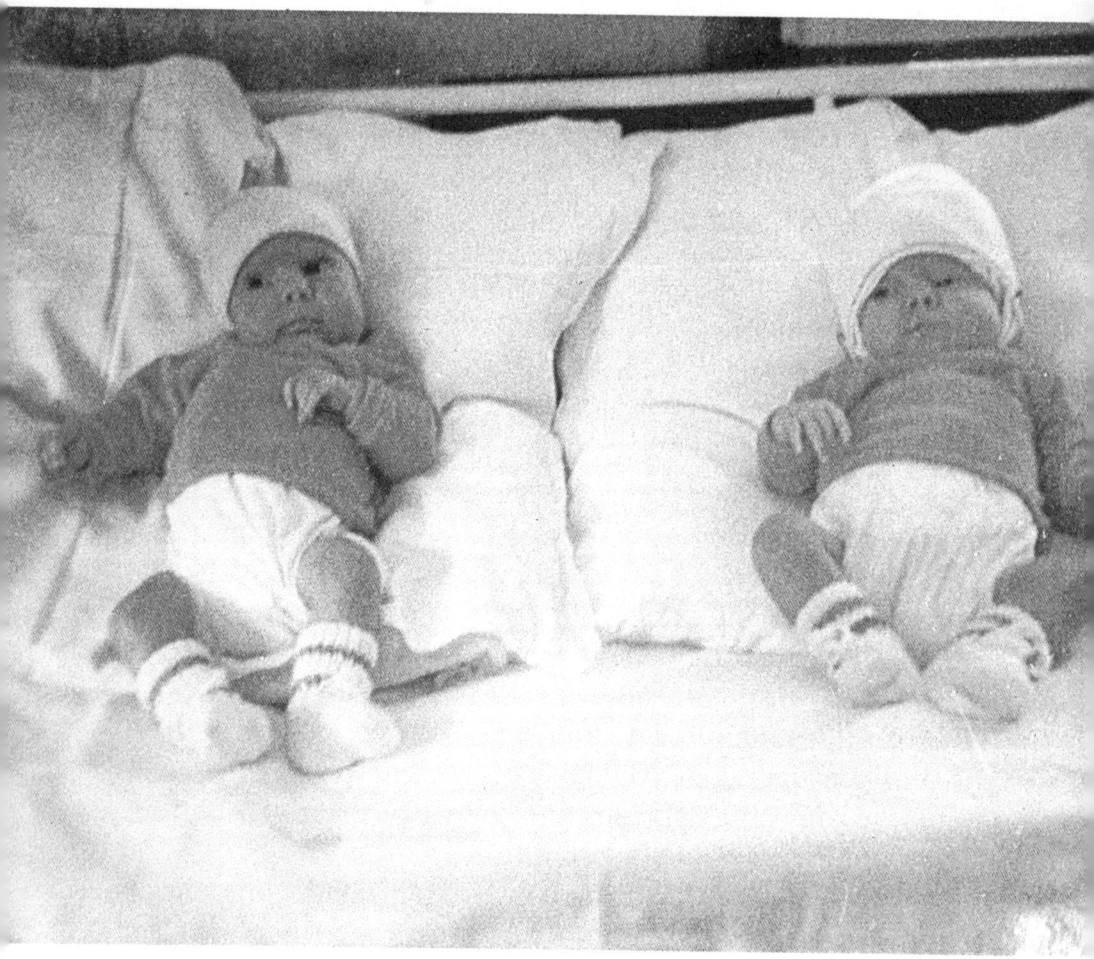

CES DEUX SŒURS JUMELLES SONT UNIQUES AU MONDE : IL Y A QUELQUES HEURES, ELLES NE FORMAIENT QU'UN CORPS, CRÂNES SOUDÉS L'UN À L'AUTRE. RÉUSSISSANT UNE GRANDE PREMIÈRE MONDIALE, UNE ÉQUIPE MÉDICALE FRANÇAISE LES A SÉPARÉES ET SAUVÉES.

photo © Sygma

LES SŒURS SIAMOISES

Le président du tribunal dit à l'accusé : « La cour vous condamne à la peine de mort. » Et il ajoute : « Maintenant, allez, vous êtes libres. »

Une solution ? Oui, à cette énigme, il y a une seule réponse. Pas trois, pas deux, une réponse logique, unique, rationnelle. En effet, il existe un cas d'exception pour lequel un président du tribunal pourrait annoncer à un accusé qu'il est condamné à mort, et ajouter qu'il est libre de partir. Il s'agit du cas où le condamné à mort a un frère siamois...

Hé oui. Dans l'absolu c'est possible. Il a existé, il existe des jumeaux qui sont nés reliés par un point anatomique quelconque : le bassin, le thorax, le bras. Il y en a même eu de célèbres.

Les siamois du cirque Barnum soudés par le côté de la cage thoracique ont été exhibés dans le monde entier pendant des années. Ils avaient chacun leur tête, leurs jambes, leurs bras, mais un système sanguin unique pour les deux, si bien que la mort de l'un amenait automatiquement la mort de l'autre. A part cette irrigation commune, ils avaient chacun leur anatomie fonctionnelle. Évidemment ils ne pouvaient pas se déplacer l'un sans l'autre, mais ils pensaient, mangeaient, lisaient, dormaient indépendamment... Ils se sont même mariés tous les deux. Le même jour bien sûr, et ce fut l'occasion dit-on d'une très belle cérémonie orchestrée par Barnum, un homme qui s'y connaissait en publicité...

Nous ne nous attarderons pas sur la nuit de noces, mais ces malheureux « faux pas » de la nature vécurent jusqu'à un âge relativement avancé, vu leur handicap.

Il y a eu d'autres cas de siamois, moins célèbres mais tout autant « difficiles ». C'est en 1975 que s'est présenté le cas le plus dramatique.

Au milieu de l'année 1974, naissaient en Seine-et-Marne deux petites filles soudées... par le sommet du crâne. Rien ne laissait prévoir un tel handicap avant la naissance. Jusque-là sur les 40 cas connus et répertoriés depuis la naissance au Siam en 1811, de deux enfants reliés par la poitrine (d'où le nom de siamois), aucun des siamois n'avait été relié par le crâne. Seule une opération pouvait sauver les deux petites filles qui, à part cet inconvénient majeur, étaient parfaitement constituées et qui plus est mignonnes.

Depuis la guerre, plusieurs opérations de siamois avaient été tentées sans succès. Une seule avait réussi en 1957 au détriment d'une des jumelles contrainte à passer le reste de sa vie dans une institution pour handicapés. Pendant dix mois, aucun chirurgien ne se sent apte à tenter l'opération. Pendant dix mois, les deux petites filles (Sonia et Sophie) vont grandir allongées tantôt l'une sur le dos, l'autre sur le ventre, et tantôt le contraire.

Et puis, après avoir étudié des dizaines de radios, fait des centaines d'analyses, le professeur Perthuiset de l'hôpital de la Pitié-Salpêtrière décide d'opérer. Il accepte de prendre le risque énorme de séparer les deux crânes imbriqués l'un dans l'autre et ne faisant qu'un seul et même os à l'endroit du contact.

L'opération suspense va durer 210 minutes. Pendant 210 minutes, toute l'équipe du professeur Perthuiset va vivre intensément, craignant par-dessus tout l'hémorragie. L'une des deux siamoises doit être privée d'une portion de crâne au profit de l'autre. Le choix se fait spontanément au cours de l'opération.

Et c'est la réussite. Après trois heures et demie d'efforts, Sonia et Sophie deviennent des petites filles comme les autres.

C'est cette victoire de la science que révélait *Paris Match* dans son numéro du 29 mars 1975.

Une belle revanche sur les malignités de « Dame Nature ».

PERDUS DANS LES ANDES, VIVRES ÉPUISÉS, LES RESCAPÉS DE L'ACCIDENT D'AVION SURVIVRONT 72 JOURS EN MANGEANT LES CADAVRES DE LEURS CAMARADES. UNE HISTOIRE MODERNE DE CANNIBALISME RACONTÉE PAR SES 28 PROTAGONISTES, QUI STUPÉFIERA LE MONDE.

photo © Gamma

LES MORTS ONT REMPLI LEUR MISSION

Il est 15 h 30 en ce vendredi 13 octobre 1972, lorsqu'un trou d'air aspire irrésistiblement l'avion vers les cimes enneigées qu'il survole. En l'espace de quelques secondes, l'appareil se trouve au creux de la montagne. Impossible de redresser. Gaz à fond, le commandant essaie d'éviter les parois rocheuses qui défilent au ras de ses ailes. Trop tard. Une aile touche, puis l'autre, l'avion se casse en deux et l'avant du fuselage, long d'une dizaine de mètres, finit sa course folle dans un champ de neige.

Tandis que les survivants les moins touchés sortent de l'épave, les cris des blessés se répercutent dans la montagne environnante. Le Fairchild de l'armée de l'Air uruguayenne vient de s'écraser à 4 000 mètres dans les Andes sans avoir pu préciser sa position.

Très vite, le bilan est établi : sur les 45 personnes à bord, 17 ont disparu ou ont été tuées dans l'accident. En comptant les blessés, ils sont 28 rescapés dont les plus valides organisent la survie. La plupart sont des étudiants faisant partie de l'équipe nationale de rugby qui revient de disputer un match au Chili.

Cernés de tous côtés par la montagne, les rescapés n'ont plus qu'à attendre la venue des secours. La radio de bord n'émet plus, mais reçoit des nouvelles. Leur disparition a été signalée et déjà des avions sont partis à leur recherche. Malheureusement, le fuselage du Fairchild est peint en blanc et se confond avec la neige.

Trois jours plus tard, la radio leur apprend que les recherches sont abandonnées, et la voix du speaker précise : « D'ailleurs, personne ne pourrait survivre dans les Andes par un temps pareil. »

Pourtant, ils se sont installés, eux, pour survivre. Les premiers jours ne posent pas vraiment de problèmes. Pour se vêtir plus chaudement, ils ont déshabillé les morts, ils ont dévissé les sièges pour constituer une chambrée, tendu des filets et des toiles pour allonger les blessés ; ils ont mis en commun les friandises et le vin acheté à l'étape de Mendoza. Pour la boisson, la neige est fondue grâce aux feux des briquets. Et puis la radio de bord rend l'âme et, au fil des nuits, des blessés meurent.

Un jour, après avoir mangé tout ce qui pouvait l'être à bord : pilules, vitamines C, Alka Seltzer, le papier, la pâte dentifrice, le crin végétal des sièges, il faut bien se rendre à l'évidence : pour être sauvés il faut que les plus forts d'entre eux aillent chercher du secours. Pour cela, il faut escalader les montagnes qui les entourent, pour escalader il faut des forces, et pour avoir des forces il faut manger, ne serait-ce que de la viande.

« La discussion a duré des heures » a raconté l'un d'eux. Il y avait les « pour » et les « contre ». Finalement, quelqu'un a mis fin à la discussion en disant : « Cette nourriture est la seule que Dieu nous ait laissée. Ce serait un suicide de ne pas l'utiliser, or Dieu interdit le suicide. »

Alors, l'un d'eux, qui est étudiant en médecine, s'est éloigné de quelques pas, il s'est agenouillé dans la neige, là où les morts avaient été alignés. Il avait un couteau à la main. Dans les jours, dans les semaines qui suivent, les plus forts vont reprendre des forces. Des expéditions de reconnaissance vont avoir lieu. Une nuit, une avalanche va faire 9 morts de plus. Le dernier à mourir sera celui qui ne supporte pas de manger les « prélèvements » faits sur ceux qui furent ses camarades...

Au bout de quelques semaines, deux d'entre eux vont partir chercher du secours. A travers pics et glaciers, ils vont parcourir 120 km avant de trouver un ruisseau. Ils n'ont plus qu'à le suivre. Un peu plus bas, un berger garde son troupeau. Quelques heures plus tard, des hélicoptères vont recueillir les survivants. Sur les 28 rescapés du début, ils ne sont plus que 16. Seize qui ont survécu 72 jours en retrouvant les pratiques des hommes primitifs, leurs ancêtres : le cannibalisme.

Après plusieurs mois de silence, le monde apprenait avec stupeur la véritable raison de leur survie : pour ne pas mourir, pour rester en vie, ils avaient été contraints de renouer avec des pratiques inavouables aujourd'hui.

Interrogé sur ce sujet, un simple prêtre de Santiago a dit : « C'est bien ainsi, les morts ont rempli leur mission. »

Qu'aurions-nous fait à leur place ?

CET ENFANT SOURIANT VIENT D'ACCOMPLIR, SANS L'AVOIR CHERCHÉ, UN EXPLOIT JAMAIS RÉUSSI : PASSER LES CHUTES DU NIAGARA EN MAILLOT DE BAIN. SANS Y PERDRE LA VIE. LÉGER, LE CORPS DE ROGER A REBONDI COMME UN BOUCHON AU-DESSUS DES ROCS MORTELS.

photo © U.P.I.

LE PLUS GRAND PLONGEON DU MONDE

Le Niagara ! Qui ne connaît, qui n'a entendu parler du Niagara ? Du monde entier, on vient voir les chutes du Niagara. Ce nom quasiment magique tonne à nos oreilles dans un grondement apocalyptique. Car tout le monde a dans l'œil l'image de ces masses d'eau formidables qui font une chute de près de 50 mètres à pic pour s'écouler vers le lac Ontario, le Saint-Laurent et, 1 200 km plus loin, l'Atlantique.

Bien évidemment, il y a des hommes qui ont tenté de les franchir ces chutes. Ils sont tous morts. Tous sauf trois, dont un fabricant de tonneaux qui s'étant sanglé à l'intérieur d'une barrique spécialement construite à cet effet. Les deux autres étaient des acrobates ficelés dans des paquets étanches. A part eux, tous les autres y ont laissé la vie. Pensez donc, un saut de 50 mètres à pic (du 25e étage) dans un bouillonnement et des tourbillons qui n'en finissent plus.

Bien sûr, avant la chute, en amont, et après la chute, en

aval, le Niagara est navigable. De nombreux bateaux de plaisance y circulent en toute quiétude — à condition que le moteur ne cale pas — parce que forcément, une dénivellation de 50 mètres, ça crée du courant. C'est précisément ce qui arrive ce jour de 1960 à la famille Woodward.

A bord du bateau qui effectue une promenade quelques kilomètres en amont des chutes, il y a : Deanne Woodward 12 ans, son frère Roger qui a 7 ans, et le pilote du bateau un ami de la famille. Ils sont en pleine traversée du fleuve lorsque tout à coup le moteur cale. Tandis que le conducteur s'emploie à le faire redémarrer, le bateau heurte un récif et chavire.

C'est le drame. Heureusement, les deux enfants ont mis des gilets de sauvetage. Hurlements, cris. D'autres bateaux sont un peu plus loin. De la rive, les témoins leur font des signes. L'un d'eux réalise et fonce avec son embarcation vers les naufragés qui sont littéralement aspirés par le courant.

Évidemment, ce n'est pas facile. Il ne faut pas non plus prendre trop de risques. Plus on s'approche des chutes et plus le courant devient rapide. Le bateau sauveteur doit d'abord dépasser les naufragés et, face au courant, moteur à plein gaz, choper au passage celui ou ceux qui passeront suffisamment près. La première qui se présente c'est Deanne. Avec sa gaffe, un passager réussit à l'attraper, mais le temps de retirer la gaffe et de la tendre de l'autre côté, le petit Roger est hors de distance. Le pilote arrive à son tour. On tend la gaffe, mais au dernier moment un tourbillon l'éloigne. Trop tard. Le bateau sauveteur ne peut plus sans risque se rapprocher des chutes. Et sous l'œil horrifié de centaines de touristes impuissants, l'homme et l'enfant disparaissent vers le bouillonnement, vers la mort...

Au bas des chutes, à 200 mètres environ, il y a un bateau de touristes qui contemple le spectacle. Ils sont là à regarder lorsqu'ils voient quelque chose qui émerge de l'eau.

— Regardez là-bas, un enfant qui nage !

C'est Roger. Oui, aussi incroyable que cela paraisse, grâce à son faible poids, l'enfant a été éjecté des remous comme un simple bouchon de liège. Contrairement à l'homme qui, lui, sera broyé contre les rochers, il flotte grâce à sa ceinture et il fait signe de la main. Sur le bateau, c'est le branle-bas de combat. On jette une bouée ; l'enfant s'en saisit ; on le hisse à bord : il est sauvé.

Sur le bateau, quelqu'un avait un appareil à la main, et tout naturellement il a pris les photos du miraculé. Le seul homme au monde à pouvoir dire aujourd'hui : « Les chutes du Niagara ?... Moi je les ai passées à la nage. »

A L'INTÉRIEUR DE CETTE PETITE AUTO, DEUX CORPS CRIBLÉS DE BALLES, CELUI DU GÉNÉRAL DELLA CHIESA ET DE SA JEUNE FEMME, ASSASSINÉS PAR LA MAFIA. LE MILITAIRE ÉTAIT UN HOMME D'HONNEUR, UN BRAVE, LE PARFAIT CONTRAIRE DE SES ADVERSAIRES JURÉS.

photo © Labruzzo Paterno

L'HONNEUR DANS LE CRIME

Le vendredi 3 septembre 1982 à 21 heures, une jeune femme élégante arrête son Autobianchi devant les marches de la préfecture de Palerme. Elle donne un petit coup d'avertisseur, le carabinier qui est de garde à la porte lui adresse un signe de reconnaissance puis, s'adressant à son collègue qui se trouve à l'intérieur :

— Tu veux dire au général que sa femme est là.

Au volant de sa petite voiture, cette femme de 30 ans qui vient chercher son mari comme le ferait n'importe quelle épouse, est pourtant mariée à l'un des hommes les plus célèbres d'Italie. Celui qui à force de patience a réussi à démanteler les Brigades rouges italiennes : le général Dalla Chiesa. Nommé préfet de Palerme depuis 6 mois, il est venu accomplir une nouvelle mission et pas des moindres : abattre la Mafia sicilienne.

Depuis qu'il a été nommé à Palerme, le général a transformé ses habitudes. Lui, qui à l'époque de sa lutte contre les Brigades rouges ne dormait jamais deux nuits de suite au même endroit, se montre maintenant volontiers en public. On le rencontre parfois seul, sans escorte dans la rue. Son courage, sa détermination étonnent, surprennent les Siciliens. « Je suis en Sicile pour faire le plongeur sous-marin, et de temps en temps, je sors la tête » a-t-il l'habitude de répondre à ceux qui le trouvent un peu trop confiant.

Il est de fait que Dalla Chiesa semble croire en la vieille image romanesque de la Mafia. Il pense que si les Mafiosi se battent contre les institutions, ils respectent l'homme, son courage, son intégrité. Il estime que s'attaquer comme il le fait aux tout puissants, aux intouchables, de la Mafia, à ceux qui recyclent les énormes profits de la drogue dans les grandes affaires du pays, le met à l'abri du danger.

— Ils n'oseront pas s'attaquer à moi !

De fait, depuis 6 mois qu'il est installé à Palerme, on le voit avec sa jeune femme, aux concerts, dans les réceptions et jamais rien n'a été tenté contre lui. Et pourtant, nul n'ignore qu'il n'est pas resté inactif, le général. La preuve, la veille même, le jeudi 2 septembre, il a reçu du ministère des Finances plus de 3 000 dossiers concernant 3 000 noms de personnes haut placées sur la fortune desquelles on peut avoir des doutes.

— Bonsoir chérie, je ne t'ai pas fait attendre ?

Comme un simple fonctionnaire de préfecture, le général Dalla Chiesa ouvre la portière de la petite voiture et donne un baiser à son épouse avant de s'installer à ses côtés.

— La journée a été bonne ?

Comme tout couple heureux de se retrouver après une journée de travail, le général et sa femme échangent des propos ménagers. Quoi de plus normal pour un couple marié depuis deux mois seulement et dont la femme attend un enfant.

Tandis qu'ils roulent en direction de leur résidence de Villa

Paino, une voiture et une moto ont pris discrètement la même route qu'eux. C'est au moment de rentrer dans leur villa que tout s'est déclenché. Le général a eu juste le réflexe de se pencher, devant sa femme pour lui faire un rempart de son corps.

On a retrouvé sur place 40 douilles d'armes automatiques. Aucune chance d'y échapper.

La Mafia ne tuait jamais les femmes ? La Mafia respectait les hommes ? Comment faire confiance à des individus qui bâtissent des fortunes en avilissant leurs semblables par la drogue. Il est des erreurs qui se paient cher, et la vie d'un honnête général n'a pas de prix.

Au cimetière, sur la tombe des victimes on aurait pu écrire cette épitaphe :

« Ci-gît M. et Mme Della Chiesa, morts pour avoir cru qu'il pouvait y avoir de l'honneur dans le crime. »

LE DESTIN S'EST ACHARNÉ SUR JIM, ET POURTANT CET HOMME EN A TOUJOURS TRIOMPHÉ. IL A VAINCU LA POLIOMYÉLITE POUR REMONTER Á CHEVAL, ET, DEVENU UN HOMME-TRONC ET UN MANCHOT À CAUSE D'UNE MINE AU VIÊT-NAM, IL RÉAPPREND CRÂNEMENT À MONTER.

photo © Sygma

JIM LE BORGNE

« Alors cet homme qui avait tout possédé : biens, famille, gloire, honneurs, était là, sur son fumier, grattant avec des tessons de poterie le pus qui sortait de ses plaies et il remerciait le Seigneur qui lui laissait la vie... » Cette histoire que vous lisez dans la Bible, c'est l'histoire de Job, le saint homme Job qui fut autrefois l'objet d'un défi entre Dieu et le Démon. « Vaincu, Satan se retira et Job retrouva la jouissance de tous ses biens en louant le Seigneur. »

L'histoire est un éternel recommencement, c'est bien connu ; et ce n'est pas l'homme dont je vais vous parler maintenant qui viendra me démentir.

Il ne s'appelle pas Job, mais Jim. Il ne vit pas en Terre Sainte, mais aux États-Unis et il n'a que 15 ans. Comme son père possède un ranch dans la campagne, Jim a un cheval et comme c'est un solide garçon qui n'a pas froid aux yeux, il fait des prouesses avec son cheval. Évidemment, à 15 ans on manque un peu d'expérience, mais Jim est si doué que les vieux cow-boys du coin lui prédisent une brillante carrière... dans la cavalerie.

Un après-midi, Jim se couche avec une forte fièvre, le soir la fièvre est si forte qu'il délire. Le lendemain matin, la fièvre est tombée mais le jeune garçon ne peut plus se servir de ses jambes : poliomyélithe déclare le médecin.

A 15 ans, passer sans transition de la selle de cheval au fauteuil d'infirme a de quoi démoraliser les plus courageux. Mais Jim ne se plaint pas, il accepte son sort avec sérénité. Faisant de son cheval son confident, l'adolescent lui assure qu'un jour viendra où, de nouveau, grâce à l'aide de Dieu, ils chevaucheront ensemble. Un an et demi après son attaque, son père lui annonce qu'il a vendu son cheval. « Cet animal prenait trop de place dans ta vie. » Pour Jim, c'est un coup de cravache en plein visage. En six mois, il réapprend à marcher et retrouve la totalité de ses moyens. A 17 ans, il est redevenu ce qu'il était : un cavalier exceptionnel.

En 1968, Jim a 20 ans et comme des milliers d'Américains, il fait la guerre au Viêt-nam. Le 26 octobre, sur la route de Long Binh, au volant de sa jeep le G.i. Jim Brunotte songe que bientôt, si Dieu le veut, il va retrouver sa Californie et son cheval. Cette foutue guerre dans laquelle les États-Unis s'enlisent chaque jour un peu plus sera finie pour lui. Comme un camion arrive face à lui, le soldat Brunotte serre un peu plus sur le bas-côté. Une explosion formidable, le sentiment d'éclater en morceaux et le silence, le grand silence de l'hôpital où Jim reprend conscience quelques jours plus tard. Une infirmière se penche sur lui.

— Ne bougez pas, tout ira bien, vous verrez...
— Que m'est-il arrivé ?
— Votre jeep a sauté sur une mine.
— Et alors ?

Pour toute réponse, l'infirmière lui adresse un grand sourire.

— Ne bougez pas, le médecin va venir vous voir.

Quelques instants après, Jim Brunotte connaît le bilan de son « accident ». Il est lourd, très lourd : dans l'explosion Jim a perdu l'œil droit, la main gauche et les deux jambes, sectionnées juste au-dessus du genou.

— Et le reste va bien ? a la force de demander Brunotte...

— Fort bien, répond le médecin décontenancé.

— Alors, reprend Jim, je vais pouvoir quand même faire du cheval !

Et, Jim Brunotte a tenu parole. Un an plus tard, au printemps 1969, Jim qui avait hérité du ranch de son père, tué dans un accident de la route, se faisait faire une selle spéciale qui lui permettait de monter son cheval favori.

C'était l'année où « Jim le Borgne », comme l'appelaient ses voisins, allait se marier...

Alors, Jim remercia le Seigneur qui, dans sa grande bonté, lui avait laissé le bien le plus précieux que l'homme puisse posséder : la vie.

LA CROISIÈRE ENCHANTÉE VA DEVENIR CELLE DE L'ENFER. À CAUSE DE LA MALADRESSE D'UN CUISINIER, UN INCENDIE ÉCLATE QUI VA VITE EMBRASER TOUT LE BÂTIMENT. A BORD, RIEN NE FONCTIONNE, DES EXTINCTEURS AUX TREUILS DE CHALOUPES, LA PANIQUE GAGNE...

photo © Sergio Tergan

(620 × 2) – 85

Le jour commence à poindre en ce beau matin d'août 1971. Sur l'*Heleanna,* tout le monde dort, sauf les hommes de quart. Une petite brise légère fait clapoter la mer fendue par l'étrave du navire qui vient de quitter le port de Patras, en Grèce. A bord de l'*Heleanna* : 1 021 passagers et 87 hommes d'équipage.

Il est 5 heures, lorsque la brigade des cuisiniers vient prendre son service pour préparer les repas du jour. Plus de 1 100 estomacs à satisfaire dans les heures qui suivent, cela nécessite quelques préparations, et la cuisine devient bientôt une ruche bourdonnante. Malheureusement, le vent est mal placé, l'immense cuisine à charbon un peu vétuste tire mal et très vite, le chef pique une crise :

— Regardez-moi ça ! Pas capables d'allumer un feu correctement... Poussez-vous de là...

Fort de son autorité, le chef fait reculer les responsables et empoigne un bidon de pétrole.

— J'vais vous montrer, moi, comment on fait partir un feu !

Parole tristement prophétique... Du foyer monte une gerbe de flammes d'un mètre de haut qui met le feu aux poussières de graisses accumulées dans la hotte, des torchons pendus non loin flambent aussitôt. Le feu gagne des étagères sur lesquelles des paniers d'osier sont entassés, et, en quelques secondes, les cuisines sont la proie des flammes. La sonnerie d'alerte au feu retentit dans tout le navire, réveillant en sursaut les passagers. Des marins courent dans tous les sens, tandis que le commandant tiré lui aussi de son sommeil vient examiner la situation.

— Ici le commandant, clament bientôt les haut-parleurs. Restez calmes, il n'y a aucun danger. Nous maîtrisons la situation.

Malgré une épaisse fumée noire qui sort des entrailles du navire, les passagers ne s'affolent pas. Certains se sont même recouchés. D'autres s'approchent au plus près pour prendre des photos.

Dans l'entrepont, à l'étage des cuisines, la situation est pourtant des plus critiques. Ce qui n'aurait été qu'un banal incident vite circonscrit devient un drame vu la vétusté des moyens mis à la disposition de l'équipage. Les extincteurs ne fonctionnent plus, les robinets des lances sont soudés par les couches de peintures, les tuyaux sont poreux, très vite l'incendie gagne le pont supérieur et, à 6 heures, deux déflagrations violentes secouent l'*Heleanna* : deux grosses bonbonnes de gaz viennent d'exploser.

Aussitôt, c'est la panique. Défoncées par l'explosion des portes étanches s'ouvrent, libérant des gerbes de flammes. A l'arrière du navire, c'est la panique. Tous les passagers refluent vers l'avant dans une cohue indescriptible. Des cris fusent de partout, on s'arrache les gilets de sauvetage, des gens sont piétinés, la sonnerie et des ordres contradictoires ajoutent à l'affolement. Sur les ponts avant, des grappes de passagers hurlent au secours sans qu'un seul membre de l'équipage ne vienne les rassurer.

A 6 h 20 seulement, le commandant se décide enfin à lancer un S.o.s. et à faire mettre les chaloupes à la mer.

Là aussi, c'est l'atroce constat d'impuissance. La moitié des canots sont inutilisables, les treuils ne fonctionnent pas...

Une mauvaise manœuvre met l'*Heleanna* sous le vent, ce qui attise l'incendie.

A bord, la panique est à son comble, des gens sautent du pont avant pour arriver 15 mètres plus bas dans la mer, d'autres se laissent glisser le long des filins se brûlant cruellement les mains. L'héroïsme côtoie la lâcheté. Des jeunes distribuent leurs gilets à des moins jeunes qui ne savent pas nager, tandis que d'autres les échangent contre des bijoux et de l'argent. Un canot s'éloigne avec seulement 2 hommes d'équipage à bord...

Mais déjà, les secours arrivent de partout. A 8 heures, le commandant quitte le dernier l'*Heleanna*. Il laisse derrière lui 25 morts et 60 disparus. Le certificat de sécurité révélera que l'*Heleanna* était autorisé à transporter au total 620 personnes, ils étaient 1 100. Presque le double. « No comment ! »

LA VOITURE FONCE SUR LE GROUPE DES OFFICIELS, DONT LE MINISTRE DE LA DÉFENSE, CHARLES HERNU. LE RÉFLEXE JOUE, LE POLICIER OUVRE LE FEU... LIONEL RÉHAL, RENDU FOU PAR LE CHAGRIN, VOULAIT VENGER, À SA MANIÈRE, LA MORT DE SON PETIT FRÈRE LAURENT, 18 ANS, TOMBÉ DANS LES SABLES DU TCHAD.

photo © Sipa Press

LA VENGEANCE DU FRÈRE

Il est 11 h 20 en ce mardi d'avril 1984... Sur la place d'armes de la base de Francazac, la sonnerie aux morts vient de retentir. Le drapeau tricolore flotte au vent dans un ciel sans nuage et un silence recueilli succède à l'hommage de l'armée à ses neuf paras morts au service de la France. Sur la place, face aux officiels, neuf cercueils recouverts de bleu, blanc, rouge. Les neuf volontaires sont morts au Tchad en effectuant une patrouille, à quelques kilomètres de la fameuse ligne rouge qui limite alors l'expansionnisme de Kadhafi.

Un char abandonné et piégé ? Un champ de mine ? Peu importe la cause, à la suite d'une formidable explosion, on devait relever neuf victimes dont Laurent Réhal qui vient tout juste d'avoir 19 ans.

C'est à 18 ans, que Laurent s'est engagé dans les paras, avec l'intention d'y faire carrière. Gai, sportif, généreux, ce Toulousain élevé dans une famille nombreuse (7 garçons,

2 filles) a trouvé, grâce à l'armée, le moyen de vivre une existence saine et virile dans le culte des copains et de l'amitié ainsi qu'il l'écrit lui-même à ses parents. Car Laurent reste très attaché à sa famille. Surtout à Lionel, son frère aîné qui est portier dans un night-club de Toulouse, ainsi qu'à Fabien et Éric, les célibataires du clan.

Et justement, le « clan » des Réhal a été très frappé par la mort de Laurent. Frappé est même un mot faible pour décrire la stupeur et la douleur ressentie par tous. Depuis trois nuits, les frères et les sœurs Réhal se sont réunis chez le frère aîné pour une veillée funèbre à la mémoire du disparu. Et ils sont là en ce mardi d'avril, à 11 h 23, au moment où dans le silence qui a succédé à la sonnerie aux morts, Charles Hernu, qui est alors ministre de la Défense, va épingler la médaille militaire à titre posthume sur les drapeaux qui recouvrent les neuf cercueils.

Ils sont tous là les Réhal, entourant leur mère en larmes, avec au cœur ce sentiment de profonde injustice qui a fait de Laurent la victime d'une guerre à laquelle il était probablement étranger. « Pourquoi ces morts ? Pourquoi lui ? »

Au moment où Charles Hernu va épingler la médaille sur le cercueil de Laurent, du clan Réhal massé derrière les officiels, une voix s'élève :

— Maintenant c'est trop tard !

Comme si cela l'avait piqué au vif, Lionel quitte le groupe en courant. L'émotion est trop forte pensent les assistants. Mais si Lionel s'en va, c'est autrement grave. S'il « craque » et quitte la famille, c'est sur un coup de folie. Ces officiels silencieux, ce cérémonial stéréotypé, ces gestes inutiles. Rien ne pourra rendre la vie à Laurent. Alors...

Alors, Lionel est devenu comme fou, il n'est plus maître de ses actes. Une seule pensée le pousse en avant : « Venger son frère. » Lionel monte dans sa voiture parquée juste à l'entrée de la place d'armes. Il met le moteur en route et, effectuant un arrondi, il fonce sur ceux qu'il estime être les responsables de la mort de Laurent. Il fonce sur les officiels...

En quelques secondes, c'est la panique. Le ministre a fait un bond en arrière, les généraux dégagent au pas de course, dans un réflexe professionnel un garde du corps a sorti son pistolet, et tire. Deux balles partent et l'une d'elles traverse la portière pour s'enfoncer dans la cuisse du conducteur. On le sort du véhicule, on l'emporte à l'hôpital. Il s'en tirera avec une belle cicatrice.

Des photographes étaient là, bien sûr, et *Paris Match* dans son numéro du 20 avril 1984 publiait des photos prises sur le vif. Elles n'ont pas besoin de commentaires.

LEUR VOITURE, TOMBÉE D'UN PONT, EST EN ÉQUILIBRE INSTABLE SUR UN ROCHER, BATTUE PAR LES FLOTS DU TORRENT. LES SAUVETEURS, AVEC DES CORDES, PARVIENDRONT POURTANT À SAUVER CE VIEUX COUPLE D'ANGLAIS, APRÈS 75 MINUTES D'UNE LUTTE HALLUCINANTE.

photo © Daily Press

SUR UN TORRENT PERCHÉ

Une truite anglaise se promenant dans la rivière la plus tumultueuse du Yorkshire offre son dos argenté au regard des touristes. Elle n'est pas la seule. La Dee est réputée pour ses truites. Mais la Dee ressemble plus à un torrent de montagne, qu'à une promenade de touristes. Et les touristes chaque week-end devraient s'en méfier.

Monsieur et Madame Vaulkhard, par exemple. Ils sont partis à l'aventure, comme chaque week-end, à la découverte des merveilles de la campagne anglaise en automne.

Il a 65 ans, elle 60. Une retraite tranquille, une bonne vieille voiture, et les voilà qui arrivent en ce beau dimanche devant un pont de pierre superbe, un vieux pont, doté d'une rambarde de bois. Monsieur Vaulkhard s'engage sur le pont — un peu vite peut-être — les roues de la voiture patinent un peu, et il commet l'erreur de freiner. Les pneus hurlent sur les pierres mouillées, et c'est la catastrophe. La voiture se déporte, enfonce la barrière de bois et, après un vol plané assez vertigineux d'une trentaine de mètres, tombe dans la rivière-torrent.

Un seul témoin a vu la voiture bondir dans le vide : une promeneuse à bicyclette qui, elle aussi, franchissait le pont en sens inverse. Il est 13 h 15. Les touristes sont rares. La promeneuse se penche, horrifiée, elle s'attend à voir le véhicule disparaître dans les remous de la rivière. Stupeur ! La voiture est tombée en équilibre sur un rocher, au milieu du flot tumultueux. C'est une sorte de miracle, mais de miracle précaire.

Le choc a été rude. Le conducteur a le visage en sang, et son épouse ne peut plus bouger : jambes brisées, épaule démise, elle est à la limite de l'évanouissement.

Du haut du pont, l'unique spectatrice se met à leur crier :

— Ne bougez pas !... surtout ne bougez pas !

Car le courant est terrible à cet endroit, et la voiture à demi submergée oscille sur son rocher, prête à basculer.

Enfourchant son vélo, Miss Sarah Mac Keand se précipite pour chercher du secours. Quelques minutes plus tard, police, pompiers, canots de sauvetage, toute une équipe est sur la brèche, et tente d'approcher la voiture. Mais la rivière à truites, la plus réputée du Yorkshire, se conduit vraiment comme un torrent. Et chaque fois le courant menace de précipiter le canot sur la voiture, et de tout faire basculer.

Alors, un homme décide de tenter le tout pour le tout. Il s'appelle John Rennie. Encordé il se jette du canot, et réussit à approcher la voiture. La portière ne peut pas s'ouvrir. La pression de l'eau est telle que le nageur n'y parvient pas. Alors il passe sa corde autour de la poignée, repart à la nage vers le canot, et avec son compagnon sauveteur, ils tirent de toutes leurs forces. Mais ça ne vient pas. Et les minutes passent, et la portière résiste, et la voiture oscille de plus en plus dangereusement.

Soixante-quinze minutes, il faudra 75 minutes d'efforts,

pour qu'enfin la portière s'ouvre brutalement. Alors, l'eau s'est engouffrée immédiatement dans la voiture et les deux sauveteurs n'ont eu que le temps de récupérer Madame Vaulkhard que son mari soutenait et encourageait depuis le début du drame. Un homme calme, Monsieur Vaulkhard. Durant 75 minutes, il n'a demandé qu'une fois aux sauveteurs dans le canot :

— Que puis-je faire pour vous aider ?

— Ne bougez pas, et faites que votre femme ne bouge pas. Ne parlez pas, ne criez pas... Restez calme !

Ils sont donc restés calmes, obéissants et silencieux, durant 75 minutes.

Et Monsieur Vaulkhard est sorti le dernier de la voiture, trois secondes exactement avant qu'elle ne bascule dans le torrent furieux de la jolie rivière... et s'y engloutisse !

ET SOUDAIN, C'EST LE DRAME, LE FAUVE A ENFONCÉ SA CORNE DANS LA CUISSE DU MATADOR ET LE FAIT TOURNOYER AU-DESSUS DE SON MUFLE. PAQUIRRI, VEDETTE DES PLUS GRANDES FERIAS ET IDOLE DE L'ANDALOUSIE, MEURT DANS UNE PLAZA PERDUE, COMME MANOLETE, EN 1947.

photo © Sipa Press

DES CHOSES QUI ARRIVENT

Pour la 1 172e fois, le torero Francisco Rivera, dit « Paquirri », endosse l'habit de lumière. Aujourd'hui, son choix s'est porté sur une resplendissante tenue bleu de Prusse, toute chamarrée d'or.

Pourtant, cette 1 172e corrida à laquelle il va participer en dix-huit années de combat n'a pas pour cadre une arène prestigieuse. Ni Séville, ni Madrid, pas même Salamanque... Non. En ce début d'octobre, Paquirri l'Andalou a choisi de toréer dans la petite arène vétuste de Pozoblanco, un gros bourg de sa province natale où les maisons sont crépies de blanc.

Alors qu'il s'apprête, le reporter d'une radio locale l'interviewe :

— Ce sera votre dernier combat de la saison ?

« Le dernier »... Un mot que Paquirri n'aime guère, un mot qui le met toujours un peu mal à l'aise. Superstition ?

— Oui, répond-il, mais je n'aime pas dire le dernier. Je préfère toujours parler de l'avant-dernier.

Maintenant la fête bat son plein. Dans les gradins archicombles, une foule bigarrée hurle ou s'enthousiasme. Chacun des trois toreros à l'affiche a déjà estoqué son premier taureau. Le quatrième, destiné à Paquirri, jaillit à présent du toril. Un monstre noir, écumant, rageur, pesant plus d'une demi-tonne et répondant au nom d'Avispado. D'un coup d'œil, le maestro l'a jaugé : « Il est astifido. » Cela veut dire que ses cornes sont particulièrement effilées à la pointe.

Avec toute la classe et l'élégance qui le caractérisent, Paquirri travaille la bête à la cape avant de le céder un moment au picador. Mais le taureau se méfie. Il refuse d'aller à la pique et soudain, faisant brusquement volte-face, il fonce sur le matador, resté un peu en retrait. Avant que Paquirri ait pu réaliser la moindre esquisse, c'est comme un coup de poignard qui pénètre en lui. La corne droite du fauve a plongé sous la cape et s'est enfoncée dans le haut de sa jambe droite. Dans les gradins, un cri unanime a jailli de milliers de poitrines, relayé aussitôt par un silence de mort. Paquirri ballotté comme un pantin tourne dans les airs, la corne s'enfonçant chaque fois un peu plus dans ses chairs. Enfin, dans un ultime effort, il parvient à se dégager. C'est un corps meurtri qui se tord de douleur que les péons emportent à l'infirmerie, tandis que tous les regards sont fixés sur une flaque rouge : le sang du torero qui rougit le sable.

Paquirri n'a pas perdu connaissance, mais sa blessure est atroce. Muscles, nerfs, tout est broyé, laminé. L'artère fémorale et la veine saphène sont sectionnées. Le médecin ne peut que poser un garrot... Plus tard, on dira : « Ah si Paquirri avait été blessé dans une arène munie d'un bloc opératoire, on aurait pu le sauver ! » Et c'est vrai, que sur place, on ne peut faire autre chose que l'évacuer en catastrophe vers l'hôpital de Cordoue distant de plus de 50 km.

A quoi songe-t-il Paquirri en ces instants ? Peut-être à Manolete, l'idole, l'incomparable qui lui aussi 40 ans plus tôt trouvait la mort dans une arène de troisième catégorie.

Son valet d'épée s'est penché sur lui. Il tient à la main deux oreilles de taureau... Celles de son meurtrier, qu'El Yiyo, un autre torero vient de mettre à mort.

A grand renfort de sirène, sur la route qui mène de Pozoblanco à Cordoue, l'ambulance fonce. Mais la radio, la télévision qui retransmettaient en direct ont colporté la nouvelle. Dans les villages traversés, hommes, femmes, enfants sortent, attendent... Au passage de l'ambulance, chacun se signe, s'agenouille ou jette une fleur. Plus tard, le chauffeur du véhicule dira : « Je demandais à Dieu de ne pas crever un pneu et d'arriver à temps. » Mais dans la cour de l'hôpital, c'est un corps sans vie que l'on descend de l'ambulance.

Pour la 1 173e fois, Paquirri le bien-aimé resplendit dans son habit de lumière. Couché dans son cercueil, il fait un tour d'honneur posthume dans les arènes de Séville... Tout un peuple crie son deuil, tout un peuple le pleure. Mais on ne le plaint pas. La mort d'un torero, ce sont des choses qui arrivent. Les dernières paroles de Paquirri ont été : « C'était un bon taureau. »

MAURICE HERZOG BRANDISSANT SON PIOLET ORNÉ DE TRICOLORE
SIGNE UNE GRANDE VICTOIRE DE L'ALPINISME FRANÇAIS :
L'ANNAPURNA EST ENFIN VAINCU ! MAIS LA DESCENTE DE SES NEUF VAINQUEURS
SERA UN VÉRITABLE MARTYRE. ELLE FERA D'EUX DES HÉROS.

photo © Marcel Ichac

LA VENGEANCE DE L'ANNAPURNA

Une photo. Une simple photo représentant un homme brandissant un piolet auquel est accroché un petit drapeau bleu, blanc, rouge. C'est tout ce qui reste d'un des plus beaux exploits que l'homme ait accompli après la guerre. Exploit presque inconscient tellement il relève du miracle vu les moyens dont ces hommes disposaient à l'époque. Exploit rendu possible grâce à la ténacité et au courage d'un homme qui a su se surpasser et aller au-delà de ses limites, entraînant dans son sillage huit de ses camarades qui, comme lui, avaient choisi l'aventure.

Cela commence fin mars 1950. Huit alpinistes français décollent du Bourget à destination du Népal. But de l'opération : être les premiers hommes à atteindre un sommet de plus de 8 000 mètres, l'Annapurna, 8 078 mètres très précisément. Le chef c'est, vous le savez, Maurice Herzog, 31 ans à l'époque. Ses équipiers : Ichac, Terray, Lachenal,

Rebuffat, Schatz, Couzy, un médecin, Oudot et un neuvième qui se joindra à eux sur place, Noyelle.

La règle absolue, définie au départ, est : tous les problèmes et les questions individuels seront relégués au second plan. Un seul but pour tous : parvenir coûte que coûte au sommet. Tous reconnaissent Herzog comme chef. Il est volontaire sans être têtu, plus indulgent envers les autres qu'envers lui-même, et il a un jugement sûr et rigide qui lui permettra de prendre les décisions qui s'imposent devant les difficultés qui ne manqueront pas de survenir. Car, en fait, ils ne savent rien du lieu où ils vont. Les cartes existantes confondent les sommets et les situent à 50 km près, pour la bonne raison que personne n'est jamais monté là-haut pour voir.

Arrivés le 21 avril à Tukucha, dernier village avant la montagne, l'équipe n'a plus devant elle que des masses de glaces, des pentes neigeuses, des monts escarpés au-dessus desquels flotte un toit blanc immaculé : l'Annapurna, quelque 5 500 mètres au-dessus d'eux.

Partant de ce village, comme camp de base, Herzog et ses équipiers vont faire des reconnaissances pour trouver l'accès qui mène au sommet. Pendant des semaines, des équipes lancées dans toutes les directions vont donner des comptes rendus peu encourageants. Partout, ce ne sont que glaciers, crevasses, tours de glace ou pentes escarpées.

Le choix de la route à prendre reste un problème entier, lorsque le 14 mai, Herzog apprend qu'un Anglais serait dans la vallée voisine en route lui aussi pour l'Annapurna. Galvanisé à l'idée que SA victoire peut lui être « soufflée », Herzog prend aussitôt sa décision : « On attaquera l'Annapurna par la face Nord. »

Le 17, les premières cordées sont au pied de la montagne. Cinq camps s'échelonnent de 500 mètres en 500 mètres d'altitude, jusqu'au camp 5 d'où partiront Herzog et Lachenal pour l'ultime ascension.

Poussés par une volonté implacable, Herzog et ses hommes vont accomplir des prouesses. Le 23, le camp 2 est installé, le 31 le camp 3, le 2 juin le camp 5 et le 3 juin 1950 à 14 heures Lachenal prenait la photo que vous connaissez.

Si jamais victoire n'avait été plus méritée, jamais non plus elle n'avait été faite dans de meilleures conditions... Hélas, si l'ascension avait été une envolée vers le ciel, la descente est une plongée aux enfers. Tout commence au sommet. Dans l'euphorie de la victoire, Herzog veut recharger son appareil photo, pour ce faire, il enlève ses gants qui tombent et disparaissent le long de la pente. Il fait moins 20 degrés... C'est le début des ennuis. Chute de Lachenal qui perd son piolet ; ensevelie sous une avalanche pendant leur sommeil, perdue dans la tempête, ce n'est que le 7 juin que toute l'équipe se retrouve au camp de base. Entre-temps, Herzog, les mains et les pieds gelés, endure le martyre ainsi que Lachenal qui lui aussi a les pieds gelés. Au hasard des étapes, dans des conditions inimaginables, le docteur Oudot soigne les blessés et doit même amputer des phalanges de pieds et de mains au fur et à mesure que celles-ci pourrissent. Herzog fait une septicémie, il a 41 degrés de fièvre, il délire tandis que, ficelé sur le dos d'un porteur, chaque secousse lui arrache un cri de douleur.

Ce n'est que le 8 juillet que les vainqueurs de l'Annapurna pourront prendre un avion à destination de New Delhi, encore faudra-t-il convaincre le pilote qui refuse de les prendre à bord tellement l'odeur qui se dégage de leurs plaies est pestilentielle.

De retour en France, Herzog et son équipe recevront l'hommage que mérite cet exploit, gravé à tout jamais dans leur chair d'hommes, exploit digne des plus belles pages du sport français.

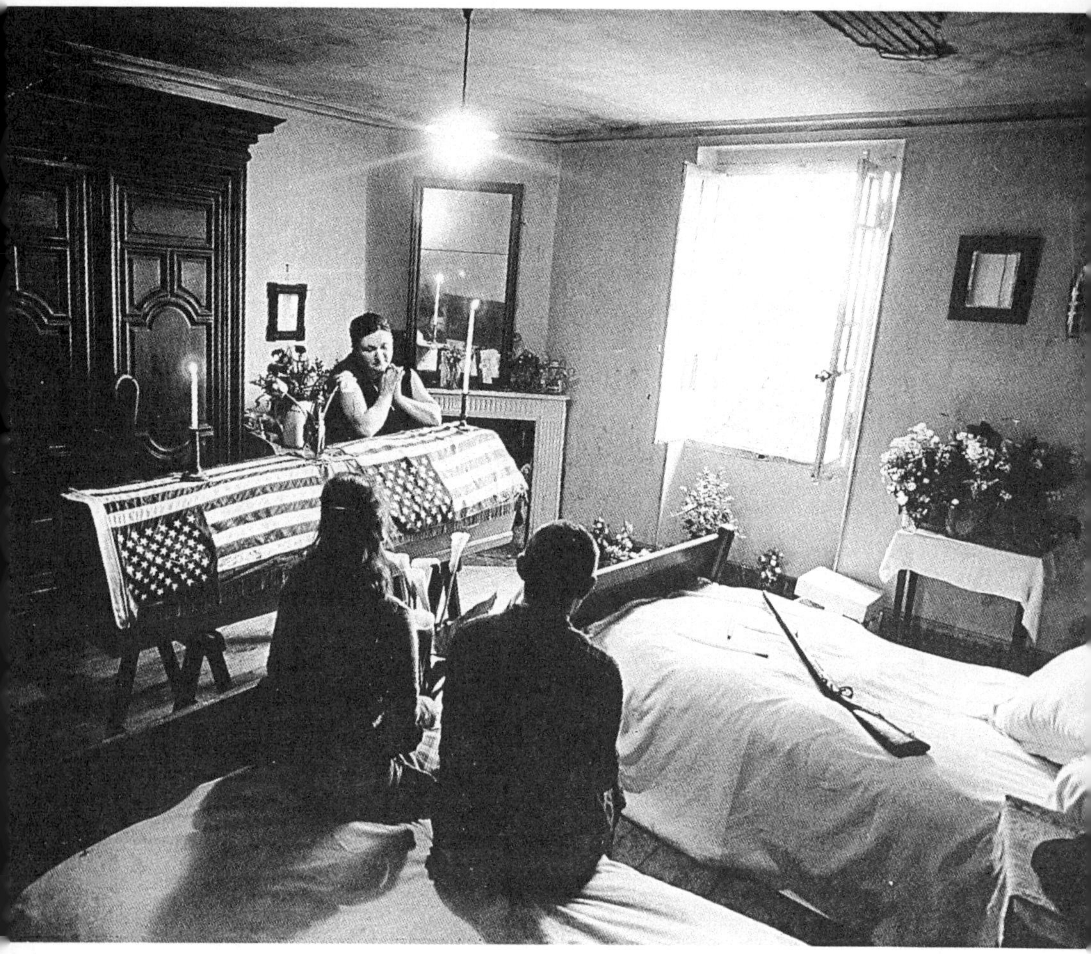

NOUS SOMMES EN PLEIN DRAME PAYSAN, LA VEUVE ET SES ENFANTS VEILLENT DEPUIS DES JOURS LE CERCUEIL DU BARON LÉONCE, DRAPÉ DANS LES COULEURS AMÉRICAINES. ILS REFUSENT DE QUITTER LE DOMAINE. ON POURRAIT SOURIRE. MAIS LES ARMES VONT PARLER.

photo © Sygma

LA FUMADE

Chacun a dit, cette histoire est une drôle d'histoire. Une histoire compliquée, un feuilleton de campagne aux multiples rebondissements avec ses amours, ses morts, ses scandales, et la terre de son cimetière.

Il était une fois un baron, en sa propriété de la Fumade dans le Tarn-et-Garonne. Devenu veuf et resté sans enfant, le vieux baron Léonce, descendant dit-on des comtes de Toulouse, contemple sa terre immense. Il a 65 ans, de nombreux cousins, neveux ou nièces, mais personne à qui transmettre le domaine. Alors il épouse sa servante, Anna, 25 ans, une solide Polonaise. Le mariage ne plaît pas à tout le monde.

Épouse-t-on à 65 ans, une jeunesse de 25, lui fait-on deux enfants, Agnès et Jean-Louis ? Une fille solide comme sa mère, un fils volontaire comme son père, grandissent à la Fumade dans une atmosphère étrange, que l'œil vieillissant de leur père discerne mal.

Harcelé par le reste de la famille qui lui conteste soudain ses droits sur la propriété, le vieux baron est à la recherche d'un testament introuvable, l'instituant héritier unique de son domaine. Sa nouvelle femme, devenue baronne et mère, accumule les procès, entasse les dossiers, défend l'héritage avec acharnement pour elle, pour sa fille et surtout son fils, Jean-Louis, futur baron. Hélas, on ne peut être cultivateur et financier à la fois. Les terres sont en friches, on ne laboure plus, on vend le bétail pour payer les avocats, adieu veaux, vaches, cochons, couvées, vingt ans de procédure font du baron Léonce, un gisant sur ses terres.

Il a retrouvé le testament, mais le fisc lui réclame quelques millions de retard, et le domaine est hypothéqué, et les huissiers se déchaînent, et les gendarmes viennent pour l'expulser, et le jeune baron tire sur tout ce qui bouge.

La Fumade devient une affaire de médias : journalistes, télévisions, photographes, en font un roman noir dont le premier mort est le vieux baron Léonce.

Alors, l'histoire bizarre devient drame, la terre et le domaine, 157 hectares, sont mis aux enchères. Un acquéreur les obtient à bas prix. L'expulsion doit se faire. Mais la mère et les deux enfants se servent du corps du vieux baron mort comme d'une forteresse imprenable. Ils ne l'enterrent pas. Le cercueil plombé, au milieu de la cuisine, est le symbole d'un drame qui ne demande qu'à être entendu de la France entière. La Fumade est devenue théâtre antique. Jean-Louis, le jeune baron, déclare qu'il tirera sur tout ce qui bouge et il le fait. Il y aura du sang sur la terre de la Fumade avant qu'on ne la prenne, dit-il.

Alors vient l'assaut final. Le jeune baron est armé d'un fusil à trois canons, il tire le premier, une salve renverse un gendarme, il tire encore, une balle explosive de son fusil de chasse, mais rate son coup. Cette fois, un tireur d'élite de la gendarmerie reçoit l'ordre d'arrêter les exploits du jeune baron fou. Une balle tirée comme à l'exercice fait sauter l'arme de ses mains, trois autres l'atteignent au ventre. Le jeune homme agonise, il va mourir à l'hôpital de Montauban, sa mère et sa sœur le suivront pour un internement en psychiatrie.

Il n'y a plus de baron, plus de famille, le domaine retourne aux laboureurs, au bétail, aux fermiers nouveaux propriétaires.

La Fumade était un rêve de 50 kg de dossiers, de procédures interminables, de scandales aussi peut-être. « Épitaphe pour un baron fou » titrera le *Paris Match* du 25 janvier 1975. Fou de naïveté et peut-être d'une certaine vérité : celle que l'on porte à 20 ans.

CETTE VISION INSOLITE D'UN HÉLICOPTÈRE EN VOL STATIONNAIRE AU-DESSUS DE LA PRISON DE LA SANTÉ N'A PAS ÉCHAPPÉ AU VIEUX LEICA D'UN CURIEUX. IL AVAIT RAISON, CE MONSIEUR : IL S'AGISSAIT D'UNE ÉVASION, UNE PREMIÈRE DANS LE GENRE, ET RÉUSSIE !

photo © Sipa

LA FILLE DE L'AIR

C'est l'histoire d'un monsieur invité chez des amis avec son vieil appareil photo datant de 1928, quelque part du côté de la prison de la Santé. Ou plutôt non, c'est l'histoire d'une femme amoureuse qui épouse un prisonnier. Ou plutôt non, c'est l'histoire d'un mauvais garçon onze fois condamné, quatre fois évadé, condamné à 18 ans de prison pour hold-up... En fin de compte, plus qu'une histoire, c'est un spectacle. Un seul ennui : si le spectacle éblouit, l'histoire, elle, est amorale.

Nadine est une femme obstinée, têtue et amoureuse, au point de réaliser l'exploit le plus rocambolesque des annales de l'évasion. En 1979, Nadine rencontre Michel. Il a 28 ans, elle a 28 ans. Elle est en prison. Il est en prison. La seule différence est que Nadine est libérable, alors que Michel en a pour des années. Elle l'aime, elle l'épouse, ils auront deux enfants, deux petites filles. Voici pour la base du scénario.

Michel s'est évadé plusieurs fois, il veut bien risquer la prison, mais il ne veut pas y rester. Comportement qui a poussé ses geôliers à le mettre à l'abri une fois pour toutes à la Santé.

Nadine, elle, ne veut pas attendre 18 ans pour le récupérer. Nadine se fait appeler maintenant Léna et décide d'apprendre à piloter. Ce n'est pas un passe-temps, c'est un but. Elle n'apprend pas à piloter un avion pour faire des ronds dans les nuages, elle apprend à piloter un hélicoptère. C'est plus difficile, elle mettra deux ans.

Nantie enfin de son brevet, elle devient une cliente régulière d'une société qui loue des hélicoptères. Deux fois par mois, elle loue une alouette et fait des heures de vol. Elle est charmante, elle pilote bien, nul ne trouve la chose bizarre. Si bien, qu'un lundi matin, personne ne fait particulièrement attention lorsqu'elle décolle de Saint-Cyr-l'École avec un passager portant un sac de sport. Et le spectacle commence. Et voici que notre photographe amateur avec son vieux Leica de 1928, entre dans une histoire de 1986.

10 h 45. L'hélico est dans le ciel bleu au-dessus de la prison de la Santé. Le photographe entend le bruit du rotor. Il est sur une terrasse... Clic-clac. Première image d'Arsène Lupin des airs.

Deuxième image : l'hélico est en vol stationnaire. La fille de l'air aux commandes n'a que peu de temps, elle a été repérée, elle vole sans autorisation dans l'espace aérien de la capitale parisienne. Le passager largue, dans la cour de la prison, son sac de sport contenant une corde à nœuds de huit mètres, une canne télescopique, et une arme. Au rythme des clic-clac du vieil appareil photo, tout va très vite. Michel grimpe sur le toit de la prison. Son compère d'évasion est en retard. L'hélico est au-dessus des tuiles, immobilisé à 1 m 50. Michel s'agrippe aux patins de l'appareil. Son compère est encore trop loin. Un gardien fait semble-t-il des sommations. La fille de l'air n'hésite pas, plein gaz, elle emporte son mari dans les airs. Un fusil tombe de l'appareil, le compère reste sur place sur le toit. Il est 10 h 49. L'évasion insensée a duré moins de cinq minutes. L'hélico met cap au sud. A onze heures, il atterrit sur la pelouse d'un stade universitaire de Paris. La cavale commence. Elle finira mal : une balle dans la tête pour Michel, quatre mois plus tard au cours d'un hold-up à la grenade. Nadine est en prison, les enfants à la D.a.s.s.

Seul, dans l'histoire, le photographe avec son vieil appareil est heureux et content d'offrir à *Paris Match* le film de l'exploit.

Clic-clac. Le spectacle est fini, l'histoire continue !

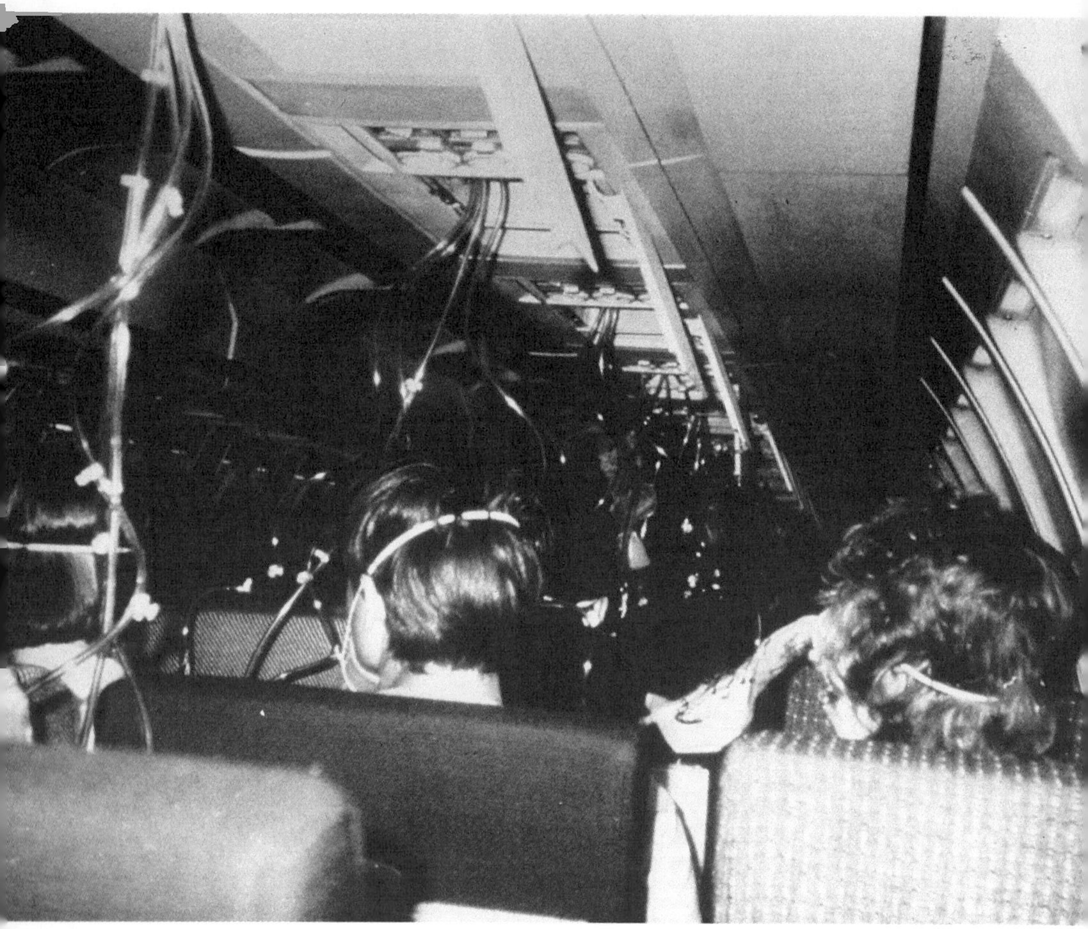

DANS LE BOEING OÙ LA BOMBE VIENT D'EXPLOSER, FAISANT UN TROU DANS LA CARLINGUE PAR LEQUEL QUATRE PASSAGERS ONT DISPARU, LE CALME SE RÉTABLIT PEU À PEU. CE QUE CES GENS NE SAVENT PAS, C'EST QUE L'ENGIN AURAIT DÛ EXPLOSER UNE HEURE AVANT, DÉTRUISANT L'AVION EN VOL.

photo © Muhlausser/Sygma

L'HEURE D'ÉTÉ SALVATRICE

— Mesdames et Messieurs, nous commençons notre descente vers Athènes. Veuillez regagner votre place et attacher votre ceinture. Merci.

Il est très exactement 11 h 10, lorsque Karen, l'hôtesse du Boeing 727 en provenance de New York fait cette annonce. Comme si elle n'avait attendu que ce signal, la grosse dame de la rangée n° 9 se lève et pousse dans l'allée ses 4 enfants en direction des toilettes. Karen s'avance vers elle pour lui demander de respecter les consignes, quand Cindy, l'hôtesse en chef, lui fait signe de les laisser passer. On a encore le temps avant l'atterrissage, l'avion amorce à peine sa descente.

De fait, dans la cabine de pilotage, le commandant Peter Sun vient de commencer la longue glissade vers l'aéroport d'Athènes. Fidèle aux instructions de la tour de contrôle, en quelques minutes, le Boeing a décroché de ses 10 000 mètres de croisière pour arriver à 5 000 puis à 4 000.

Il est maintenant 11 h 14 et en queue de cabine, la grosse dame de la rangée n° 9 attend debout, près des toilettes, la sortie de son quatrième enfant. Les autres sont restés sagement à ses côtés assis sur les sièges inoccupés. Il est 11 h 15, et l'altimètre indique dix mille pieds (3 200 mètres) lorsque, brusquement, l'appareil fait un bond vers la droite, tandis qu'une secousse le fait vibrer de toutes ses membrures. Les écrans s'affolent, les lampes rouges clignotent, une sonnerie stridente retentit dans le cockpit et les masques à oxygène tombent automatiquement à portée des visages : dépressurisation.

Dans un réflexe puisé dans les centaines d'exercices simulés qu'il a fait depuis 20 ans, le commandant accroche son masque puis il augmente la poussée des réacteurs pour compenser la brusque perte d'altitude.

— On a dû perdre un hublot, lance le copilote.

Un coup d'œil aux commandes permet de constater que rien de vital n'a été touché. Le Boeing poursuit sa descente presque normalement.

Dans la cabine, une fumée dense se dissipe happée par un trou béant à la hauteur de la travée n° 10, dont les fauteuils éventrés sont couverts de sang. En explosant, une bombe vient de faire une brèche de près d'un mètre dans la paroi et la différence de pression a arraché de leurs sièges les passagers de la travée n° 10 pour les aspirer à l'extérieur. On les a vus glisser le long de l'aile avant et basculer dans le vide. Il y avait un homme et deux femmes, dont l'une tenait serré contre elle, un bébé de 6 mois.

Après quelques instants de stupeur, des cris fusent de partout. Tout autour de la déchirure, des morceaux de fuselage et de sièges ont fait des blessés dont le sang éclabousse les hublots. Avec un sang-froid admirable, les hôtesses se précipitent et forcent ceux qui se lèvent à rester assis.

Près des toilettes, Karen oblige la grosse dame à s'asseoir

en compagnie de ses quatre enfants... La rangée n° 9 qu'elle occupait est criblée de débris et les fauteuils donnent sur le vide. S'ils n'avaient pas désobéi aux ordres, nul doute qu'ils auraient été happés à l'extérieur comme les malheureux passagers de la rangée n° 10.

A quoi ça tient la vie !

La voix du capitaine s'adresse aux passagers : « Tout va bien. » Ils vont atterrir. Dans quelques instants, tout sera terminé.

Dans la cabine, un silence de mort a succédé au tumulte. Seul, le sifflement de l'air, s'engouffrant par le trou béant, rappelle la tragédie qui vient de se dérouler à 3 200 mètres d'altitude. A 10 000 mètres, la différence de pression faisait exploser l'appareil comme une simple coquille d'œuf. C'est ce que les criminels qui avaient placé la bombe avaient prévu. C'est à 10 h 15 qu'elle devait sauter. Seulement, ils n'avaient pas pensé à une chose : le changement d'heure. L'heure d'été. A partir de minuit, l'horaire de départ des avions avait été avancé d'une heure. 170 personnes doivent la vie à cette petite différence. L'heure du destin !

CETTE DAME QUI ÉTREINT LA JEUNE FEMME NE LA CONNAISSAIT PAS IL Y A QUELQUES JOURS, ET POURTANT ELLE LUI A DONNÉ LA VIE : ELLE A ACCEPTÉ QUE LE CŒUR DE SON FILS, MORT ACCIDENTELLEMENT, LUI SOIT GREFFÉ. SA GÉNÉROSITÉ A SU VAINCRE SON CHAGRIN.

photo © Benoit Gysembergh

AU CŒUR DU CHAGRIN

L'image que vous avez sous les yeux est exceptionnelle. Elle raconte une histoire exceptionnelle, nous n'aurions jamais dû la voir, et pourtant...

Thierry a 21 ans. Il est gai, fiancé, il a une belle voiture, rapide. Il embrasse sa mère qu'il adore, et démarre dans la nuit.

Quelques minutes plus tard, sur un pont, le ballet des gyrophares illumine la carcasse de sa voiture découpée par les pompiers. Thierry est dans le coma. Il meurt en arrivant à l'hôpital.

Il est 21 h : sa mère arrive près de Thierry. Elle n'avait que lui au monde. Depuis 21 ans, elle l'élevait seule. La route est une tueuse qui lui a pris son fils. Au cœur de ce chagrin immense, une voix parvient à la mère :

— Madame... Pardon... Nous allons vous demander...

L'homme est en blouse blanche, il est chirurgien, spécialiste des transplantations cardiaques. Depuis trois mois, il espère sauver une jeune femme, une jeune mère qui, en mettant au monde des jumeaux, a révélé un état cardiaque désespéré. Elle a failli mourir, elle est en sursis, condamnée si la greffe n'arrive pas à temps. Elle s'appelle Marie-Louise, elle a 37 ans. Pourra-t-elle élever ses enfants ?

— Madame, si vous dites oui, si vous lui donnez le cœur de votre fils, maintenant, elle est sauvée. Il faut vous décider maintenant. Chaque minute compte...

Thierry, 21 ans, mort brutalement en pleine jeunesse, possède le cœur qui peut sauver, un cœur qui peut se remettre à battre dans un autre corps, faire vivre ce corps. Il est là, sur ce lit d'hôpital, mort. Mais sa mort est un espoir. Alors, la mère sort du chagrin qui l'accablait, pour dire :

— Oui !...

Il est 21 h 10 mn...

A partir de ce moment, commence le compte à rebours, qui doit mener de la mort à la vie.

Dans la même ville, soignée dans le même hôpital, la jeune mère de famille se savait en sursis, condamnée à mort, à moins que... Par manque de donneurs, deux malades sont morts avant elle. Cette fois, on vient la chercher. Sa valise est prête. L'équipe médicale est prête, en alerte permanente, elle est prête à officier à la minute même où un cœur devient disponible.

Marie-Louise est opérée dans la nuit, elle reçoit le cœur de Thierry, mort depuis deux heures, elle va vivre, elle pourra élever ses jumeaux, Christian et Sébastien, qui n'ont que 7 mois.

Si Thierry n'était pas mort dans cet hôpital, cette nuit-là, si le chirurgien n'avait pas osé, si la mère du garçon n'avait pas dit oui, au-delà de son chagrin... Il en a fallu des si, pour que vive cette jeune femme brune et souriante qui s'éveille avec un cœur neuf, et dont la presse locale publie la photographie bientôt, entourée de ses enfants.

La mère de Thierry lit le journal, comme tout le monde, elle voit ce visage, confronte les dates, celle de la mort de Thierry, et celle de la greffe, et elle apprend ce qu'elle n'aurait jamais dû savoir, car le don d'organe est anonyme. Les donneurs et les receveurs ne se connaissent pas. Il vaut mieux.

Cette fois, la mère de Thierry va transgresser la règle. Elle veut rencontrer Marie-Louise, l'être qui porte le cœur de son fils. Elles se sont donc rencontrées, sur la plage où Thierry aimait se baigner, elles se sont pris la main, puis l'épaule, comme un relais. La mère de Thierry a dit : « C'est comme s'il vivait encore... J'ai moins de peine... »

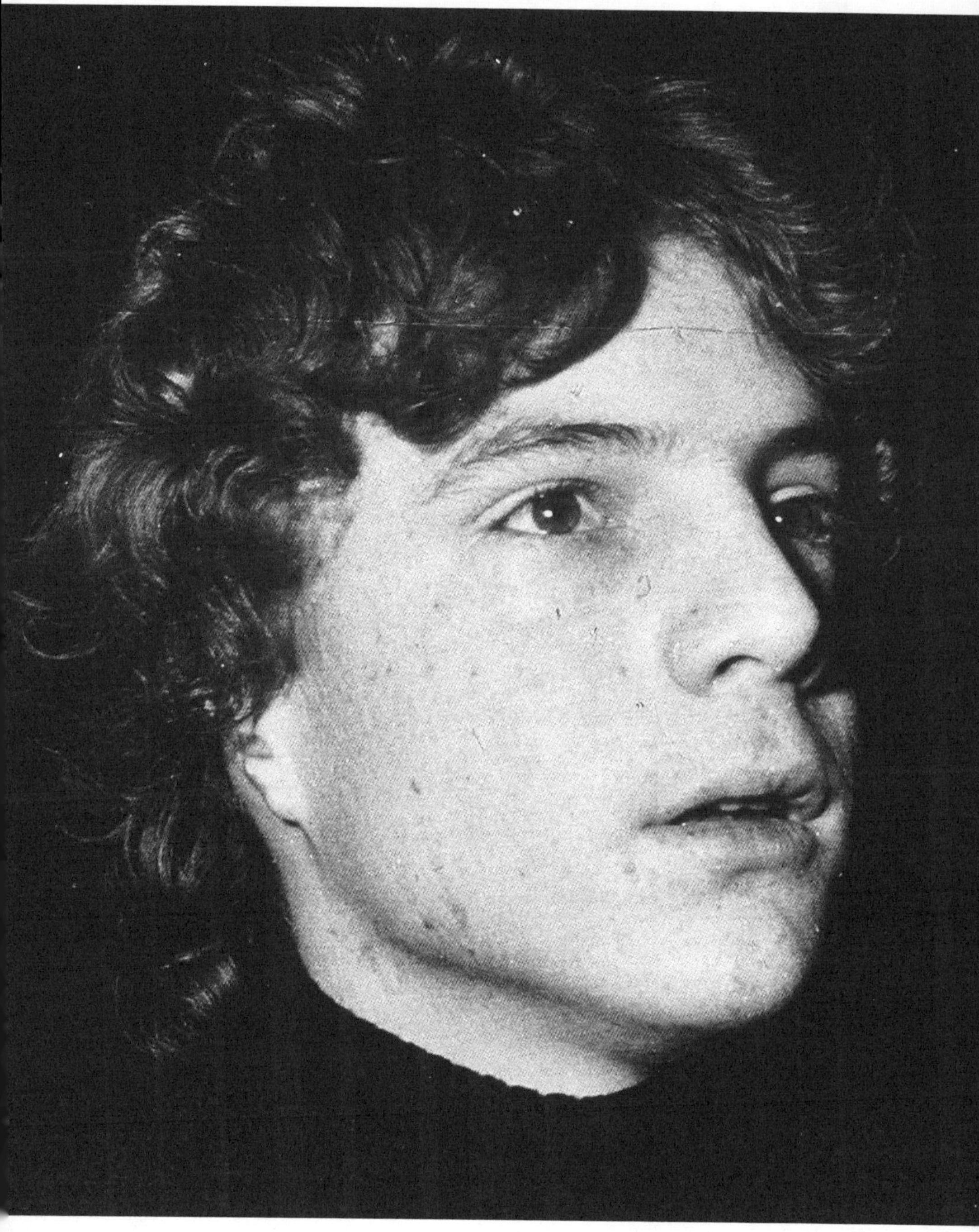

C'EST À LA CRUAUTÉ IGNOBLE DE SES RAVISSEURS, MAIS AUSSI À L'ATTITUDE INTRANSIGEANTE DE SON GRAND-PÈRE, LE MILLIARDAIRE PAUL GETTY, QUE PAUL GETTY JUNIOR DOIT D'AVOIR PERDU UNE OREILLE. ELLE FUT ENVOYÉE À LA PRESSE POUR PREUVE QU'IL ÉTAIT BIEN CAPTIF.

photo © Elio Sorci-Sygma

UNE PARTIE DE BRAS DE FER

Mirella Dibiago, une jolie Romaine, se souviendra éternellement du 10 novembre 1973.

Secrétaire au quotidien *Il Messagero*, ce matin-là, elle est toute préoccupée en ouvrant le volumineux courrier. Non seulement la crise du pétrole a fait monter de façon vertigineuse les prix à la pompe, mais voilà maintenant qu'il est question de restriction à la circulation. « Ciao, les weeks-ends ! » Et puis quoi encore ?

Elle ne va pas s'appesantir sur ces perspectives déprimantes, Mirella. La vue de ce qu'elle a retiré d'un petit sachet collé à une lettre par un adhésif, lui arrache un hurlement d'horreur. De ses doigts, s'échappe un morceau de chair humaine. Une oreille !... Les ravisseurs du petit-fils du multimilliardaire Paul Getty ont tenu parole : rançon non versée, menace exécutée !

Voilà quatre mois, jour pour jour, que nul n'a revu Paul Getty junior, 17 ans, l'enfant terrible de la dynastie.

Fugue ? Canular ? C'est ce que la police croit d'abord. Le hippie de la tribu Getty ne vit-il pas à Rome, plus ou moins répudié par les siens. Pour subsister, il peint ou vend des bijoux de pacotille sur le trottoir et même n'hésite pas à poser nu comme un ver pour des magazines spécialisés. Cependant, quelques jours après sa disparition, sa mère reçoit un coup de fil. Son fils a bel et bien été enlevé, ses kidnappeurs réclament 3 milliards de lires pour le libérer. Et le correspondant d'ajouter : « Si vous n'avez pas le sou, grand-papa Getty peut payer, lui ! »

On assiste alors, durant plusieurs semaines, à une bataille de communiqués fracassants.

D'abord, la mère, affolée, lance un S.o.s., à l'adresse de son ex-beau-père, le magnat du pétrole. Muré dans son château anglais de Sutton Place, gardé par une armada de gorilles et de chiens, le vieillard répond :

— Pas un sou !... Si je paie, ce sera ma ruine !

Il est vrai qu'il a treize autres petits-enfants. En supposant que chacun d'eux soit enlevé... Où irait-il ?

Puis le kidnappé lui-même, le hippie repenti, monte au créneau.

— Si la rançon n'est pas versée, fait-il savoir dans une lettre pathétique, on va me tuer ! Au secours, Maman ! Pitié grand-père ! oublie ma conduite passée.

La mère a beau faire et refaire ses comptes, malgré sa substantielle pension alimentaire qu'elle laisse régulièrement sur les tapis verts, jamais elle ne pourra réunir la somme demandée.

Nouvelle supplique à l'intention du vieil homme au cœur de pierre. Nouveau refus.

Du coup, grand-papa Getty n'a pas bonne presse ! Comment, ce vieux grigou qui règne sur des empires pétroliers, des chaînes d'hôtels, des flottes marchandes, qui paie des fortunes pour acquérir un Rembrandt ou un Raphaël, ne sacrifierait pas trois malheureux petits milliards de lires pour sauver sa descendance ? Quelle honte !

Rien n'y fait. Même l'avertissement d'amputer le jeune détenu d'une oreille, le laisse de marbre. Au jeu du bras de fer, le vieux Getty se montre coriace.

Et puis, c'est le sinistre envoi au journal *Il Messagero*...

Là, Harpagon-Getty est au pied du mur, il va céder... C'est vite dit. La phase Grand Guignol, en fait, commence. S'agit-il bien de l'oreille de Getty III ? La mère a beau, elle, l'identifier formellement. La chose est sujette à caution. D'autant que, manque de chance pour les ravisseurs, il y a une grève des postes, l'oreille a mis trois semaines pour parvenir à destination, et pas en bon état. Les experts s'en emparent, admettent qu'il s'agit bien d'une oreille amputée sur un sujet vivant, et qu'il n'est pas exclu qu'il s'agisse de celle de l'intéressé.

Des photos témoignant de la mutilation vont mettre fin à la polémique.

Dans un ultime appel à son grand-père, le petit-fils le supplie de le sauver. Il est même prêt à retourner à l'école. Il le jure ! Et Dieu sait ce que ça lui coûtera...

La mort dans l'âme, l'homme le plus riche du monde capitule. Il vide ses coffres. Enfin un... Et un beau matin, Paul Getty junior, amputé d'une oreille, est retrouvé hagard, terrorisé, faisant du stop. Il a connu l'enfer. La mutilation a été pratiquée sans anesthésie... au rasoir.

Ses bourreaux ne l'emporteront pas au Paradis. Démasqués, la plupart vont être arrêtés. Et même le vieux Getty poussera un soupir de soulagement : les deux tiers de la rançon seront récupérés par la police. Un bonheur n'arrive jamais seul.

UNE GRANDE PREMIÈRE MONDIALE DANS L'ESPACE, UNE DE PLUS : LE SOVIÉTIQUE ET L'AMÉRICAIN SE RENCONTRENT, TOUT LÀ-HAUT, ET SOUS L'ŒIL DES CAMÉRAS ÉCHANGENT DES PROPOS AMÈNES. LA LUNE DE MIEL VA DURER DEUX JOURS, ET CHACUN RENTRERA CHEZ SOI.

photo © Nasa

LE CHOC SIDÉRAL

Jour « J ». C'était impossible sur notre vieille Terre : il va se produire dans l'Espace une rencontre extraordinaire sous les auspices d'un dieu sidéral, celui de la recherche spatiale. Apollo et Soyouz vont se serrer la main.

Apollo quitte Cap Canaveral en Floride à 20 h 50 locales, le 15 juillet 1975. Soyouz s'envole de Baïkonour à 13 h 30 locales.

Télévisions américaines et soviétiques sont sur le pied de guerre. Les images de cette rencontre historique seront retransmises en direct et diffusées dans le monde entier.

Notre petit satellite franco-allemand, chargé de cette retransmission pour l'Europe, s'appelle *Symphonie*. Et c'est bien une symphonie, en effet, que cette danse sur orbite.

17 juillet, 13 h 02. D'Apollo à Soyouz :

— Zdrastvouutue Valeri.

Valeri est le commandant de Soyouz, et il répond à ce premier bonjour de 400 km à peine dans l'Espace : « Hello Everybody. » Everybody, c'est Stafford, commandant d'Apollo.

16 h 09 au-dessus de l'Espagne, petit choc, les cinq hommes des deux équipages, ont le cœur qui bat, c'est la rencontre, l'accostage du siècle, et durant deux jours, c'est le va-et-vient sidéral, géant, superbe, fascinant, historique, mais compliqué.

Les Américains respirent de l'oxygène sous faible pression, les Soviétiques sous pression normale, dans ces conditions (ne vous déplaisent pauvres Terriens), se serrer la main est d'un compliqué.

Changement de pression, sas, cinq portes, un module de jonction. Enfin le 17 juillet à 19 h 17, Stafford, l'Américain, ouvre la quatrième porte de son côté et rejoint le premier Russe qu'il rencontre dans Soyouz qui lui ouvre la cinquième, c'est la poignée de main historique au-dessus d'Amsterdam, et les deux commandants de bord tiennent une conférence de presse extraterrestre le lendemain à 17 h 30.

Quarante-huit heures de paix sidérale, d'échanges de sourires télévisés, trois petits tours autour du soleil et puis s'en vont.

C'était le jour « J », avec ses petits détails bassement humains, même sur orbite. Un moustique s'était introduit dans la cabine d'Apollo, il fut mis hors d'état de nuire. Un verrou se coinça, l'un des membres de l'équipage américain s'est un peu emmêlé les doigts dans ses manettes. Une panne de télé chez les Soviétiques : « Veuillez nous excuser de cette interruption momentanée de l'orbite. » Mais ils se sont serrés la main en ce 17 juillet 1975, tout là-haut, là-haut. Et nous en bas, tout en bas, plus de dix ans après, ce n'est pas qu'on doute, non, mais on se demande si ça ne serait pas mieux de se serrer la main sur le plancher des vaches qu'il soit d'Ukraine ou du Texas.

MEURTRE EN DIRECT À LA TÉLÉ, ET QUEL MEURTRE ! CELUI DE LEE HARVEY OSWALD, ASSASSIN PRÉSUMÉ DU PRÉSIDENT KENNEDY, PAR JACK RUBY. MAIS OSWALD ÉTAIT-IL LE VRAI ET LE SEUL COUPABLE ? QUI AVAIT ARMÉ LE BRAS DE RUBY ? ON NE LE SAURA JAMAIS.

photo © A.P.

L'ASSASSIN ASSASSINÉ

La radio de la voiture de police vient de diffuser l'information. Il est 12 h 45, le 22 novembre 1963. Au volant de son véhicule, l'agent Tippit reçoit l'ordre de patrouiller dans le secteur d'Oak Cliff. Nous sommes à Dallas. Le président Kennedy vient d'y être assassiné, et au Parkland Hospital, on s'affaire encore dans l'espoir, vain, de le sauver. Une balle dans le cou, l'autre dans la tête. Le monde entier a vu le sang du jeune Président américain, éclabousser son épouse. L'agent Tippit est un Texan de la police locale. La course est entamée avec les agents du F.b.i. et le Secret Service. C'est à qui aura le premier suspect. A qui aura l'honneur d'arrêter l'assassin du siècle.

La première ronde de Tippit ne donne rien. L'agent Dispatches lui demande alors de se tenir prêt à toute éventualité : « Nous avons un suspect : homme jeune, de race blanche, brun, mince, assez grand. » Dans cette banlieue de Dallas éblouissante de soleil, l'agent Tippit reprend sa ronde.

Il est 13 h 16. Soudain là, sur le trottoir, il remarque un homme. Le signalement semble correspondre. Prudemment, Tippit arrête la voiture à hauteur de l'homme, dont le comportement lui paraît bizarre. Quelques mots sont échangés. L'homme s'accoude même à la portière de la voiture. Méfiant, l'agent Tippit veut sortir de son véhicule. Trop tard. L'homme sort une arme, tire quatre coups de feu, calmement comme un professionnel. L'agent Tippit est mort. Son assassin prend la fuite.

13 h 42. Un gérant de magasin le remarque alors qu'il tente de se dissimuler à l'approche d'une patrouille de police. La ville est en effervescence, sous le choc, et le commerçant décide de suivre cet individu suspect. Il le voit entrer dans une salle de cinéma du quartier, et prévient la police. 13 h 50 : le suspect est cerné par une quinzaine d'agents. La lutte est courte.

La police locale de Dallas a gagné. C'est elle qui, à 14 h 30, procède à l'interrogatoire du suspect n° 1. Le F.b.i. et le Secret Service rongeant leur frein, demandent à y assister. On leur présente l'homme. Il a 24 ans. Il est souriant, il se dit marxiste-léniniste. Il n'avoue pas, mais rapidement les policiers texans l'inculpent, persuadés de tenir l'unique assassin du Président, le fou dangereux qu'ils jetteront en pâture à l'opinion publique.

Robert Kennedy, frère du Président alors ministre de la Justice est furieux. Il déclare que l'enquête est menée en dépit du bon sens.

Conférence de presse le soir même, dans le sous-sol de la prison de Dallas. Officiellement inculpé, Oswald se plaint d'avoir reçu des coups. La conférence de presse se termine. Le procureur, chargé de l'instruction, remarque, parmi les policiers et les journalistes, un homme qu'il connaît vaguement. L'homme se présente.

— Jack Ruby, patron du Vegas Club.

Le Vegas Club est une boîte de strip-tease. Le procureur se rappelle vaguement d'une histoire de mœurs concernant cet homme qui, très à l'aise, semble connaître tous les policiers présents, et distribue des cartes d'invitation pour son club.

24 novembre. Dimanche. Oswald est transféré des locaux de la police à la prison de Dallas. Il sort entre deux policiers dans le plus grand désordre. Il approche de la sortie. Un car de police l'attend. Jack Ruby avance, sans difficulté au milieu des policiers, en pardessus, chapeau gris sur la tête, au milieu des autres chapeaux blancs. 11 h 21 : il tire, à bout portant.

Oswald, mortellement blessé, mourra à 13 h 07 au Parkland Hospital, sans avoir parlé.

Assassin solitaire ? Non ! Assassiné par un simple quidam ? Non !

C'est ainsi que commencent souvent les secrets d'État...

ILS SONT QUATRE, LES PARENTS, LES DEUX ENFANTS, HILARES, FIERS, ET IL Y A DE QUOI : GRÂCE AU BALLON DIRIGEABLE CONSTRUIT DE LEURS MAINS, ILS SE SONT ÉCHAPPÉS DE TCHÉCOSLOVAQUIE. COUP D'ESSAI ET COUP DE MAÎTRE POUR CES AÉROSTIERS AMATEURS.

photo © Quick

MERCI MONSIEUR JULES VERNE

Il est tout près de minuit. Depuis des minutes qui leur paraissent des heures, Robert Hutyra, sa femme Jana et leurs deux enfants ont quitté clandestinement le sol tchèque pour tenter la plus rocambolesque évasion qui soit... en ballon !!

Serrés tous les quatre sur la minuscule nacelle de fortune qui ballotte dans le vent, ils ont maintenant très peur... Très peur de voir leur rêve s'envoler — si j'ose dire — dans la mauvaise direction. Le vent vient de changer, souffle plein ouest, et ramène inexorablement le ballon d'où il vient. En bas, la nuit étoilée éclaire les sinistres fortifications de la frontière tchèque. Tant d'efforts, de sacrifices, d'imagination, d'espoir vont-ils être réduits à néant ?

Cette folle entreprise, voici trois ans que Robert en a eu l'idée. Oh ! depuis longtemps, il rêve de vivre dans un pays où le mot « liberté » n'est pas frelaté. Les occasions ne lui ont pas manqué. Coureur cycliste, il a eu l'occasion de participer à des épreuves en Europe de l'Ouest. Même au

Canada et au Mexique. Il aurait pu y rester, mais sans sa Jana restée en Tchécoslovaquie et que l'on n'aurait pas autorisée à le rejoindre, la vie n'aurait pas eu de sens. Cependant, le Printemps de Prague où l'espoir de liberté a été étouffé par les tanks soviétiques, n'a fait que fortifier son désir d'évasion. Seulement, cette fuite, il ne peut la concevoir qu'avec Jana... et maintenant leurs deux enfants.

Il s'en passe du temps avant qu'il ne trouve le biais. Un jour, dans un journal clandestin, il lit que deux familles d'Allemagne de l'Est ont gagné l'Ouest... en ballon. D'emblée, Robert adopte cette solution. Mais de la coupe aux lèvres, il y a encore loin. Le voilà d'abord jouant les rats de bibliothèque. Il compulse tous les ouvrages relatifs aux ballons à gaz et bientôt il conçoit dans sa tête et sur le papier son moyen de locomotion pour s'évader. Il s'ouvre alors de son projet à sa femme.

— Tu es fou, c'est trop risqué.

Mais son enthousiasme va finir par la convaincre, et tous deux, dans le plus grand secret, vont réaliser l'impossible. Il leur faudra des mois, des centaines d'heures de travail pour fabriquer leur ballon. Hélas, le premier essai de gonflement va être catastrophique. Le tissu utilisé pour l'enveloppe et patiemment cousu par Jana s'avère insuffisamment imperméable. Le ballon, à peine gonflé, les coutures craquent sur des mètres et des mètres. Fou de désespoir, Robert renonce, brûle son œuvre.

Un an plus tard, le démon de la liberté le pousse à remettre en chantier un second prototype. Et cette fois, « demi-victoire ». Au premier essai, les coutures demeurent étanches, le tissu résiste. Mais, « demi-victoire » : le brûleur utilisé pour la mise à feu n'est pas assez puissant. Il ne permet pas l'envol.

Les Hutyra vont-ils devoir renoncer définitivement ?

Non !... les Soviétiques, eux-mêmes, viennent à leur rescousse. Un soir, à la télé, on passe une version russe du film *Cinq semaines en ballon* d'après Jules Verne. Fasciné, Robert le regarde. Il découvre le système qui permet de porter le gaz à haute température avant qu'il ne s'échappe par les buses du brûleur... Et ça, il peut le réaliser.

Le 6 septembre 1983, les Hutyra transportent leur matériel sur un terrain d'envol repéré, à proximité de la frontière autrichienne. Maintenant, il leur faut attendre une nuit où le vent sera favorable. Ils n'auront que vingt-quatre heures à patienter. Le 7 au soir, un léger vent nord-ouest souffle. Il faut en profiter. A 23 h, le gonflement du ballon commence et bientôt il se balance dans la clairière. Les quatre Hutyra s'installent dans la nacelle. Robert sectionne les amarres et incroyablement vite, le ballon s'élance vers le ciel... mais pas longtemps. La première bouteille de gaz se vide et Robert n'arrive pas à raccorder la seconde. Le ballon redescend aussi vite qu'il était monté, et les Hutyra se retrouvent à 1 km de leur point de départ toujours sur le sol tchèque. Le deuxième décollage s'effectue cependant, et le ballon prend rapidement de la hauteur échappant aux projecteurs qui se sont allumés.

Sauvés ? Non. C'est alors que le vent tourne, défavorable. Alors Robert n'hésite pas. Il exécute les manœuvres pour descendre. Le ballon se rapproche du sol. Les passagers se cramponnent... Vont-ils se retrouver en Tchécoslovaquie ? Ou sur la terre promise ?

Un choc rude. La nacelle s'est posée dans une vigne. Armée d'une lampe de poche, Robert court maintenant vers une petite route où s'avance une voiture. Il scrute la plaque d'immatriculation. Fond noir, lettres et chiffres blancs : une voiture autrichienne ! Grâce au ciel, les Hutyra ont réussi. Merci, Monsieur Jules Verne.

CES BELGES QUITTAIENT DÉFINITIVEMENT LE CONGO INDÉPENDANT, PLONGÉ DANS LA GUERRE ET L'ANARCHIE. UNE PATROUILLE DE ''SOLDATS DE LA PAIX'' INDIENS A MITRAILLÉ LEUR VOITURE, COMME ÇA, PAR ZÈLE, ET MAINTENANT L'HOMME PLEURE SA FEMME TUÉE.

photo © U.P.I. Planet News

LA MORT AU CASQUE BLEU

Ça se passe en 1963 en Afrique, au Katanga (aujourd'hui Shaba), région sud de l'ancien Congo belge (aujourd'hui Zaïre). Un pays cinq fois plus grand que la France, coincé dans le ventre de l'Afrique avec un petit débouché côté Atlantique.

En 1963, l'O.n.u. est mise dans l'obligation d'intervenir pour rétablir le calme dans la région du Shaba et plus spécialement aux environs de Jadotville (aujourd'hui Likasi).

Ce jour-là, une patrouille de l'O.n.u. a établi un poste de contrôle le long de la route qui relie Likasi à Elisabethville (aujourd'hui Lubumbashi). Cette patrouille de l'O.n.u. est composée de soldats indiens. Quelques journalistes se sont joints à la patrouille en tant qu'observateurs. La route est déserte, ou plus exactement la route a été désertée à la suite de raids sanglants exécutés par ceux que l'on nomme rebelles, faute de savoir pour le compte de qui ils commettent leurs crimes gratuits.

Ces soldats aux casques bleus sont des volontaires qui viennent des Indes. Ils ne savent pas très bien pourquoi ils sont là ni ce qu'on attend d'eux. Aussi, s'accrochent-ils aux consignes qu'on leur a données, comme des naufragés à leur bouée de secours. On leur a dit : « Contrôlez la route. » Ils contrôlent la route et si un véhicule passe, ils contrôlent le véhicule. C'est normal. Depuis les Perses, tous les mercenaires du monde sont payés pour ça.

Voici justement qu'il arrive ce véhicule. C'est une petite Volkswagen à l'intérieur de laquelle se trouvent : Albert et Madeleine Verbrugghe et une amie du couple Aline Van Den Eyke. Il y a aussi le chien des Verbrugghe, un berger allemand.

Les Verbrugghe ont été chercher leur amie pour rentrer définitivement en Belgique. Les événements de ces dernières années leur ont sapé le moral. Ils renoncent au travail qui les faisait bien vivre au Katanga, pour rentrer au pays. Au volant de sa petite voiture, Albert fonce sur la route déserte. Il a hâte d'arriver chez lui où déjà ses valises sont prêtes. Demain, ce sera la fin du cauchemar.

Sur le bas-côté de la route, quelques soldats s'avancent vers l'asphalte. L'un d'eux lève la main pour faire stopper le véhicule. Albert voit bien le geste, mais l'apparition est si soudaine et si inattendue qu'il n'a pas tout de suite le réflexe de freiner. Cette hésitation est prise pour un refus. L'un des soldats braque sa mitraillette.
— Halte ! crie le chef.

Un crépitement rapide. Un coup de frein qui hurle. Quelques instants d'un silence de mort et Albert ouvre sa portière. Il a le visage en sang. Il court vers les soldats et il crie :
— Assassins, vous êtes des assassins. Vous avez tué ma femme...
Et devant ces soldats, ces journalistes, muets de stupeur,

il revient vers sa voiture et se penche sur le corps de sa compagne en hurlant sa douleur.

— Pourquoi... mais pourquoi ?

Car c'est vrai. C'est hélas la vérité, Madeleine Verbrugghe est morte, une balle en plein cœur. Son amie, Aline, touchée elle aussi, mourra quelques minutes plus tard. Et voilà cet homme qui fuyait la mort, aux prises avec elle sur le bord de la route qui le conduisait vers la sécurité.

Des journalistes sont là, ils arrachent l'homme, prostré sur le cadavre de sa femme : « Il faut vous soigner. » On met un pansement sur son œil blessé. C'est à ce moment que son chien, terrorisé par la peur, sort de la voiture et se met à tourner autour en gémissant. L'homme rattrape son chien et le serre contre lui. C'est à présent tout ce qui lui reste au monde...

"SHOCKING !" C'EST LE MOT QUI EST AUSSITÔT VENU AUX LÈVRES DE MILLIERS D'ANGLAIS, MÊME PAS TRÈS BIEN ÉLEVÉS, EN VOYANT CE FAUNE TRAVERSER LE STADE. HEUREUSEMENT, UN POLICIER ASTUCIEUX A TROUVÉ LA PARADE ET CACHÉ L'OBJET ÉTOUFFÉ DU SCANDALE.

HONNI SOIT
QUI MAL Y PENSE

Vous connaissez tous bien sûr la célèbre représentation de Jésus attablé avec ses apôtres, et intitulée la Cène. Un samedi de 1974 — et toutes proportions gardées — on aurait pu trouver quelques analogies entre le tableau que l'on vient d'évoquer et un groupe d'amis attablés autour d'un certain Michael O'Brien, dans un pub londonien. Ils boivent, discutent, avant le coup d'envoi d'un match de rugby. En effet, Anglais et Français vont en découdre pour le compte du tournoi des Cinq Nations, sur le terrain mascotte des premiers : Twickenham.

Mais revenons à Jésus, ou plutôt à ce Michael O'Brien, un comptable australien de 26 ans, de passage dans la mère patrie. C'est vrai qu'avec ses longs cheveux, son collier de barbe et son regard inspiré, indiscutablement, il a un faux air du Christ. Toutefois, les propos qui s'échangent autour de la table, n'ont rien de bibliques. Ses disciples — enfin ses amis — le pressent, l'incitant à commettre un acte —

qui n'est pas un acte de foi, je le précise — et que Michael, présentement, refuse d'envisager. Peter, alias saint Pierre, a beau l'encourager, John alias Judas, glisser perfidement qu'il n'est qu'un dégonflé, rien n'y fait : Michael-Jésus n'est pas chaud. Cependant, les chopes de bière aidant, maintenant, il ne dit pas « oui », mais il ne dit plus « non ».

Pour bien comprendre ce qui va alors se passer, il faut revenir quelques mois en arrière, franchir l'Atlantique, débarquer aux États-Unis.

Début 74, Richard Nixon est, comme on dit, dans ses petits souliers. Le scandale du « Watergate » vient d'éclater, l'Amérique a la fièvre, la position du Président devient inconfortable.

Nixon, l'ambitieux, Nixon le retors, tergiverse, temporise, réfute, mais cette attitude louvoyante va lui être finalement fatale.

« La vérité, toute la vérité, rien que la vérité », exige le peuple souverain. Et pour mieux faire pression, des manifestants viennent même jusqu'à protester devant la Maison-Blanche — ô scandale — dans le plus simple appareil, vivants modèles de cette vérité toute nue qu'ils réclament. Le streaking vient de naître. Et ce ne sont pas les aveux tardifs et la démission du Président qui vont y mettre fin. Le streaking est devenu un jeu-défi : montrer ses fesses est un pied de nez aux tabous, aussi, tel un nuage radioactif, il pollue maintenant tout le territoire.

Littéralement, comment traduire ce mot ? Par une image, des êtres nus traversent comme l'éclair (streak) un lieu public, et fuient parce que la police ne tolère pas ce genre d'exhibition.

Bien sûr, ce sont sur les campus d'universités que le streaking fait le plus d'adeptes. Mais attention : ne le pratique pas qui veut. Il faut de bonnes jambes, du souffle, de l'audace, et il faut donc surprendre, afin que l'apparition fugitive dévoilée, sensibilise le plus vaste public possible. Le Coca de l'Amérique avait envahi la vieille Europe. Le streaking allait-il en faire autant ?

C'est précisément ce qu'on attend de Michael O'Brien enfin consentant : traverser en tenue d'Adam le terrain de Twickenham, aussitôt après le triomphe anglais.

Bien placé, au premier rang, il grelotte quelque peu dans un long imper qui masque sa nudité, et attend le cœur battant, le coup de sifflet final. Hélas, quand il retentit, c'est dans un silence de mort : 80 000 Anglais atterés viennent d'assister à la déroute des leurs. Ces diables de Français, galvanisés sans doute par les « allez les petits » ! de Roger Couderc, viennent de leur infliger un « 26 à 7 » sans appel. Même les fières évocations rétroactives de Trafalgar et de Waterloo ne peuvent compenser la mortification.

Dans ces conditions, Michael hésite. Après l'amère défaite, son intervention ne risque-t-elle pas d'être considérée de très mauvais goût ?

— Vas-y Michael !... fonce !... lui glisse l'apôtre Peter-saint Pierre. Ça va leur faire oublier la pilule.

Michael O'Brien réalise soudain que sa mission peut avoir un effet rédempteur en faisant oublier à tout un peuple l'humiliation présente. Alors, sans hésiter, il se dresse, arrache son imper, apparaît nu comme un ver et d'une foulée élastique entreprend de traverser le terrain de Twickenham en direction de la tribune officielle où se tient Son Altesse Royale la princesse Alexandra.

A ce spectacle, 80 000 poitrines se libèrent, tandis que la surprise passée, une armée de policemen se lance à la poursuite du streaker. Il sera plaqué en touche — c'est logique — et cet instant historique, vous avez pu le voir dans le numéro de *Paris Match* du 4 mai 1974, où, comme vous le constaterez, grâce au sang-froid d'un bobby, la pudeur fut sauve. Honni soit qui mal y pense...

PENDANT DOUZE JOURS, CET HOMME VA TENIR LE MONDE EN HALEINE. RESTÉ SEUL SUR LE "FLYING ENTERPRISE" À DEMI-CHAVIRÉ, LE CAPITAINE CARLSEN REFUSE DE QUITTER LE BORD. IL DONNERA À TOUS, JUSQU'À L'INSTANT ULTIME, UNE GRANDE LEÇON DE BRAVOURE.

photo © Planet News

LE CAPITAINE COURAGEUX

— Ici le *Flying Enterprise,* Maiday, Maiday...

Le samedi 29 décembre 1951, à 12 h 57, cet appel de détresse retentit sur les ondes maritimes. La cargaison du bateau s'est déplacée et le *Flying Enterprise* est ingouvernable. Aussitôt, malgré la tempête qui fait rage, le *Southland,* un cargo américain, se déroute pour lui porter secours. C'est la loi de la mer.

Arrivés à vue du *Flying Enterprise,* les sauveteurs constatent que le bateau, balayé par les vagues, a une gîte d'environ 70° ce qui revient à dire que les cloisons sont pratiquement devenues des planchers.

Comme il est 17 h et que la nuit tombe, le *Southland* renonce à tenter quoi que ce soit, mais reste à proximité.

Le lendemain matin, l'évacuation du navire commence et va durer toute la journée. A bord du *Flying Enterprise,* outre l'équipage, il y a une vingtaine de passagers qui, couplés deux par deux avec des marins, vont se jeter dans les vagues pour être récupérés par les matelots du *Southland.*

A 17 h, l'opération sauvetage est terminée : 31 personnes ont été sauvées, il ne reste plus qu'à recueillir le capitaine. C'est alors que celui-ci fait connaître sa décision par radio :

— Ici le capitaine Carlsen, je reste à bord !

Pour le monde entier, l'odyssée commence. Menacé à tout moment de chavirer avec son bateau et coincé dessous, de couler avec, le capitaine devient un héros de légende. En refusant de quitter son navire en perdition, Carlsen prouve à ce monde qui entre dans la peur atomique, que la valeur humaine existe toujours. Circulant tant bien que mal sur des cloisons mouvantes, le capitaine courageux s'installe comme il peut.

S'éclairant à la bougie et mangeant des conserves, il brave les éléments déchaînés.

Au soir du 31 décembre, Carlsen lance dans la nuit ce message repris et transmis par les radios du monde entier : « Bonne année à tous. »

Le 3 janvier, le *Flying Enterprise* est rejoint par le remorqueur anglais de haute mer *Turmoil.* Après avoir discuté les conditions de remorquage, le *Turmoil* lance un câble qui, par trois fois, échappe aux mains gelées du naufragé. Et la nuit tombe sur l'épave. Et pour la neuvième fois, Carlsen va aller prendre un peu de repos sur son matelas coincé entre la cloison et le plancher de sa cabine « seul objet horizontal à bord », a-t-il précisé avec humour.

Le 4 janvier, un marin du *Turmoil* réussit à sauter à bord du *Flying Enterprise.*

Le 5, un remorqueur français *Abeille,* arrive sur les lieux. Il propose de remorquer l'épave vers Brest, port le plus proche, mais Carlsen refuse, il souhaite que son bateau soit remorqué vers Falmouth en Angleterre.

En fin de journée, un câble est enfin fixé à l'avant du cargo et le remorquage commence malgré la violence du vent.

Le 8 janvier, des vagues de trois mètres déferlent sur le pont tandis que le bateau continue de s'enfoncer lentement. Dans la nuit, alors que Carlsen épuisé est allé prendre un peu de repos dans sa cabine, le câble se rompt sous les coups répétés des vagues.

Le 9, le *Flying Enterprise* s'est encore enfoncé, mais Carlsen refuse toujours de quitter son bord. « Rester ou mourir », déclare-t-il à la radio.

Le 10, le *Flying Enterprise* commence à couler par l'arrière. C'est la fin. Au début de l'après-midi, après 16 jours de lutte, le capitaine courageux décide d'abandonner son navire qui coule quelques heures plus tard.

Accueilli à terre comme un héros, la presse du monde entier fut unanime pour célébrer le courage du capitaine Carlsen.

Bien sûr, les questions sur sa mystérieuse cargaison ne manquent pas. Pourquoi Carlsen fonçait-il ainsi dans la tempête ? Pourquoi attendit-il aussi longtemps avant de lancer son premier S.o.s. ? Pourquoi les premiers navires venus sur les lieux furent-ils deux navires de guerre américains ? Pourquoi Carlsen refusa-t-il d'aller vers Brest pourtant plus près ? Pourquoi la cargaison s'est-elle stabilisée dans les cales comme si elle était constituée d'énormes caisses qui s'étaient calées définitivement ?

Peu importe. Qu'il ait transporté des armes stratégiques lourdes ou des sacs de céréales, Carlsen a donné, en ce début d'année 52, une leçon de courage et d'honnêteté qui a créé autour de sa détermination un sentiment de fraternité universelle.

Carlsen. Un nom à jamais lié aux grandes aventures de la mer. Même si cela fut inutile, il a prouvé comme le veut la tradition, que le capitaine est seul maître à bord... après Dieu bien sûr.

LES NAUFRAGÉS DU VIDE

Vers 13 heures, ce mardi 29 août 1961, 33 des 36 cabines du téléphérique qui dessert l'aiguille du Midi, permettant d'admirer de plus près le Seigneur des Alpes, le Mont-Blanc, se sont brutalement figées. Les trois autres, fracassées, gisent là-bas sur les rochers... Les occupants, six corps disloqués, en témoignent.

Impuissants, muets de stupeur, dans les bennes immobilisées, 81 passagers ont vécu le drame, enfermés qu'ils sont dans leurs minuscules prisons d'aluminium qui oscillent entre ciel et terre. Pour eux, maintenant, la tragédie commence, ils en sont devenus les protagonistes.

Le prologue s'est joué en quelques instants. Un chasseur à réaction a malencontreusement touché le câble tracteur du téléphérique. Sous le choc, celui-ci s'est sectionné. (Pour mieux vous rendre compte de la situation, reportez-vous au plan.) A la rupture du câble, un groupe de 3 cabines qui s'élevaient là, a régressé, puis, libérées du câble porteur, elles ont été happées par le vide.

C'EST LA PLUS LONGUE NUIT DE LEUR VIE QUE CES GENS VONT PASSER. UN AVION À RÉACTION A SECTIONNÉ LE CÂBLE TRACTEUR DU TÉLÉPHÉRIQUE, LES VOILÀ BLOQUÉS DANS LES AIRS, AVEC UN GOUFFRE MORTEL SOUS LEURS PIEDS. A L'AUBE, ILS SERONT LIBÉRÉS.

photo © Saver

L'horreur ! Et le bilan risque de s'alourdir si l'on ne parvient pas à délivrer les occupants des 33 autres cabines qui, à leur tour, sont en danger de mort. Mais comment les atteindre ? Comment les évacuer ? Heureusement, il fait beau, pas un souffle de vent. Alors, en attendant de trouver des solutions, des haut-parleurs se mettent à exhorter ces naufragés un peu spéciaux de ne pas céder à la panique, de ne pas remuer surtout.

Le malheur rapproche dit-on, mais quand le hasard fait se côtoyer des inconnus, pas facile de se réconforter. C'est ainsi que dans la cabine occupée par Madame David et sa fille, la présence d'un solide gaillard ne les rassure pas. L'homme, un Autrichien, ne cesse de répéter deux mots : « mauvais... kaput... ».

Dans une autre cabine, la situation confine au surréalisme : un homme, une femme, et un silence de mort. Lui, c'est aussi un Autrichien. Elle, une sorte de princesse orientale vêtue d'un sari rose et chaussée de sandalettes dorées. Ils se taisent, incapables de communiquer.

Dans une troisième cabine enfin, à défaut de parler la langue de Shakespeare, en bons Italiens qu'ils sont, deux Milanais s'expriment — en tout bien tout honneur — par gestes, pour soutenir le moral chancelant de leurs compagnes d'infortune, deux Anglaises bon teint.

Lorsque le soir s'étend sur la vallée blanche, des batteries de projecteurs braquées sur les cabines s'allument, mais surtout grâce à des câbles de secours, les bennes les plus rapprochées des deux gares d'embarquement commencent à être halées, centimètre par centimètre. Le sauvetage commence. Par contre, la situation est préoccupante pour les cabines situées dans la partie supérieure du parcours. Elles demeurent hors d'atteinte et leurs occupants condamnés — c'est sûr — à y passer la nuit. Or, la plupart sont vêtus légèrement. Il faisait si beau, si chaud ce matin...

Malgré tout, Madame David et sa fille, qui se tiennent serrées l'une contre l'autre, regardent leur Autrichien avec moins d'effroi. Il s'est endormi. Ronfle même. A tout prendre, elles le préfèrent ainsi. Cette sérénité est plus tonique que ses prédictions.

Entre l'Orientale et l'autre Autrichien, pas de dégel verbal, mais le Viennois réchauffe les pieds gelés de l'Indienne...

Dans la benne italo-anglaise, les Milanais se sont vus interdire par un « no smoking » très ferme, la permission de fumer. Pas rancuniers, ils proposent maintenant leurs vestes à leurs Anglaises frigorifiées.

Toute la nuit, les efforts se poursuivent pour récupérer les naufragés du ciel. Sans discontinuer, les haut-parleurs déversent des flots de musique coupés d'appels : « Tenez bon ! nous vous sauverons. » Et le sauvetage tiendra du miracle. Grâce à l'ingéniosité, aux efforts conjugués de tous, des guides, des gendarmes, des chasseurs alpins, la grande transhumance s'achève à l'heure où le soleil reprend possession de la vallée blanche. Et cela sans qu'on ait à déplorer d'autres victimes.

Quittant leur benne récupérée, Madame David et sa fille n'auront que le mal de réveiller leur Autrichien-dormeur.

L'Indienne au sari rose et aux sandalettes dorées évacuera sa prison au bout d'une corde et au prix d'une descente courageuse de plusieurs dizaines de mètres.

Quand les Milanais se séparent de leurs compagnes de la nuit, galants, ils leur baisent la main...

Dieu soit loué, la tragédie n'a pas dégénéré en hécatombe.

AU NOM DE L'AMOUR

Martha regarde John. Autour d'eux, la musique, un bal du samedi soir, des rires, de l'insouciance. Ils ont 20 ans. Elle est rousse, vive, le regard pétillant. Il est blond, romantique, il croit au coup de foudre, et elle aussi.

A la fin du bal, ils se tiennent par la main, il la raccompagne dans les rues désertes de Londonderry. Ils se donnent rendez-vous. Ils se revoient en cachette. Toutes les cachettes et toutes les ruses pour que personne ne puisse dire : « Martha Domerty et John Larter se fréquentent. »

Nous sommes en 1970 pourtant. Et dans un pays dit civilisé, voire démocratique... Martha est de bonne famille, honnête, sérieuse, et John est un bon garçon. Ils veulent se marier, et rien ne devrait pouvoir les en empêcher. Pourtant, lorsqu'ils décident de se marier, c'est impossible. Impossible au grand jour. D'ailleurs ils sont repérés. Espionnés malgré toutes les précautions. Et la rumeur se répand :

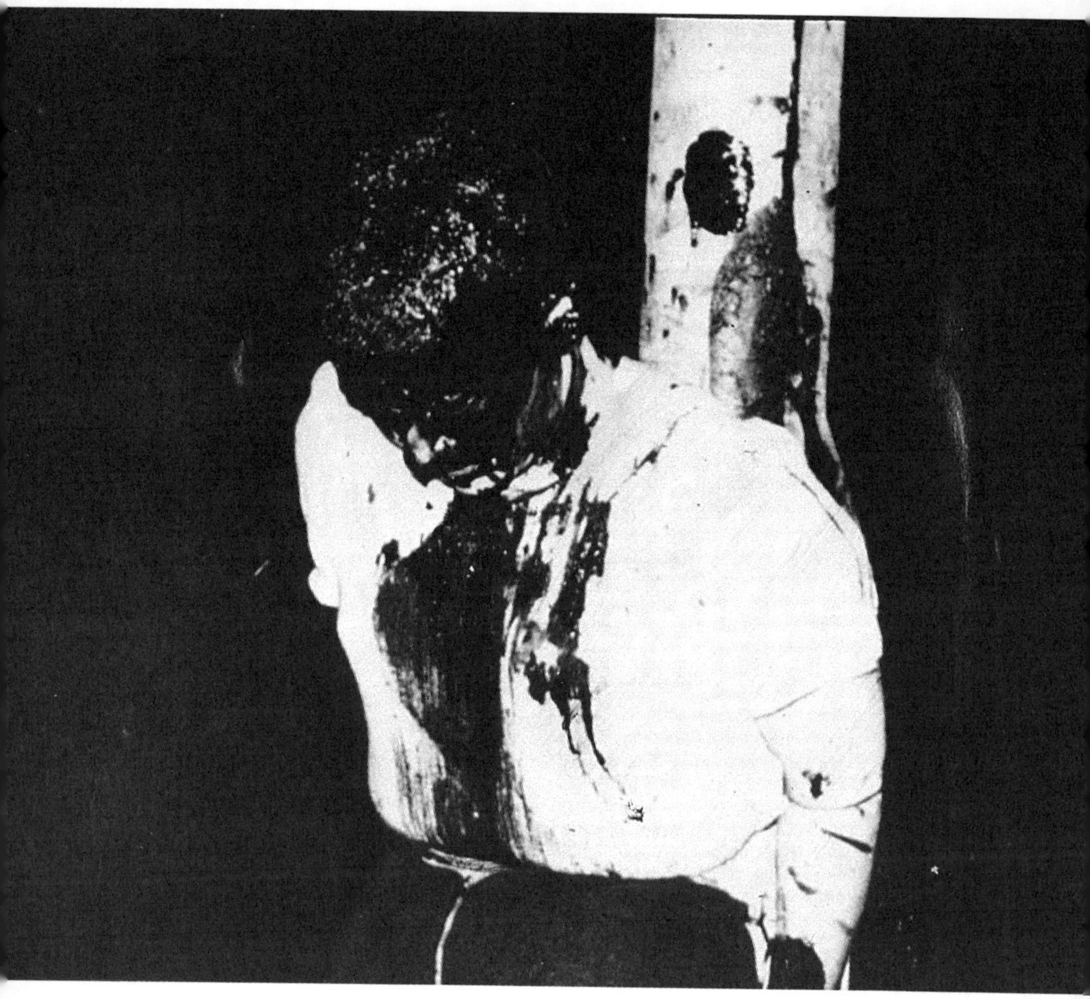

CET ÊTRE PANTELANT, CE SUPPLICIÉ ATTACHÉ À SON POTEAU, C'EST UNE JEUNE IRLANDAISE DE 20 ANS, MARTHA, QUE DES "PATRIOTES" DE SON SEXE, ONT TONDUE, BADIGEONNÉE DE GOUDRON ET LIÉE AU PILORI PARCE QU'ELLE PRÉTENDAIT ÉPOUSER UN SOLDAT ANGLAIS !

photo © London Express

« Martha et John... John et Martha... il faut les empêcher, c'est un crime ! »

Qu'est-ce qui est un crime à Londonderry, joli port de mer en Irlande du Nord ? Le crime, c'est ceci : Martha est irlandaise, et John est anglais.

Martha vit dans un quartier où l'Ira règne en maître. Et John lui est soldat au premier bataillon du régiment royal de Sa Gracieuse Majesté. Ils s'en moquent. Ils ont décidé de jeter par-dessus les moulins toutes ces histoires de politique et de religion. C'est un scandale ! L'Ira ne permettra pas à Martha Domerty d'épouser un John Larter.

Alors, une poignée de « patriotes » irlandaises résolues, des femmes patriotes, décident d'agir. Martha est kidnappée, un soir, traînée de force dans la rue et ligotée à un lampadaire. Puis les femmes patriotes tondent sa belle chevelure rousse. Ensuite elles déversent sur elle le goudron de l'infamie.

Tout cela en pleine rue, devant témoins et devant un photographe. Voici Martha livrée à la vindicte populaire. La traîtresse voulait épouser un Anglais !

Ceci était le premier acte photographique d'une histoire d'amour pas comme les autres.

Que faire après la haine ? Comment lutter ? Si personne ne comprend que deux jeunes gens de 20 ans puissent s'aimer sans demander l'autorisation des partisans. Où va-t-on ? Pour un peu, on imaginerait des camps de concentration, et le retour à des pratiques que condamnent les Droits de l'homme. Alors c'est la guerre. Mais cette fois une guerre en dentelle. L'armée anglaise riposte à l'agression en enlevant à son tour la jeune Martha, consentante, et en la transportant par les airs, pour plus de sécurité, à quelques kilomètres de Londonderry. Là, dans une petite chapelle militaire, un prêtre catholique unit, pour le meilleur et pour le pire, Martha l'Irlandaise et John l'Anglais. Après quoi, toujours par les airs, l'armée les conduit jusqu'en Angleterre où ils vivront désormais.

Le jour de son mariage, Martha portait une perruque rousse afin de masquer le résultat de la haine et de sourire, cette fois, au photographe.

Être partisan, se dire combattant d'une guerre de religion, c'est oublier trop souvent que l'amour n'a qu'un parti, le sien, et qu'une religion, la sienne !

LE TOUR DU MONDE INACHEVÉ

La grosse voiture couleur caramel quitte en trombe les studios de télévision de la C.b.s. A grands renforts de klaxon, elle se fraye un passage dans les rues de Los Angeles. Au volant, celui qui, voici quelques minutes encore, a — comme chaque semaine — par ses facéties, ses grimaces, fait se « tire-bouchonner » dix millions de téléspectateurs américains. Il n'a pas pris le temps de se démaquiller, ses lèvres sont encore fardées de rouge, mais son faciès de clown n'a plus rien de comique. Dans ses yeux perlent de vraies larmes. Bientôt, la voiture se range devant une jolie villa de la banlieue résidentielle de Bel Air. Sans perdre une seconde, le conducteur bondit hors du véhicule, jette un coup d'œil au premier étage : il y a de la lumière...

Il renifle un bon coup, grimpe quatre à quatre l'escalier et, la face redevenue hilare, jaillit dans la chambre. Un cri l'accueille : « Papa ! » Dans le lit, un petit garçon amai-

RED SKELTON, LE GRAND CLOWN,
LE MAGICIEN DU RIRE
QUI FAIT SE TORDRE TOUTE L'AMÉRIQUE, JETTE
UN REGARD GRAVE SUR SON PETIT RICHARD, QUI, LUI, SOURIT.
LE PÈRE SAIT QUE MALGRÉ TOUT
SON AMOUR ET TOUTE SA FORTUNE, IL NE SAUVERA
PAS L'ENFANT MALADE.

photo © Wallin

gri. Sa figure est toute grêlée de taches de rousseur. Il est pâle, mais à la vue de l'arrivant, son visage s'est illuminé.

Alors pour la seconde fois ce soir, l'artiste se donne en représentation, mais là, il n'y a qu'un seul spectateur : Richard, son fils qui a 9 ans et dont les jours sont comptés.

Quelques semaines plus tôt, le plus populaire des comiques de la télévision américaine, l'ineffable Red Skelton et sa femme Georgia ne se sont pas inquiétés outre mesure lorsque le docteur est venu examiner Richard un peu fatigué.

Par prudence on a fait une prise de sang à l'enfant et le verdict est alors tombé, imprévisible, cruel, implacable : Richard est atteint de leucémie. Au mieux, il a encore quelques mois à vivre.

Avoir un enfant, mais aussi l'affreuse certitude qu'on ne le verra pas avoir 20 ans, c'est trop injuste. Les Skelton refusent de se résigner. Ils veulent croire qu'avant l'issue fatale, un médicament miracle sera découvert. Des guérisons inattendues, ça s'est déjà produit. De par le monde — c'est forcé —, il doit exister des spécialistes capables de sauver leur fils...

Oui, il faut aller les consulter. Tous ! Où qu'ils soient ! Et pourquoi ne pas le faire en offrant en même temps à Richard un merveilleux dérivatif : faire le tour du monde.

Alors les Skelton s'en vont. Red, Georgia, le jeune Richard et sa sœur Valentine.

Avant de découvrir la vieille Europe, ils survolent le Pôle Nord. Stockholm fascine le petit garçon. La balade parisienne qui va durer quatre jours est un enchantement sous la houlette d'un papa facétieux. C'est maintenant Venise l'enchanteresse, puis Rome où le pape accorde une audience de souverain à l'enfant. Pour autant, celui-ci est-il dupe ? Sans doute pas. « C'est fou ce que les parents sont gentils quand on est un peu malade » confiera-t-il un jour à sa sœur.

Mais contrairement à Phileas Fogg, le héros de Jules Verne, Richard Skelton ne bouclera pas tout à fait son tour du monde. Il décline. Il n'a plus la force de supporter les déplacements, il lui faut regagner la Californie et, au début du printemps 1956, il doit être hospitalisé.

Red Skelton, lui, reprend ses activités, mais chaque jour, il court au chevet de son fils, l'amuse, et pour lui, pour lui seul, invente de nouveaux gags.

Le mercredi 6 mai, aussitôt après son émission, il se hâte vers l'hôpital. L'état de l'enfant a brusquement empiré. Alors ce soir-là, étreint par l'angoisse et le désespoir, celui qui fait rire l'Amérique se surpasse pour dérider son fils, pour recueillir ses derniers sourires...

Le lendemain, Richard entre dans le coma. Il meurt deux jours plus tard.

Le clown peut maintenant pleurer.

LE CHOIX (VINCENDON ET HENRY)

22 décembre 1956, Jean Vincendon et François Henry, 24 et 22 ans, ont décidé de passer le réveillon de Noël au sommet du Mont-Blanc. C'est une sorte de préparation à la sélection fabuleuse à laquelle ils aspirent : la prochaine expédition française dans l'Himalaya.

Le soir du 24 décembre, alors que dans la vallée, les crèches et les sapins de Noël s'illuminent, en haut du Mont-Blanc, une terrible tempête les isole. Durant près de 3 jours, ils ne sont plus visibles, aucune jumelle, aucun guide ne peut les situer. Enfin au matin du 27 décembre, un observateur les repère à la lorgnette, non loin du sommet, à 4 000 mètres d'altitude : deux silhouettes noires, l'une couchée, l'autre debout sur la glace, comme suspendues, sur une corniche étroite. Le lendemain, le temps est suffisamment clair. Quatre jours de tempête ont passé. Des secours leur sont parachutés : tente chauffante et médicaments ; trop loin sur le vaste plateau neigeux, ils n'ont pas la force d'atteindre le

LE RÉVEILLON SUR LE MONT-BLANC A TOURNÉ AU DRAME, LES DEUX ALPINISTES ONT LES MEMBRES GELÉS, L'HÉLICOPTÈRE DE SECOURS, S'EST ÉCRASÉ. LES SAUVETEURS DOIVENT ABANDONNER LES DEUX JEUNES GENS. LEUR ''AU REVOIR'' EST UN ADIEU.

photo © René Vital

point de parachutage. Ils se réfugient sur le plateau, moins dangereux que la minuscule corniche où ils ont vécu des jours et des nuits d'angoisse, de froid et d'espoir glacé.

31 décembre 1956. Le champagne va pétiller là-bas, tout en bas, là où les lumières indiquent le monde chaud des vivants, les cheminées flamboyantes, l'inaccessible. En bas pourtant, on ne pense guère à la fête. L'assaut aérien est décidé.

Un hélicoptère Sikorsky part du Fayet avec à son bord les guides Bonnet et Germain, l'adjudant Blanc et le commandant Santini. Le sauvetage paraît certain cette fois.

Vincendon et Henry, serrés l'un contre l'autre, voient l'appareil s'approcher ; le souffle du rotor fait tourbillonner la neige. Le pilote soudain aveuglé par la poudre glacée ne peut éviter un coup de vent rabattant. L'appareil est plaqué au sol. Par miracle, les quatre sauveteurs sortent des débris de l'appareil, indemnes. Ils parviennent jusqu'aux deux garçons dont les visages torturés par la souffrance ressemblent à des momies de glace. Vincendon est le plus atteint ; il arrive à parler avec peine, et chuchote entre ses lèvres gelées :

— Sans Henry, je serais mort !

Il fait moins 30 degrés.

Henry, lui, a vu tout son espoir éclater puis s'évanouir à la vue de l'hélicoptère disloqué dans la neige.

Les deux guides Germain et Bonnet, seuls spécialistes de la montagne, se trouvent alors devant une décision terrible à prendre : qui sauver ? D'un côté deux étudiants incapables de marcher, de l'autre les deux aviateurs gravement choqués par l'accident et non spécialistes de la montagne. Un deuxième hélicoptère de secours dépose quatre guides au dôme du Gouter. Deux d'entre eux vont rejoindre les naufragés de la neige, les autres se rendent dans un refuge avec une radio. Mais la question reste posée : quatre guides au point de chute, quatre hommes à sauver, dont deux sont à demi valides, et deux incapables de bouger. Alors on installe Vincendon et Henry, mains gelées, pieds gelés, visage gelé, mais lucides, dans la carcasse du premier hélicoptère. Le soir tombe. Les sauveteurs n'ont qu'une lampe. « Au revoir. » Rien n'est perdu, deux jeunes gens de 22 et 24 ans sont encore vivants dans la nuit du Mont-Blanc.

Douze nuits. Les autres sont sauvés de justesse, atteints de graves gelures. Là-haut, on ne peut plus rien pour Vincendon et Henry. Tourbillons de neige, impossibilité d'atterrir, impossibilité de lancer une échelle : c'est l'horreur de la décision ultime. Il faut les abandonner.

La carcasse de l'hélicoptère leur fera un tombeau de gel, jusqu'au printemps prochain !

LE PASSAGE DANS LE MOTEUR

Brigitte est née à Berlin en 1940. Elle a fêté ses 5 ans dans les ruines et s'est retrouvée adolescente dans le secteur russe. Sans chercher à comprendre la différence qui existe entre l'étoile blanche et l'étoile rouge, elle fait ses études et chaque dimanche va voir sa tante et sa grand-mère qui habitent en secteur américain.

Comme elle est jolie et qu'elle a maintenant 20 ans, elle fait la connaissance d'un jeune homme qui habite le même immeuble que sa grand-mère. C'est la vie. On va danser, on s'embrasse et puis comme tout paraît harmonieux, on parle fiançailles (ça se faisait encore à l'époque) et puis on parle mariage, c'est extrêmement logique. La date est même fixée : le 15 août 1961.

Le 13 août, deux jours avant, les Russes décident la séparation totale de leur secteur avec ceux des Alliés. Plus personne ne passera d'Est en Ouest et, pour être sûrs que cette

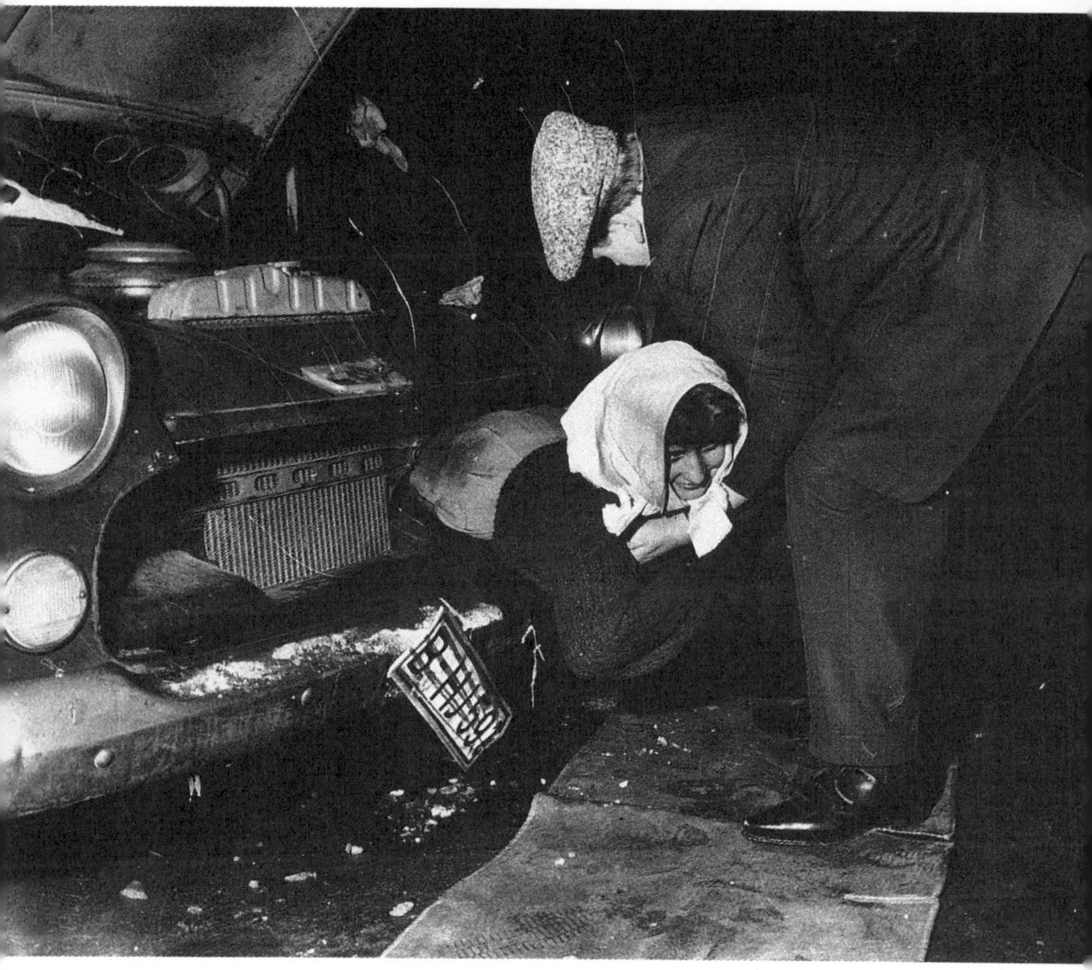

ALLONGÉE ENTRE LE MOTEUR ET LA ROUE DE LA VOITURE : C'EST AINSI QUE BRIGITTE, 23 ANS, PASSA LE MUR DE BERLIN POUR ALLER REJOINDRE SON FIANCÉ À L'OUEST. IL FALLAIT ÊTRE PETIT : LA CACHETTE N'OFFRAIT QUE 1,43 M EN LONGUEUR. ET COURAGEUX.

photo © Storn-Hambourg Schules

décision sera respectée, les Russes construisent LE mur, ce mur qui sera appelé par l'Occident, le Mur de la Honte.

Pendant un an, Brigitte n'a plus de nouvelles de son fiancé et puis, avec le temps, la vigilance tombe un peu. Quelques laissez-passer sont accordés. Des messages circulent d'Ouest en Est.

Un jour, Brigitte reçoit un petit mot : « Viens je t'attends », signé Frantz. Sont joints au mot, un nom et une adresse.

Brigitte se rend sur les lieux, montre le billet :

— D'accord on va vous faire passer. Comment ? En voiture, tout simplement. Et l'homme de s'expliquer. Dans l'Opel Kapitan modèle 1957, une personne peut se recroqueviller contre le moteur entre la carrosserie et la roue. Oh ce n'est pas terrible comme place. Tout juste 1,43 m de long, sur 60 de haut, et ce n'est pas le confort non plus. Une partie chaude, pas très loin des pots d'échappement, et une partie froide avec l'appel d'air, juste au-dessus de la suspension avant. 27 personnes sont déjà passées de cette façon-là. On met par-dessus le fugitif une toile cirée noire, mate, qui se confond avec l'ensemble sombre du moteur, surtout la nuit.

Sans hésiter, Brigitte accepte et le 10 février 1963, elle se glisse dans la cachette.

A 6 heures du soir, la voiture s'arrête au poste contrôle : papiers ; laissez-passer ; fouille du véhicule...

— Ouvrez le coffre s'il vous plaît !

Retenant son souffle, Brigitte suit, au bruit, les allées et venues des Vopos, les policiers est-allemands chargés du contrôle.

— Voulez-vous ouvrir le capot, dit une voix.

Le cœur de Brigitte se met à battre à grands coups. Elle sait que si elle est trouvée, elle risque de passer le restant de sa vie en prison. Le conducteur qui venait d'ouvrir le coffre revient à la portière avant pour tirer la targette qui débloque le capot.

— Qu'est-ce que c'est que ça Monsieur ?...

Dans le coffre, il y a une mallette à outils qu'un Vopo demande d'ouvrir.

Oubliant d'ouvrir le capot, le conducteur va satisfaire la curiosité du policier. Lorsqu'il revient à l'avant, l'autre, celui qui lui a demandé d'ouvrir le capot, parle avec un de ses collègues.

— C'est bien vous pouvez passer !

Et voilà comment, le 10 février 1963, Brigitte retrouve la liberté. Elle était la 28e à s'évader ainsi... et la dernière, car hélas la cache fut découverte à la 29e tentative.

A quoi ça tient la chance ?

DES HOMMES A TOUTE ÉPREUVE

Un beau gabarit le grand Jo. Avec ses épaules de superman, son 1,83 m, il impressionne. Dans son quartier populaire new-yorkais du Bronx, plus d'une envie Shirley, son épouse. Pourtant, plus d'une aurait été sans doute déçue si, en cette fin d'après-midi de septembre 1962, elle avait su à quelle occupation se livrait le grand Jo.

Après s'être rasé plus soigneusement que jamais, Jo, face à son miroir, plaque maintenant sur ses cheveux qu'il porte courts une perruque blonde bouclée... Il sourit. Une gracieuse frange lui recouvre le front. Puis, suit une séance de maquillage en règle : fond de teint, Rimmel et rouge à lèvres féminisent ses traits burinés. Et tout cela sous le regard critique de son épouse.

— Bon, ça va dit-elle... ça peut aller... la suite !

Maintenant, Jo gaine ses jambes musclées de nylon, emprisonne son torse puissant dans une robe imprimée qui semble souffrir quelque peu aux entournures... Pour finir,

LES AGRESSIONS DE FEMMES SEULES DANS CENTRAL PARK SE MULTIPLIAIENT. IL FALLAIT QUE LA POLICE DE NEW YORK TROUVE UNE RIPOSTE. ELLE FIT DONC APPEL À DES AGENTS VOLONTAIRES POUR SERVIR D'APPÂTS ! DE QUOI SURPRENDRE LES VOYOUS.

photo © Paul Slade

il passe une veste trois-quarts rose... et glisse ses pieds dans des chaussures à talons, pointure 44.

— Marche un peu, ordonne à présent Shirley...

Jo évolue... Dur, dur. Se déplacer juché sur des hauts talons, ce n'est pas évident. Il a beau s'entraîner ferme depuis quelques jours, le résultat laisse encore à désirer. Aussi les remarques pleuvent-elles, drues, pertinentes :

— Ne roule pas tes épaules Jo !... Fais des pas plus petits !...

Puis, les ordres fusent :

— Assieds-toi maintenant !... Non, pas comme ça !... Pas les jambes croisées ça ne se fait pas, ah !...

Hé oui, apprentissage douloureux : ne devient pas femme qui veut.

Pourtant, ce même soir, aux environs de minuit, toujours dûment travesti, Jo, après avoir garé sa voiture, se dirige sans hésiter vers un bois aussi sombre que touffu.

Un taxi passe à ce moment.

— Gonflée la mignonne, fait remarquer le chauffeur à sa cliente. Aller traîner dans Central Park à cette heure, avec tout ce qui s'y passe ces temps-ci...

— Une folle, surenchérit sa passagère.

Il est vrai que la nuit tombée, Central Park et ses allées obscures ont mauvaise réputation. Les agressions s'y multiplient et les femmes seules sont les principales victimes des rôdeurs, sadiques ou autres drogués. La police a eu beau renforcer le dispositif de surveillance, augmenter les rondes, les agresseurs se méfient, et à chaque aube, le bilan est lourd. Mais ce soir, c'est le début d'une riposte de choc particulièrement affûtée.

Des policiers volontaires ont accepté de se déguiser en femme, afin de servir d'appât aux malfrats de la nuit. Après un entraînement des plus intensifs, les voilà fin prêts à donner le change. Jo fait partie du commando. Et cette « belle de nuit », en veste rose, assise sur un banc de Cental Park, jambes serrées, sac à main sur les genoux, c'est elle... enfin c'est lui.

La nuit est fraîche. Jo a froid aux mollets. Dans son sac, il a bien glissé sa pipe, mais la fumer serait compromettant. Il se résigne.

Vers 1 heure, tandis qu'une légère somnolence l'envahit, il a soudain la conviction qu'il n'est plus seul. Aussi glisse-t-il discrètement une main sous sa veste. On l'observe, c'est sûr, il le sent... L'attente se prolonge, puis des pas se rapprochent rapidement. Une ombre se dresse maintenant devant lui, veut s'emparer du sac tentateur, mais déjà la poigne d'acier de Jo saisit la main malhonnête, tandis que le canon de son colt s'enfonce dans les côtes de l'indélicat. La stupeur de celui-ci redouble lorsque la grande blonde lui lance d'une voix mâle :

— Pas un geste !... t'es fait !... Police !...

Le piège a fonctionné. L'homme est pris, la main dans le sac.

L'ÉGORGÉ

Des terrasses de mosaïque, des arcades, la mer, la plage, c'est le palais de Skhirat (prononcer : Srirat), à 25 km de Rabat, au Maroc. Ce jour est un jour de fête. Ce 10 juillet 1971 est l'anniversaire de Sa Majesté Hassan II, roi, descendant du prophète, commandeur des croyants, et roi du Maroc. Sa Majesté a 42 ans depuis la veille. Au milieu de ses invités, en pantalon clair et chemisette, il reçoit l'hommage des fidèles. Musique, méchouis, fruits et pâtisseries en cascades, soleil d'été sur la piscine, il est environ 13 heures.

Un serviteur s'incline pour lui baiser la main et s'effondre, en transes, le malheureux est victime d'une crise d'épilepsie déclenchée sans doute par l'émotion d'approcher le souverain d'aussi près. On l'emmène. Le médecin personnel du roi va s'occuper de lui.

Mauvais présage ? Existe-t-il des présages pour les grands de ce monde ? Quoi qu'il en soit, le roi n'est pas supersti-

LE ROI HASSAN II EST TOUT À LA JOIE DE DÉCOUVRIR LES CADEAUX QU'ON LUI A FAITS POUR SON 42e ANNIVERSAIRE. IL SE CROIT ENTOURÉ D'AMIS, DE SERVITEURS LOYAUX. POURTANT, L'HOMME QUI EST À SON CÔTÉ VA TENTER DANS UN INSTANT DE L'ASSASSINER.

photo © Maradji

tieux. Et il ne peut imaginer aujourd'hui, tout spécialement aujourd'hui, que la mort le guette. Car il y a aujourd'hui dans ce palais de mosaïque au bord des vagues, le gratin des diplomates internationaux, des invités français, amis du roi, et tous ces généraux et ministres fidèles. Un coup d'État, une tentative de meurtre sur sa personne, devant les représentants officiels de plusieurs pays, ce serait une folie. C'en est une. Meurtrière. Elle se déclenche à 13 heures précises.

Les cadets de l'armée royale cernent le palais, les mitrailleuses entrent en action, les grenades explosent, c'est un carnage. Une panique sanglante en quelques secondes. Des invités fuient le palais, courent sur la plage, d'autres mourront sur place. Il y aura 28 victimes, dont deux grands médecins français et l'ambassadeur de Belgique, des personnalités marocaines, des serviteurs.

On a enfermé le roi dans un pavillon. La radio diffuse un message affirmant qu'il est mort. Le gouvernement libyen appelle la population à la révolte. Le général Oufkir serait investi de tous les pouvoirs.

Mais où est le roi ? Dans cette pièce où on l'a enfermé, un jeune soldat, mitraillette à la main, lève les yeux sur lui. Il tremble. Quelques secondes passent, mystérieuses. Le roi tend la main, et le soldat s'incline pour la baiser, selon le rite de soumission éternel au royaume chérifien.

Au début, c'est la confusion totale. Le roi donne des ordres, reprend la situation en main, ses enfants sont saufs. Attentat manqué. Fomenté, semble-t-il, depuis plusieurs mois par des officiers de haut grade, le coup d'État était probablement soutenu de l'extérieur. Calmement le roi déclarera : « C'est un coup d'État de sous-développés. Quant à la Libye, permettez-moi vulgairement de dire que je " m'en fous royalement ". »

Le 13 juillet, après un rapide conseil de guerre, dix officiers dont quatre généraux sont dégradés et fusillés sur la plage de leurs exploits. Juste avant le massacre, un homme est photographié à la gauche du roi, c'est le chef des rebelles. Il tient le souverain sous son regard...

La mort est entre ces deux hommes. Le général Medbouh, chef de la maison militaire royale, est tombé sous les rafales des mitraillettes de son propre commando.

Medbouh en arabe veut dire « l'égorgé », car Medbouh était un surnom dont le peuple affubla jadis, son père, qui pour avoir trahi eut la gorge tranchée. Et le surnom reste, indélébile, pour une trahison de père en fils.

Quant au roi, il en a connu d'autres depuis, et l'on dit qu'il a la « baraka », c'est-à-dire qu'Allah le protège.

LA GRAND-MÈRE PORTEUSE

— Mais alors docteur, je ne pourrais plus avoir d'enfant ?... Jamais ?

Le médecin jette un regard furtif vers les assistants qui l'entourent et dit d'une voix qui se voudrait ferme :
— Non, madame, vous ne pourrez plus avoir d'enfants...

Et devant l'infinie tristesse qui vient de s'inscrire sur le visage de sa patiente, il ajoute, désignant le petit lit qui jouxte celui de la jeune femme :
— Mais vous avez celui-là...

Cette scène se passe en 1985 à Tzaneen, une petite ville d'Afrique du Sud, à 500 km de Johannesburg. Pour Karen, c'est un profond déchirement...

Elle a 23 ans ; elle est mariée à Alcino qui a 8 ans de plus qu'elle ; ils avaient décidé d'avoir beaucoup d'enfants — quatre, cinq — et voilà qu'en mettant au monde le premier, une complication imprévue surgit ; il faut opérer d'urgence :

LE FUTUR PÈRE ET LA FUTURE MÈRE ENTOURENT LA FUTURE GRAND-MÈRE, QUI EST AUSSI LA MÈRE... PORTEUSE, ENCEINTE DE TROIS BÉBÉS QUI SERONT À LA FOIS SES ENFANTS ET SES PETITS-ENFANTS. EN TOUT CAS, KAREN, PAT ET ALCINO SONT À L'ÉVIDENCE RAVIS !

photo © Mail on Sunday

ablation de l'utérus. Et la tragique réalité surgit : Karen n'aura plus jamais d'enfant.

Alors pour la jeune mère et son mari va commencer une vie remplie d'angoisse. Au moindre mal, à la plus légère fièvre, à la première toux, ils tremblent qu'il n'arrive quelque chose à leur enfant, cet exemplaire unique de leur union, cet enfant né de l'amour et qui est voué à rester seul.

Karen donne des cours de gymnastique aux femmes enceintes. Elle parle bien sûr du drame qui s'est abattu sur son couple et qu'elle n'arrive pas à assimiler. C'est si injuste. Vouloir des enfants, désirer des enfants de l'homme auquel on a lié sa vie et ne plus pouvoir les faire.

— Il y a les mères porteuses !

Évidemment, il y a les mères porteuses. La presse du monde entier ne parle plus que de ça depuis quelques années. On prélève un ovule chez la femme stérile, on le féconde en éprouvette avec les spermatozoïdes du mari et on transplante l'ovule fécondé dans le ventre d'une autre femme. Le fœtus se développe et 9 mois plus tard, c'est bien un enfant d'un autre homme et d'une autre femme qui vient au monde. Sur le plan génétique, c'est on ne peut plus exact. Ce que la nature n'avait pas prévu peut aujourd'hui être réalisé sans risque par l'homme. Cela s'est déjà fait.

Karen et Alcino en parlent. Karen cherche même autour d'elle discrètement si quelqu'un ne connaît pas une femme qui accepterait. Mais elle le fait sans conviction. Au fond d'elle-même, elle a peur, elle a peur que la femme à qui elle ferait porter son enfant pendant 9 mois, ne s'attache à lui, qu'elle ne veuille plus le lui rendre après la naissance. C'est déjà arrivé, et comment en vouloir à cette femme qui pendant 9 mois sent vivre en elle son enfant, le nourrit de son sang. Ce sont ces doutes, ces craintes qui font que Karen cherche sans conviction, sans y croire.

C'est alors qu'au mois d'août dernier, la mère de Karen,

une petite bonne femme brune d'1,50 m qui a tout juste 48 ans, arrive un soir chez ses enfants. Elle revient de Johannesburg où elle a été faire des achats.

— En fait d'achats, je suis allée à la Park Lane Clinic où j'ai rencontré des docteurs. Si vous le voulez, c'est moi qui porterai votre enfant...

Et c'est le miracle.

Pat Antony, la mère de Karen, attend un enfant de sa fille et de son gendre. Oui la transplantation d'un œuf de Karen fécondé par un spermatozoïde d'Alcino en laboratoire a été transplantée avec succès dans le ventre de la mère. Mieux, on vient de s'apercevoir qu'il y en a trois !

Oui, pour la première fois au monde, le 14 octobre prochain, trois enfants conçus par un couple de 25 et 33 ans, vont sortir du ventre de leur grand-mère, qui, pendant 9 mois les aura nourris de son sang, les enfants de sa fille.

— Personne ne m'a forcée à faire ce que je fais, dit-elle. C'est moi qui en ai eu l'idée. Les liens maternels se créent surtout lorsque la mère berce son bébé et le nourrit. Dès que les trois enfants seront nés, ce sera Karen qui s'en occupera et elle les allaitera.

Oui, autre miracle de la science, Karen va subir un traitement spécial qui lui donnera du lait à la naissance des bébés.

Au moment où le monde entier s'interroge et pose des questions sur les « bébés éprouvettes », cette grande première relance un nouveau débat.

Pour Pat Antony, le problème est tout simple :

— Évidemment, nous avons eu peur de ce que les gens penseraient... mais étant donné que ces enfants sont bien les enfants de ma fille et de son mari, nous ne violons aucune loi. Génétiquement ce sont bien leurs enfants et pas les miens.

On n'a pas fini de parler de cette grande première mondiale.

LA TUERIE D'AVIGNON

Il est 3 heures du matin en ce vendredi d'août 1983. Dans ce grand hôtel moderne d'Avignon, le sommeil a gagné tous les étages. Au rez-de-chaussée, dans le minuscule bureau qui sert de secrétariat, Nicole la réceptionniste et René le bagagiste fument une dernière cigarette.

La journée a été longue. Normal, c'est la pleine saison. Dans le bar voisin attenant au hall d'entrée, Pierre, le barman, termine ses comptes. Un silence réparateur règne sur les lieux. Jean, le pianiste, vient de monter raccompagner Agnès qui a passé la soirée avec eux.

Ils sont donc cinq dans l'hôtel à ne pas dormir en ce vendredi à 3 heures du matin. Cinq jeunes, heureux de leur sort et contents de vivre. Nicole a 23 ans, René aussi, Pierre 25, Agnès 30 et Jean le pianiste 31 ans.

— Vous avez une chambre ?

Dans le hall, une voix d'homme fait sursauter la réceptionniste qui éteint sa cigarette.

UN HÔTEL TRANQUILLE DANS UNE VILLE ENDORMIE, TROIS TRUANDS PRÊTS À TOUT POUR QUELQUES BILLETS, ET C'EST LE CARNAGE : SEPT MALHEUREUX, CINQ EMPLOYÉS ET DEUX CLIENTS, SONT ABATTUS FROIDEMENT. SOUS PRÉTEXTE DE NE PAS LAISSER DE TÉMOINS !

photo © Sygma

— Bonsoir, monsieur !

Un homme au costume douteux est debout devant le comptoir.

— Pour combien de personnes ?

L'homme jette un regard furtif vers l'extérieur, il semble nerveux, mal à l'aise.

— Une seule personne. Je prends mes bagages.

Tandis que l'homme sort, René le bagagiste, qui vient de rejoindre sa collègue, échange avec elle quelques phrases en néerlandais :

« On va lui donner la chambre 214. » René décroche la clé, prêt à accompagner l'arrivant. L'homme est à peine sorti qu'il fait un signe. De l'Opel arrêtée juste devant la porte deux hommes masqués ont bondi, ils rejoignent « le faux client » qui noue un foulard autour de son visage, et tous les trois font irruption dans le hall. Le premier tient dans sa main gantée un pistolet Lüger, le second braque un fusil de chasse à canon scié.

— Le coffre, vite ! et pas un mot ! rien !

L'homme au Lüger pousse Nicole et René dans le secrétariat.

— Les clés !... vite les clés !

Nicole désigne le dessus de l'armoire métallique.

Deux secondes après, la porte s'ouvre laissant voir une série de petits coffres à deux serrures.

— Lesquels sont pleins ?

Du sac qu'il tient à la main l'homme au Lüger sort un pied-de-biche qu'il passe au « faux client » : « Allez... vas-y ! » Nicole désigne le coffre N° 13, c'est là que le personnel met ses pourboires dans l'attente du partage de fin de semaine. Il y a 400 francs, une misère.

Ce coffre ouvert, les trois hommes allaient sans doute s'attaquer à un autre. Au bout de trois ou quatre, ils auraient sûrement abandonné, pressés par la peur. Ils auraient probablement enfermé les deux employés dans le secrétariat après avoir arraché les fils du téléphone. Au pire, ils les auraient assommés à coup de crosse, avant de s'enfuir. Le lendemain, dans la presse, on aurait lu la classique annonce de ce hold-up minable, pour un résultat ridicule. Combien y avait-il dans les coffres ? 4 000, 10 000 francs au plus...

Seulement voilà, le hasard fait que Jean le pianiste et Agnès redescendent à ce moment-là. Pour boire un dernier verre ? Sortir faire un tour ? Nul ne le saura jamais.

Toujours est-il que l'ascenseur arrive au rez-de-chaussée, la porte s'ouvre, l'homme masqué au fusil est là qui les braque. Agnès pousse un cri vite réprimé.

— On sort et on se tait... compris ?

L'appel a été entendu par Pierre le barman qui ouvre la porte du bar et reste médusé.

— Toi aussi, tu viens par là.

— Qu'est-ce qu'on va en faire ?

Hé oui, c'est le problème.

Ils sont cinq maintenant ; impossible de les laisser dans le hall et ils ne tiendront pas dans le bureau. Sans perdre son sang-froid, l'homme au Lüger donne des ordres. Le « faux client » va poursuivre son travail tout seul, pendant que lui et l'homme au fusil vont faire monter les cinq prisonniers dans une chambre. Il décroche la clé du 201 au tableau, la donne au barman et tout le monde s'engouffre dans l'ascenseur.

Arrivés au deuxième, René le bagagiste qui a gardé dans sa main la clé du 214 profite d'un moment d'inattention pour filer dans le couloir.

— Arrête ou je tire !

René n'écoute pas, il fonce au 214, ouvre la porte, la claque derrière lui et se rue sur le téléphone. Mais un coup de pied fait voler la serrure en éclats, l'homme au fusil est déjà sur lui ; une courte bataille, un coup de feu, le crâne explosé, René s'écroule, mort.

Alors c'est l'engrenage tragique. Le coup de feu a fait ouvrir la porte du 209, c'est un couple de diplomates français.

— Entrez là dit l'homme au Lüger.

C'est le moment où Pierre le barman qui tient toujours la clé du 201 s'enfuit à son tour. L'homme au Lüger l'ajuste et le touche au bras. Mais Pierre a tourné dans le couloir, il fonce au 201, ouvre, saisit le téléphone. Trop tard ! l'homme au fusil défonce la porte d'un coup d'épaule, il ajuste le barman et tire... Le sang gicle sur les murs.

Dans la chambre 209, c'est la boucherie. Ne voulant pas laisser de témoin, l'homme au Lüger exécute froidement les otages les uns après les autres d'une balle dans la tête. D'abord la réceptionniste, puis le pianiste et Agnès qui ont cherché refuge derrière le lit ; passant dans la salle de bains, il tire à bout portant sur le diplomate et sa femme... Un mort ne parle pas.

C'est alors qu'une voiture de police arrive devant l'hôtel. L'homme qui est resté près des coffres réussit à se dissimuler et à s'enfuir. L'homme au Lüger saute par la fenêtre avec son complice. Le premier sera rattrapé peu après et arrêté. Le corps du dernier sera retrouvé quelques heures plus tard, troué de balles, nu, jeté dans un canal...

L'homme au Lüger, celui qui vient d'abattre froidement cinq personnes, avait obtenu quelques jours auparavant une permission de sortie de la prison de Clairvaux, où il était détenu depuis 9 ans.

Sept morts, victimes de la folie meurtrière d'un homme que la société avait cru devenu sage et qui n'était resté, en fait, qu'une bête sanguinaire.

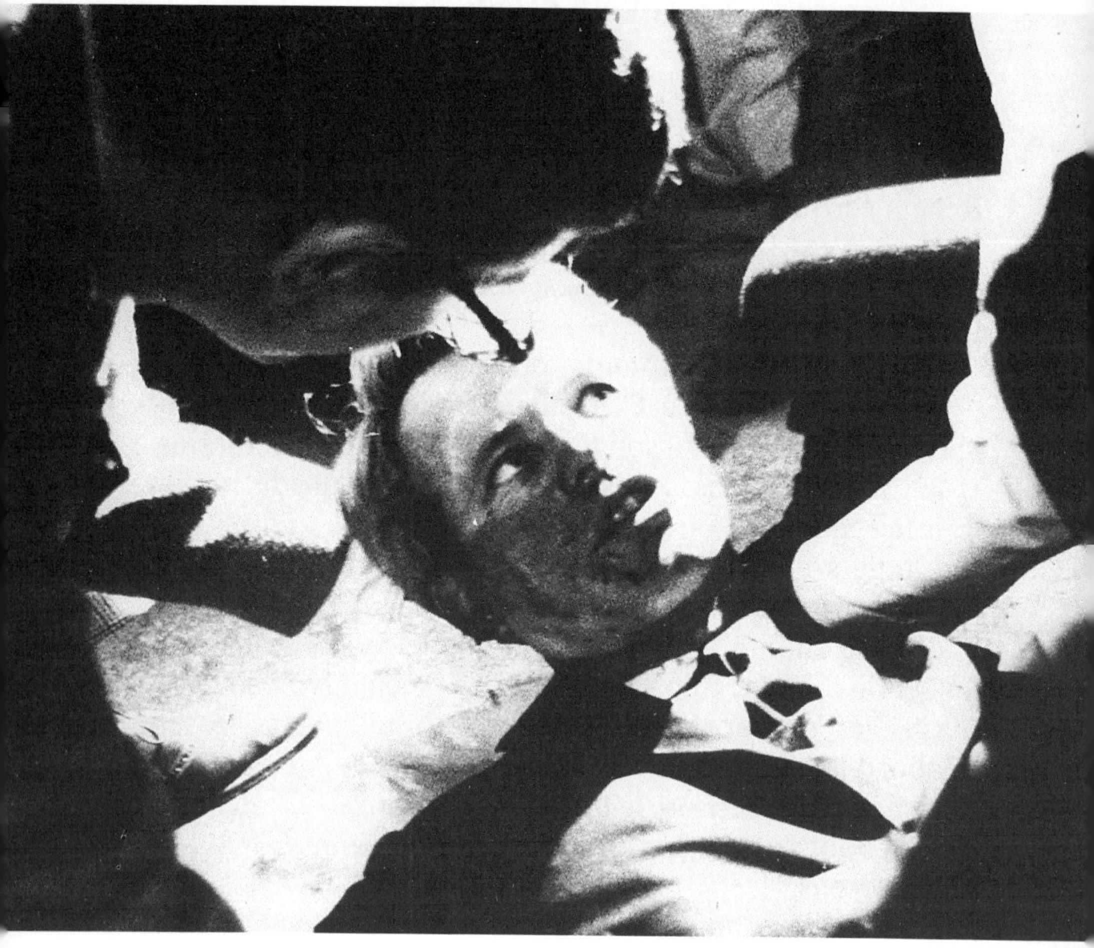

CE 6 JUIN 1968 AU SOIR, L'AMÉRIQUE ET LE MONDE SONT FRAPPÉS DE STUPEUR : ON VIENT D'ABATTRE BOB KENNEDY, FRÈRE DE JOHN ET CANDIDAT À LA PRÉSIDENCE. L'ENQUÊTE NE PARVIENDRA PAS À ÉTABLIR SI SON MEURTRIER AVAIT ÉTÉ MANIPULÉ.

LA FIN DU CLAN

1968 dans le monde est une étrange année. Reflet bizarre et déformé de notre civilisation cahotante, on y voit un bombardier nucléaire s'écraser au Groenland ; la guerre au Viêt-nam s'enfonce dans l'horreur ; l'assassinat du leader noir de la paix Martin Luther King ; des chars soviétiques à Prague ; le génocide des enfants du Biafra... et l'Amérique secouée par un nouvel attentat.

Les Kennedy ne sont plus au pouvoir. Le Président assassiné est encore dans toutes les mémoires, tandis que Jacky épouse l'armateur Onassis. Bob Kennedy n'est plus ministre de la Justice, sous la présidence Johnson. Il n'est pas d'accord sur la politique au Viêt-nam, il a annoncé sa candidature au Parti démocrate, il vise la présidence pour continuer l'œuvre de son frère. Serait-il si difficile, au pays des libertés, de vouloir être Démocrate et Président ? Il semble bien que oui.

Étrange année en effet. C'est avec Kennedy le Démocrate,

que Martin Luther King avait travaillé sa loi sur l'égalité raciale. Il vient d'être assassiné en avril, à Memphis, par un Blanc. Bob Kennedy, à son enterrement, déclare : « Il a été tué comme mon frère, par un Blanc, armé d'un fusil à lunettes. » Bob a toujours pensé qu'il y avait eu complot pour l'assassinat de son frère. Un complot qui s'est étendu au leader noir, apparemment. Mais l'Amérique officielle dans son enquête refuse la thèse du complot.

En juin 1968, Robert Kennedy est sénateur de New York. Il vient de remporter un succès aux élections primaires de Californie et il est sur la route de la présidence.

Aux États-Unis, il est de bon ton de dire qu'un bon score en Californie est un bon présage. Mais Robert Kennedy a un passé de ministre pourfendeur de la Maffia. Il a mené une lutte acharnée contre le plus célèbre des maffiosi : Jimmy Hoffa et son trop célèbre Syndicat des Camionneurs.

Cet homme et ce syndicat sont, en Amérique, un État dans l'État, et les économistes les plus avertis n'hésitent pas à dire que si leur mafia s'écroulait... les finances de l'Amérique pourraient bien s'écrouler elles aussi.

Los Angeles, 6 juin 1968, hôtel Ambassador, c'est la fin d'une journée triomphale pour Bob Kennedy. Il vient de s'adresser à mille supporters pour les remercier de leur suffrage, pour dire son espoir de victoire dans la course à la Maison-Blanche, son espoir d'une « ère nouvelle » pour l'Amérique.

Avec sa femme Éthel et les gardes du corps il quitte le grand hôtel Ambassador par les couloirs de l'office. La foule au-dehors est trop nombreuse. Question de sécurité. Le sénateur doit traverser les cuisines. Il salue les employés, serre des mains, encore et toujours, avec le célèbre sourire Kennedy.

Et les coups de feu éclatent, dans le couloir de l'office. Huit coups de feu, cinq blessés autour de Bob qui s'écroule.

Il n'est pas mort. Sa main droite ensanglantée est crispée sur un chapelet. Une balle l'a frappé à l'oreille droite, mais il respire encore, il cherche à respirer et sa femme Éthel crie à la foule et aux photographes de s'écarter, elle crie : « Laissez-le respirer. » Puis elle s'agenouille près de lui, calme, elle ne le quitte plus.

Le meurtrier, lui, a été maîtrisé en quelques secondes. Un Jordanien du nom de Sirhan Bechara Sirhan, immigré en 1957 aux États-Unis, un jeune homme aux yeux fous, armé d'un petit calibre.

Qui a armé cet homme et pourquoi ? Était-il solitaire lui aussi ? Pas de complot ? Aucun lien avec les morts précédents ? John et Luther King ?

L'Amérique est secouée. Durant 24 heures, Bob Kennedy résistera à la mort à l'hôpital du Bon-Samaritain de Los Angeles. Il est dans le coma. Les neurologues n'ont guère d'espoir... A 19 h 30, le 6 juin 1968, l'électrocardiogramme est plat, alors que le cœur résiste encore. Il battra 9 heures encore.

Le 7 juin, dans la cathédrale Saint-Patrick, on veille le corps du dernier des Kennedy susceptible d'accéder à la présidence. La race de ceux qui se voulaient un symbole pour le pays, symbole de justice, de liberté, de tolérance...

Sirhan, 24 ans, Jordanien immigré est condamné à mort en mai 1969. Désormais, on ne tuera plus les Kennedy... Il reste Ted, sénateur lui aussi. S'attaquer à sa vie privée suffira à l'écarter suffisamment de la scène politique.

1968 : année charnière pour le monde ?

CET HOMME CHARGÉ DE CHAÎNES, AU VISAGE MANGÉ
DE BARBE, QUI TEND UN JOURNAL POUR "DATER" LA PHOTO QU'ON PREND DE LUI,
C'EST LE BARON EMPAIN, DANS LES MAINS DE SES RAVISSEURS.
POUR PROUVER LEUR DÉTERMINATION, ILS LUI ONT TRANCHÉ UN DOIGT.

photo © D.R.

LE DOIGT DU DESTIN

Une camionnette mal rangée d'un côté, une seconde en double file de l'autre, un cyclomotoriste qui fait une chute au ras du capot, obligent le chauffeur de la 604 à piler net...

Alors, tout se déroule avec la précision d'une partition musicale : cinq hommes en cagoule bondissent des deux camionnettes pistolet au poing. Deux d'entre eux arrachent le chauffeur de son siège et le font monter dans la camionnette, tandis que l'un des trois autres prend sa place au volant.

Derrière, deux hommes masqués sont montés de chaque côté et sous la menace de leurs armes obligent le passager à se déplacer vers le milieu. Les trois portières claquent et la 604 fonce en direction de l'Étoile.

Quelques minutes plus tard, le chauffeur de la 604 est éjecté de la camionnette place Dauphine. Il se précipite dans un café et téléphone à la police.

— Le baron Empain vient d'être enlevé en sortant de chez lui, avenue Foch !

C'est ainsi que commence le 23 janvier 1978 « l'affaire Empain ». Un nom que connaît mal le grand public mais qui va tout de suite le passionner.

Édouard Jean Empain, 42 ans, beau et milliardaire, 128 000 employés sous ses ordres, 22 milliards de chiffre d'affaires par an.

Dans la 604, un sparadrap sur les yeux et sur la bouche, une cagoule par-dessus, des menottes aux mains et aux chevilles, le baron Empain allongé sur le plancher de la voiture sait qu'il a affaire à des professionnels. Mais quel genre de professionnels ? S'il s'agit d'une équipe de gauchistes style bande à Baader, il n'a aucune chance d'en sortir. N'ont-ils pas assassiné récemment Hans Martin Schleyer, P.-d.g. allemand, après 44 jours de captivité ?

Il s'en passe des choses dans la tête d'un homme qui subit une telle épreuve. Aveuglé, incapable de faire un mouvement, contraint à l'immobilité par la présence des armes qu'il sent sur sa nuque, le prisonnier n'a d'autres ressources que d'écouter intensément pour se souvenir... si par bonheur il réussit à s'en sortir.

Après avoir roulé une dizaine de minutes, la voiture descend dans un parking. Arrêt. Empain est arraché brutalement de la 604, puis on le jette dans le coffre d'un autre véhicule plus haut. « Une Range Rover » pense le baron.

Nouveau parcours d'une demi-heure, puis arrêt dans un parking privé. On l'extrait du coffre et on le fait asseoir près du chauffeur. Une voix murmure à ses oreilles :

— On va te faire dormir...

Empain sent un pincement au bras gauche. A travers sa veste et sa chemise une piqûre lui est faite. Tout est fermé autour de lui, puis, les heures s'écoulent interminables, lancinantes. La piqûre n'a procuré au prisonnier qu'une sorte de somnolence de laquelle il est tiré, vraisemblablement en fin de journée, lorsque la nuit est tombée.

— On va à la campagne.

La même voix s'adresse à lui. Il retrouve le coffre. Démarrage et nouveau parcours d'une heure, peut-être plus. En cours de route des bribes d'informations radio parviennent à ses oreilles : « Le baron Empain... » Les kidnappeurs sont branchés sur la longueur d'onde de la police. Il est très évidemment question de lui.

Lorsque le coffre s'ouvre, à l'odeur, Empain sait qu'il est à la campagne dans une région boisée. Après lui avoir retiré les menottes, on le conduit dans un sous-sol où on lui arrache le sparadrap des yeux et de la bouche.

— Lis le papier !

A la lueur d'une torche, le prisonnier déchiffre un texte dactylographié, dans lequel on lui apprend que l'on va demander en échange de sa libération, une rançon de 90 millions de francs. En fin de paragraphe, il y a d'écrit : « Nous allons te couper un doigt pour l'envoyer aux tiens, comme preuve de ta détention. »

Après lui avoir fait ingurgiter une mixture et remis le sparadrap et les menottes, on saisit sa main gauche que l'on pose sur la table, doigts écartés. Un choc à peine douloureux, et puis plus rien... La mixture fait son effet, le prisonnier sombre dans un profond sommeil. Ce n'est guère qu'en se réveillant et en versant, à la demande de son gardien, de l'alcool sur le pansement, que le baron Empain réalise que réellement on lui a coupé le doigt. Mutilation qui va peser lourd dans la balance lors du procès, après la libération miraculeuse que l'on sait.

Vous vous rappelez sans doute, qu'après 62 jours de traque policière, deux des ravisseurs vont tomber dans une embuscade. L'un d'eux sera tué et l'autre parlera à ses complices au téléphone, les suppliant de ne pas aggraver leur cas et de libérer Empain. Cette libération aura lieu le 26 mars à la porte d'Ivry.

Les trois instigateurs du kidnapping écoperont de la peine maximum réclamée par le réquisitoire du procureur : 20 ans de réclusion.

Est-ce cela que l'on nomme le doigt du destin ?

UNE VOITURE PAR TRIBORD

— Eh patron... est-ce que vous voyez ce que je vois ?

Le patron du chalutier *Notre-Dame-de-Lourdes* qui pourtant en a vu d'autres depuis des lustres qu'il laboure la mer, se frotte les yeux pour bien s'assurer qu'il ne rêve pas.

— Bon Dieu mais c'est...

— Une bagnole, oui, c'est bien ça !

Oui, en ce 9 août, au large des côtes de la Manche, les usagers de ces lieux très fréquentés par les navires peuvent voir avec stupéfaction une voiture automobile cinglant en direction de Douvres.

A l'intérieur, deux hommes, qui apparemment ont l'air aussi à l'aise que s'ils se trouvaient sur l'autoroute de Normandie. En fait, ces hommes sont deux copains de toujours : Jean Bruel et Tony Randal.

Le premier est une sorte d'aventurier moderne. Géant au large sourire, il a pris tous les risques dans la Résistance pendant la guerre : parachutiste, sous-marinier, poseur d'émet-

NON, CES PÊCHEURS N'AVAIENT PAS D'HALLUCINATIONS. EN PLEINE MER, ILS ASSISTAIENT À LA PREMIÈRE TRAVERSÉE DE LA MANCHE EN VOITURE, EFFECTUÉE PAR JEAN BRUEL ET TONY RANDAL, DEUX "MARINS D'EAU DOUCE" PARISIENS FAMILIERS DES COUPS D'AUDACE.

photo © Jack Garofalo

teur... Bref, homme à tout faire au service de la lutte contre l'ennemi, il se retrouve quelques années après au Mexique où il va voir au cinéma *Le Diable au corps* avec Gérard Philippe et Micheline Presle. Quand ceux-ci, au cours d'une scène célèbre, montent sur un bateau-mouche, il s'écrie : « Mais c'est mon bateau ! »

Et c'est vrai. Ce bateau lui servait d'appartement avant-guerre. Rentré à Paris, il récupère son bateau et comme la capitale a abandonné tout commerce touristique sur la Seine, il recrée les Bateaux-Mouches... C'est bien Jean Bruel, le propriétaire des Bateaux-Mouches, qui est dans la voiture. L'autre, c'est Tony Randal, un autre aventurier moderne qui a transformé une péniche en cabaret. Bon vivant, joyeux luron, amateur de canulards, c'est lui qui, toujours avec Jean Bruel et Romi, va faire inaugurer le fameux buste de Sébastien Mouche, l'inventeur des Bateaux-Mouches par le Tout-Paris avec lecture d'un discours officiel par Édouard Herriot.

Las de se faire traiter de marins d'eau douce, les deux complices ont décidé un jour de traverser la Manche en voiture.

« Pari d'ivrogne » ont pensé certains. N'empêche qu'en ce 9 août, le pari est en train de se réaliser.

Jean Bruel a trouvé au cours d'un voyage sur les bords de la Baltique une maison qui vendait des anciennes voitures amphibies de l'armée allemande. Il a fait carrosser la voiture avec élégance et la voilà lancée à 18 km/heure en direction des falaises de Douvres.

Ah ça, pour faire sensation, ils font sensation ! Une voiture qui escalade les vagues ça ne s'est encore jamais vu sur le Channel. Et pourtant, depuis toujours, Dieu sait si on a essayé de le traverser avec n'importe quoi ce Channel. En baignoire, en périssoire, en pédalo, en aéroplane... Souvenez-vous : Blériot.

Au départ de Boulogne, la mer était calme, c'était parfait, mais voilà que le vent s'est levé, les vagues se forment et bientôt il y a des creux de 3 mètres !

Essuie-glace à vitesse maximum, les mains crispées sur le volant qui dirige les deux hélices, Tony aborde les vagues de trois quart, tandis que Jean embraye à fond. Arrivé en haut, Jean passe en marche arrière pour freiner la descente. Ce petit jeu est amusant quand ça dure un quart d'heure, une demi-heure... mais au bout de 3 heures, ça coupe les bras.

Enfin, les falaises s'approchant, la mer se calme un peu et c'est six heures après avoir quitté Boulogne que la « première voiture » à avoir traversé la Manche monte la rampe de Douvres, sous les ovations.

Aux journalistes anglais qui leur demandent quelle a été leur consommation, Jean Bruel et Tony Randal répondent : « 7 litres d'essence et 2 bouteilles de beaujolais... »

Quelques jours plus tard, sur les bords de la Seine, un grand cocktail réunit la presse française pour célébrer l'événement. Sous les vivats d'un public de connaisseurs, la première voiture à avoir réussi la traversée de la Manche, dûment décapotée, descend la rampe. Aux deux héros se sont jointes 3 ravissantes naïades. Bientôt la voiture évolue sur le fleuve lorsque, tout à coup, vive agitation à bord, les passagers sautent à l'eau sous l'air ébahi des spectateurs. Jean et Tony ont tout simplement oublié de revisser le bouchon étanche permettant de vider l'eau au fond du véhicule. La voiture coule et disparaît irrémédiablement...

Elle gît toujours par six mètres de fond à portée de vue du Zouave du pont de l'Alma.

Cette traversée de la Manche en voiture a bien sûr fait l'objet d'un reportage dans *Paris Match*. Reportage signé Jack Garofalo.

Et la mélancolie, vous connaissez ? Qui d'ailleurs peut se flatter d'y échapper de temps à autre ? Tenez, même notre élégant Tony qui est pourtant optimiste de nature, qui a toujours le moral au beau fixe. Qui assume — comme on dit — en toutes circonstances, contre vents et marées. Et bien en ce début d'octobre 1962, c'est le passage à vide, la déprime.

Peines de cœur ? Non, de ce côté-là, tout est impeccable. Soucis professionnels ? Pas du tout. Ce garçon dynamique qui possède une péniche vient de l'aménager en cabaret flottant, et ça marche ! La santé, alors ? Vous plaisantez. Il est d'une constitution robuste, son foie « connaît pas ». Son armoire à pharmacie : un désert. Inutile de poursuivre, vous ne trouverez pas.

Tony est un fan de l'automobile, un mordu comme on dit. Son rêve aurait été de conduire une Formule 1. Ah les Fangio, les Jim Clarke, comme il les admire, comme il les envie. Plus modestement, il se contente de participer à des rallyes et de prendre le départ d'épreuves plus sophistiquées, comme la traversée de la Manche en voiture amphibie.

Oui conduire, c'est sa drogue, un besoin, et parfois un moyen de concentration. A-t-il un problème à résoudre ? Il n'hésite pas : il roule 50, 100 km et, au retour, il a trouvé la solution. Or, aujourd'hui on a privé Tony de volant. Il vient d'écoper de six mois d'interdiction de conduire. A la suite d'une faute grave ? Pas du tout ! Victime innocente ! Il n'était pas dans son tort. N'empêche qu'au tribunal où il a été convoqué, et où des cohortes de condamnés de tout poil se succèdent par fournées, quand Tony a voulu expliquer au juge... A peine a-t-il ouvert la bouche, que la sentence tombait : « 800 F d'amende. Et au suivant !... »

Ça Tony n'a pas digéré. L'injustice, il ne supporte pas. Et alors, l'injustice pratiquée par la Justice, ah non ! non ! Il ne paiera pas. Il n'a pas payé, mais quelques semaines plus tard, convocation au commissariat : non seulement l'amende est confirmée, mais pour non-paiement dans les délais, se sont ajoutés six mois d'interdiction de conduire. La mort dans l'âme, Tony a dû rendre son permis.

Un zombi ! Tony n'est plus qu'un zombi. Vous allez me dire : « Six mois de retrait de permis de conduire, même pour une faute imaginaire, ce n'est pas la mer à boire. Jean Valjean pour un pain volé, lui, a fait 20 ans de bagne. » Mais que voulez-vous, dans ces moments-là, on n'est guère enclin à se livrer à des comparaisons.

Tony va-t-il se résigner ? Il faut bien. Reste, qu'il rêve de revanche. D'un coup d'éclat consolateur. Faute de voiture, une nuit Tony arpente les berges de la Seine en quête de sa fameuse concentration créatrice. A l'aube, lorsqu'il regagne sa péniche il est rasséréné, il jubile même. Sa revanche, il la tient. Et qui plus est, elle sera « légale ».

Une semaine plus tard, vers 18 heures, Rond-Point-des-Champs-Élysées, la circulation atteint son point critique. Pour autant, l'agent de police de service ne panique pas. Il en a tant vu. Mais ce qu'il voit soudain, alors que d'un geste ample, il fait signe aux voitures d'avancer, le laisse littéralement pantois, le bras tendu. Dans le flot des voitures qui s'écoule lentement — vision démentielle ! — un âne caracole. Et juché sur le quadrupède, un homme en complet, cravaté.

La première réaction du serviteur de l'ordre est de vouloir l'interpeller, de lui flanquer une bonne contravention pour entrave à la circulation. Mais il est pris d'un doute. Aucun arrêté, à sa connaissance, n'interdit à un solipède accompagné, d'emprunter la chaussée. D'autant que cet âne est parfaitement en règle. A l'avant, il arbore un pare-brise, des phares. Son arrière-train s'orne de feux et catadioptres. Ah ! le klaxon, me direz-vous ! Prévu ! Le conducteur aiguillonne sa monture avec le bout de son parapluie, et l'animal brait à la demande. Alors, désarmé, l'agent lance à ce moderne Sancho Pança et à son âne mécanisé : « Allez ! circulez ! »

Certes, Tony n'a pas récupéré pour autant son permis plus tôt, mais toute la France a connu sa mésaventure et a apprécié à sa juste valeur, la façon humoristique avec laquelle il a réagi.

Et pour les photographes, quelle aubaine. Ceux de *Paris Match* étaient là pour saisir la stupéfaction de l'agent du Ront-Point en voyant Tony et son âne... C'était en octobre 1962.

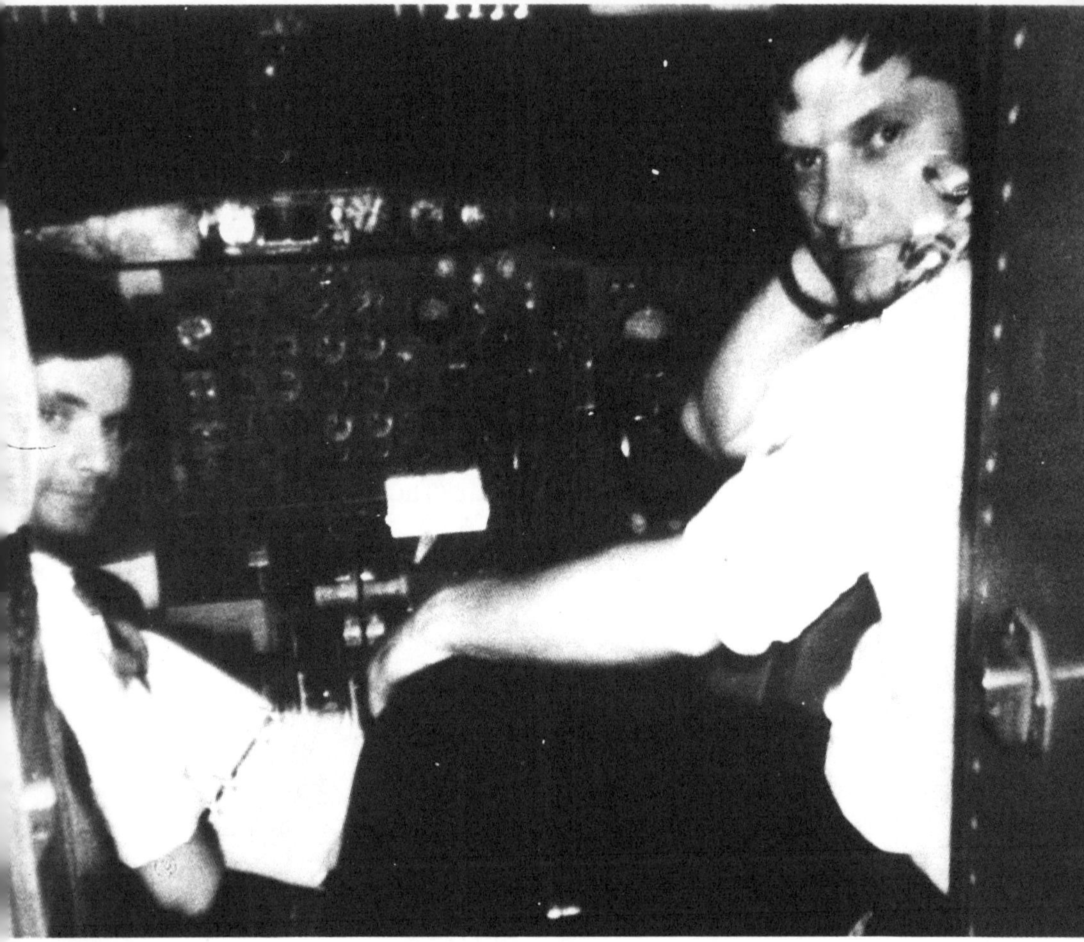

DEPUIS DES JOURS, LUI ET LES 86 PASSAGERS DE SON AVION SONT PRISONNIERS D'UN COMMANDO TERRORISTE. POURTANT, C'EST UN REGARD DE DÉFI QUE LE COMMANDANT JURGEN SCHUMANN, DE LA LUFTHANSA, LANCE AU BANDIT QUI LE PHOTOGRAPHIE. IL NE CÈDERA PAS.

photo © Stern

LE COMMANDANT SCHUMANN

C'était il y a presque dix ans déjà... C'était l'automne 1977. On parlait beaucoup de terrorisme en Europe, surtout en Allemagne, c'était l'aube d'un temps de folie que nous vivons encore. Le cycle infernal des otages et des terroristes.

Avec dix ans de recul, l'histoire que voici se déroule avec la précision d'un mécanisme de pendule. Un mécanisme détraqué, cruel, qui ne supporte aucun commentaire. Seules parlent les victimes...

5 septembre 1977 à Cologne. Le patron des patrons allemands, Hans Martin Schleyer, est enlevé. Les terroristes réclament 15 milliards de dollars de rançon et la libération de 11 terroristes de la bande à Baader à la célébrité douteuse.

30 septembre 1977 : l'avocat allemand de ladite bande à Baader est en fuite, réfugié à Paris. Il est accusé de complicité avec ses clients, par la police allemande. Après une

conférence de presse parisienne, il est arrêté par un mandat international.

13 octobre 1977 : les passagers du vol Majorque-Francfort de la Lufthansa sont pris en otages par quatre terroristes, deux femmes et deux hommes. Contre la vie de 86 passagers et celle de l'équipage, ils réclament la libération de 11 prisonniers allemands et 2 turcs... Toujours la bande à Baader.

18 octobre 1977 : après 6 jours de tortures et d'exigences, les pirates de l'air immobilisent l'avion à Mogadiscio en Somalie. Le gouvernement allemand ne veut pas céder à leurs exigences. A Palma, Rome, Chypre, Dubaï, Bahrein, Aden, à chaque escale, les passagers et l'équipage ont vécu l'enfer dans cet avion surchauffé.

Malgré ces conditions épouvantables, le commandant de bord, Jurgen Schumann, reste d'un calme extraordinaire. A Aden, il descend de l'appareil sous le contrôle des terroristes pour vérifier le train d'atterrissage. Il remonte à bord. A-t-il dit ou fait quelque chose qui provoque la colère de son gardien ? Nous ne le saurons jamais.

Le chef des terroristes le fait agenouiller dans l'allée centrale et s'écrie : « Coupable ou non coupable ? » Le commandant Schumann n'a pas le temps de répondre, le terroriste le gifle à toute volée et répète sa question. Alors le commandant hausse les épaules... et le terroriste l'abat à bout portant devant les passagers. C'est la fin de l'aventure.

Le chancelier Schmidt avait dit très haut sa volonté de ne pas courber la tête devant le terrorisme. La mort du commandant Schumann est le symbole même de cette résistance. Il est mort pour ne pas avoir courbé la tête. Cette exécution odieuse pousse les autorités à faire donner l'assaut. Les terroristes croient avoir gagné, ils attendent un soi-disant avion avec leurs camarades soi-disant libérés. Ils se réunissent en première classe dans la carlingue, sûrs d'eux. Les commandos allemands bondissent : grenades, mitraillettes, en quelques minutes tout est réglé. Trois terroristes sont morts, l'une est encore vivante, les passagers libérés.

18 octobre. Quelques heures après l'assaut, les autorités de la prison de Stuttgart annoncent le suicide collectif de la bande à Baader. Enfermés dans leur prison modèle, ils ont trouvé le moyen de se pendre ou de se suicider par balles. D'où venaient les armes ? Sans commentaire...

Les seuls commentaires sont pour les victimes.

19 octobre : Hans Martin Schleyer, le patron des patrons allemands, est retrouvé assassiné dans une voiture ; les quatre personnes qui l'accompagnaient le jour de son enlèvement ont été exécutées avant lui par les terroristes.

Dernier témoignage, une photo du commandant Schumann à son poste de pilotage, juste avant sa mort : le chef terroriste s'est emparé de l'appareil d'un passager pour photographier sa victime. Son regard fier qui ne craint rien n'exprime pas la peur, mais le mépris. Celui d'un otage qui refusait de céder, qui est mort sans céder.

Il était marié, il avait deux enfants.

APRÈS SEPT ANNÉES DE TRAQUE, SALVATORE GUILIANO, LE DERNIER « BANDIT D'HONNEUR » DE SICILE, EST ABATTU PAR LES FORCES DE L'ORDRE L'ARME AU POING, COMME ON LE DIT ? SA MÈRE QUI VOIT LE CADAVRE DE SON FILS, EST SÛRE QUE NON.

photo © Baroni

L'ASSASSINAT DU BANDIT BIEN-AIMÉ

Le 5 juillet 1950, le soleil vient à peine de se lever sur la Sicile, lorsqu'un sous-officier et un carabinier frappent à la porte d'une modeste maison de Montelepre.

— Veux-tu voir ton fils ? demande le chef, l'air grave.

Comme la femme le regarde sans répondre, il ajoute :

— Si tu as confiance, tu peux venir avec nous, seulement il faudra marcher jusqu'à Castelvestrano.

Sans un mot, la vieille dame ôte son tablier, elle s'enroule dans un grand fichu noir et descend les quelques marches qui conduisent à la route. Les deux carabiniers lui emboîtent le pas.

Pour elle, cet instant est l'aboutissement de sept ans d'angoisse, de peur et de nuits de veille. Son fils Salvatore Guiliano vient d'être tué. Le dernier « bandit bien-aimé » est mort au combat comme il l'avait prédit.

Tandis qu'elle chemine d'un pas ferme, la vieille dame songe que si son fils est mort, c'est qu'il a été victime d'une trahison. Jamais les forces de l'ordre n'auraient pu le rattraper. Il était trop sur ses gardes, trop rapide dans ses déplacements pour se faire prendre dans une souricière. Depuis le jour où, pour deux sacs de blé qu'il revendiquait, il avait tiré sur un carabinier qui lui donnait tort, Salvatore était passé dans la clandestinité. Il avait poursuivi « sa » guerre, celle qu'il avait commencée quelques années plus tôt contre l'occupant. Au fil des années, sa lutte contre les forces de l'ordre avait pris des proportions inattendues. Piquées au vif, les autorités locales puis le gouvernement italien avaient déclaré la guerre au hors-la-loi, qui prônait la cause du séparatisme sicilien.

Trois cents personnes, policiers, soldats, civils, opposés à son combat, étaient mortes, tuées par lui ou les siens. A plusieurs reprises, l'armée avait même lancé des bataillons entiers à ses trousses, en vain. Salvatore Guiliano avait toujours réussi à leur fausser compagnie, jusqu'à ce jour du 5 juillet 1950.

Ce n'est qu'après de longues heures de marche que la mère et ses deux compagnons de route arrivent à Castelvestrano. Le corps de Salvatore a été transporté dans la chambre mortuaire du cimetière. Deux tours de clé, une porte qui grince et la mère se trouve en présence de son fils.

« Quand on viendra te dire que je suis pris, tu sauras que je serai mort... » Cette phrase résonne encore aux oreilles de la vieille dame, tandis que des larmes glissent lentement le long de ses joues. Elle se penche vers son fils pour l'embrasser une dernière fois, lorsqu'elle est frappée par une chose étrange : son fils est en maillot de corps. Cette constatation n'aurait sans doute pas été plus loin, si, le lendemain, les journaux n'avaient montré la photo de Guiliano à l'endroit même où il avait été abattu par des carabiniers, dans la cour de la maison de son avocat, où il s'était réfugié. Or, la mère connaissait bien les habitudes de son fils ;

il n'enlevait sa chemise et sa veste que lorsqu'il se sentait parfaitement en sécurité. A la moindre alerte, au moindre bruit, la première réaction de Salvatore était de s'habiller. Jamais, il ne serait sorti dans la cour en maillot de corps.

Alors, la mère va crier vengeance, elle va dire que son fils a été assassiné. Elle va clamer à tous que Guiliano est mort sous les balles d'un traître à la solde des autorités qui ne voulaient surtout pas d'un procès, connaissant l'immense popularité du « bandit bien-aimé ».

Bien sûr, personne ne relèvera les accusations de cette femme demandant justice pour le soldat d'une guerre qui avait fait 300 morts.

Aujourd'hui que les langues se sont déliées, on sait que Madame Guiliano avait raison. Son fils Salvatore a bien été assassiné pendant son sommeil par un de ses lieutenants, Pisciotta, en qui il avait toute confiance et qui « veillait sur son repos ». L'avocat chez qui il dormait cette nuit-là fut réveillé vers 3 heures du matin par des coups de feu ; il vit Pisciotta sortir de la chambre ; il entra. Guiliano gisait dans le lit, il y avait du sang partout. Deux hommes en civil firent alors irruption dans la chambre.

— Faites disparaître les traces de sang dit l'un d'eux à l'avocat, il ne s'est rien passé ici.

Ils ont ensuite mis le pantalon au cadavre et l'ont transporté dans la cour avec ses armes. Ils ont tiré quelques rafales de mitraillettes et, au matin, ils ont fait une photo officielle avec cette version : « Surpris dans son sommeil, Salvatore Guiliano est sorti à la hâte ; après un bref combat, il a été abattu à cet endroit précis... »

Quelques années plus tard, ce même « ami », Pisciotta, qui allait être jugé, mourrait en prison après avoir bu un café arrosé de strychnine. L'affaire Guiliano s'arrêtait là.

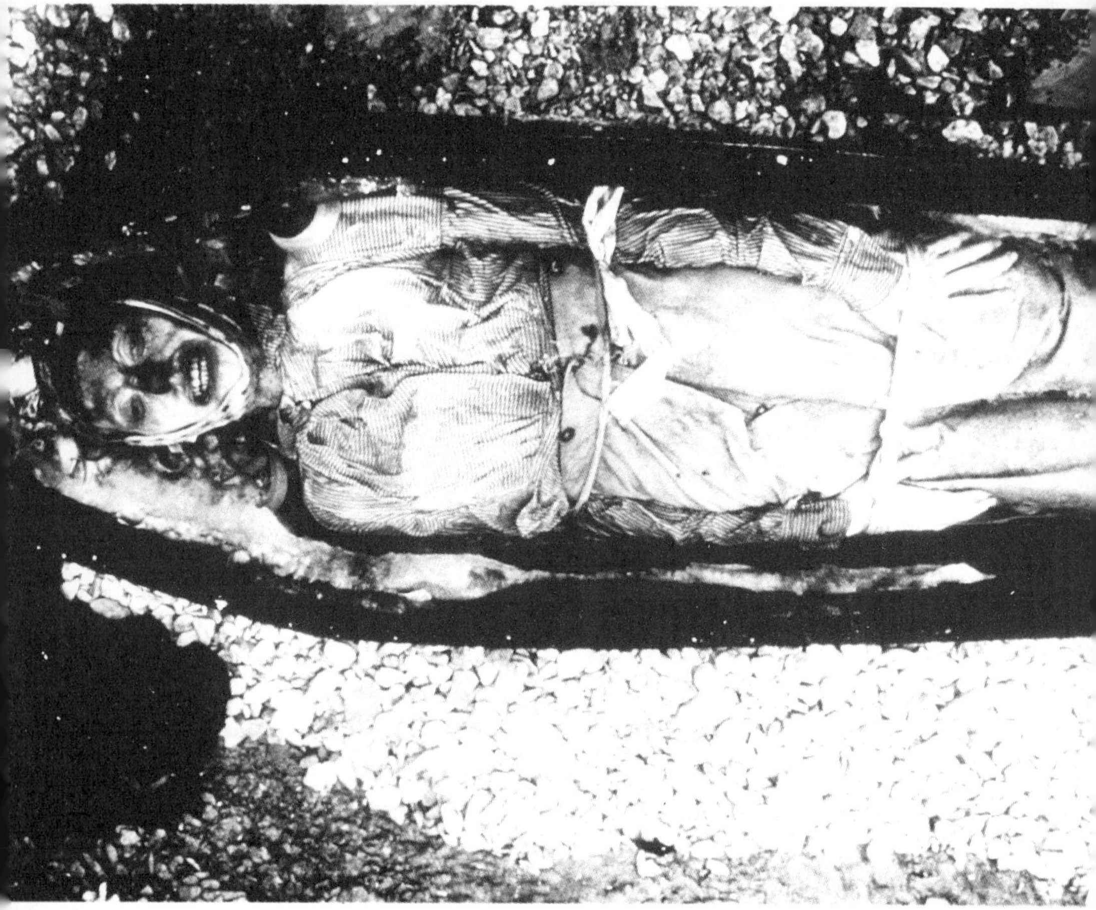

TEL APPARUT, LORS DE SA DÉCOUVERTE, IL Y A QUELQUES ANNÉES, JOHN TORRINGTON, MARIN DE SA GRACIEUSE MAJESTÉ MORT EN 1845, ET PARVENU INTACT JUSQU'À NOUS. IL ÉTAIT MÊME DANS UN ÉTAT DE FRAÎCHEUR ÉTONNANT. AUCUNE TRACE DE SES 133 CAMARADES N'A ÉTÉ RELEVÉE.

photo © Owen Beattie

LE LONG SOMMEIL

Ce n'est pas un saut d'un an ou de dix ans en arrière auquel nous vous convions, mais à un énorme bond dans le passé, puisque les faits évoqués trouvent leur origine, voici quelque 142 ans ! Il s'agit de l'épopée Franklin. Certes ce nom ne vous dit peut-être pas grand-chose. Pour les Anglais il en va autrement. Il évoque celui d'un de leurs plus illustres navigateurs : Lord John Franklin. Cet homme de la mer qui, à 19 ans, s'était battu à Trafalgar, est chargé en 1845 d'une mission : explorer à l'extrémité du continent américain, le Grand Nord, et tenter de trouver la voie Nord-Ouest vers le Pacifique, vieux rêve des marins depuis trois siècles...

L'Amirauté n'a pas lésiné sur les moyens. Franklin dispose de deux superbes voiliers blindés à vapeur, capables d'affronter les glaces. Des vivres, du combustible pour plusieurs années et 134 marins expérimentés, prêts à se frotter aux intempéries polaires. Parmi eux, un gaillard de 20 ans, le maître mécanicien John Torrington.

Le 19 mai 1845, les deux navires : le *Terror* et l'*Erebus* quittent le port de Scherness à l'embouchure de la Tamise. Ils ne regagneront jamais l'Angleterre. Pas plus qu'aucun des membres de l'équipage. Bientôt le silence du Grand Nord va se refermer sur eux.

Certes, par la suite, on va apprendre que Franklin est mort deux ans plus tard, que les voiliers feront naufrage et l'on parle aussi d'une tentative faite par les survivants pour regagner à pied le Sud. Des récits recueillis auprès d'Esquimaux feront état de « la longue marche des hommes blancs qui tombent » vaincus par le scorbut et le froid qui avoisine les moins cinquante. On soupçonnera d'ailleurs ces mêmes Esquimaux d'avoir plus ou moins dépouillé les victimes. Mais de celles-ci, nulle trace.

Vous allez voir pourtant, combien l'espoir reste chevillé au cœur de l'homme...

Voici quelques années, un Canadien, le docteur Owen Beatty monte une expédition dans le but de retrouver des vestiges de l'épopée Franklin. Et la chance va lui sourire...

Dans l'île de Beechey, près du Groënland, il retrouve des lambeaux de vêtements et de menus objets. Beatty est persuadé qu'ils ont pu appartenir à des marins de Franklin. Peut-être ont-ils établi un camp à cet endroit ? En poussant les recherches, il finit par découvrir ce qui peut ressembler à des sépultures. A tout hasard, il donne l'ordre de creuser à l'un des emplacements. Tâche difficile, le sol est gelé. Pour approfondir le trou, il faudra plusieurs jours. Mais la patience de Beatty va être récompensée. Les pioches des chercheurs heurtent maintenant du bois, celui d'un cercueil. On le remonte, on l'ouvre. Surprise, il contient un énorme bloc de glace et dans la transparence de celle-ci, on devine les contours d'un corps.

Commence alors l'opération fonte de la glace en projetant sur celle-ci des cafetières d'eau bouillante. Et bientôt le linceul glacé restitue son contenu. La machine à remonter le temps a accompli son œuvre. Apparaît un homme vêtu d'un pantalon de toile et d'une chemise de coton, en parfait état de conservation, les yeux grands ouverts, paraissant mort la veille. Son autopsie démontrera qu'il n'a pas été embaumé.

Il s'appelle John Torrington. Sans doute, fut-il l'une des premières victimes de l'expédition et ses camarades l'enterrèrent là. Un mystère cependant : ses pieds et mains sont liés, son corps enserré dans des cordes de tissus. Pourquoi ? Sans doute, selon le rituel marin a-t-on envisagé de l'inhumer en mer. Et puis, on y a renoncé. Quant à la présence de la glace conservatrice dans le cercueil, elle s'explique : elle provient à coup sûr d'infiltration d'eau à la fonte des neiges. Ah ! encore un détail. Nous avons dit qu'aucun des 134 marins de l'expédition Franklin n'avait regagné l'Angleterre. C'est inexact. Après une absence de 138 ans, John Torrington y est revenu.

DERNIER TABLEAU DE LA GRANDE TRAQUE
RÉUSSIE : LE CÉLÈBRE COMMISSAIRE BROUSSARD,
DEVANT LE CADAVRE CRIBLÉ DE BALLES
DE MESRINE, RACONTE COMMENT SES HOMMES
DE LA BRIGADE ANTI-GANG SONT VENUS À BOUT DE
L'ENNEMI PUBLIC N° 1.

photo © D.R.

MORT D'UN TRUAND

Vendredi 2 novembre 1979, 15 heures. Bon chic, bon genre, une jeune femme blonde, petite valise dans une main, petit chien blanc en laisse de l'autre, sort d'un immeuble de la rue Belliard à Paris, dans le 19e arrondissement. Quelques minutes plus tard, elle est de retour au volant d'une B.m.w.

Aussitôt, de l'immeuble, un grand type brun et barbu la rejoint, prend sa place tandis qu'elle se glisse à côté, son chien sur les genoux. Apparemment un couple tranquille désertant la capitale pour le week-end. D'ailleurs la voiture prend la direction de la porte de Clignancourt.

Lorsqu'elle y arrive, un camion de primeurs la suit. Rien de bien insolite, dans tout cela, direz-vous. Rien, si ce n'est qu'aux pieds du conducteur de la B.m.w., il y a un sac ouvert... et, dedans, prêtes à l'emploi, des grenades offensives. Si ce n'est également qu'à l'intérieur du camion bâché, quatre hommes armés jusqu'aux dents se sont substitués aux habituels cageots de pommes et de tomates.

Ce n'est pas du cinéma mais dans quelques instants ce sera le dénouement du plus spectaculaire « polar » de ces dernières années.

Interprète principal : Jacques Mesrine. Audacieux, intelligent, facétieux parfois, ce truand d'envergure après sa dernière évasion, s'est vite acquis la réputation — contestable — d'ennemi public numéro 1. Bien qu'il ait fait savoir à qui veut l'entendre qu'il n'est pas un héros, son comportement lui vaut — aux yeux de certains — ce label. Et ça le flatte, bien qu'il s'en défende.

Entre deux hold-up, ne joue-t-il pas au « justicier », au Robin des Bois... « Je rançonne le riche, j'épargne le pauvre. » Loin des barreaux inhospitaliers des prisons, ne clame-t-il pas son indignation contre le maintien des quartiers de haute sécurité, les Q.h.s.

Mais ce qui plaît surtout, c'est son profil Arsène Lupin, cette habilité à se transformer, à devenir l'homme aux cent visages. Sa façon aussi de défier et de rouler dans la farine les forces de l'ordre lui confère une auréole, un panache indéniables. Il ne défend pas encore la veuve et l'orphelin, mais ça ne saurait tarder, d'autant que la police s'obstine à ne pas lui mettre la main dessus.

« S'obstine » est impropre. Parce que, croyez-moi, qu'on appartienne à l'Anti-gang, à la Répression du banditisme, aux polices urbaines ou encore à la gendarmerie, l'obsession de tout un chacun c'est : « Épingler Mesrine. » Seulement comme c'est « chacun pour soi », on se tire la bourre comme on dit entre gens de la même maison. Résultat : Mesrine poursuit sa cavale.

A l'Élysée, le phénomène « Mesrine » commence à devenir inacceptable. De quoi a-t-on l'air ? Si individuellement, chaque famille de la police est incapable de mettre hors d'état de nuire celui qui la ridiculise, pourquoi ne coopèrent-elles pas ? Maurice Bouvier, Directeur de la P.j., obtient les pleins pouvoirs pour s'emparer de celui que l'on voit partout et que l'on ne trouve nulle part.

Pourtant, c'est Mesrine lui-même qui va se perdre en commettant une erreur : s'attaquer à la presse à travers un reporter qu'il enlève et blesse grièvement. Le témoignage du journaliste va permettre d'identifier le complice de Mesrine, un nommé Bauer. Retrouvé celui-ci est filé.

Le processus est engagé, il va conduire la police jusqu'au repaire de celui qu'on recherche. Un immeuble de la rue Belliard, où il occupe un appartement sous le nom de Monsieur Paul et où il vit avec une amie, Sylvie. Et là, il ne va pas y avoir de bavure. Ni Mesrine, ni sa compagne ne savent qu'ils ont été repérés et, lorsque porte de Clignancourt, un camion de primeurs arrive à la hauteur de la B.m.w. et fait signe qu'il veut doubler pour tourner, fair-play Mesrine le laisse passer...

Aussitôt la manœuvre exécutée, le camion pile net, la bâche se soulève et quatre hommes braquent Mesrine. A peine celui-ci esquisse-t-il un geste pour se saisir d'une grenade, qu'il est déjà transpercé de 21 balles.

Allons, comme dans les films, la morale est sauve. Seule consolation posthume pour le gangster mythomane, les médias, qu'il informait abondamment de ses états d'âme et de ses prouesses, ne le trahissent pas. Le vendredi 2 novembre 1979, sa mort alimente les conversations dans tous les foyers. Il est vrai, qu'on ne lui a laissé aucune chance mais en aurait-il accordé à ces futures victimes ?

ÉCHAPPÉ PARMI LES TOUS PREMIERS DE L'AVION DE LA PAN-AM EN FLAMMES, PATRICK WILEY, UN JEUNE CALIFORNIEN, A PRIS, PAR RÉFLEXE, DES PHOTOS POIGNANTES DE LA COLLISION. AUTOUR DE LUI, CE N'EST QUE MORT ET DOULEUR. ET DANS UN INSTANT, LE BOEING VA EXPLOSER.

photo © Gamma

LA PHOTO D'AMATEUR (TÉNÉRIFFE)

Le 27 mars 1977, il est 10 h 10, lorsque David Wiley prend une photo à travers le hublot du Boeing 747. C'est la photo d'un 747 de la K.l.m. qui, sur une piste parallèle, va prendre sa place pour décoller.

David Wiley a 29 ans ; il vit en Californie et il vient en Europe pour faire une croisière en Méditerranée. Tandis qu'il remet son appareil autour de son cou, David regrette un peu que la visibilité ne soit pas très bonne. Une légère brume masque le paysage. Dommage. Il aurait aimé prendre quelques vues de Santa Cruz de Ténériffe où son Boeing a fait une escale imprévue, l'aéroport de Las Palmas étant fermé provisoirement.

Il est 17 h 12, lorsque le Boeing de la Pan-Am se met à rouler sur les pistes. De la place où il est, David voit les ailes de l'avion osciller doucement au rythme du déplacement. Un coup d'œil à sa montre. 17 h 13, c'est à cette minute précise qu'un choc terrible le pousse en avant, quelque chose le frappe à la nuque et il perd ses lunettes. En levant les yeux, il voit le plafond de la cabine craquer comme une coquille d'œuf, en même temps que des flammes jaillissent un peu partout. Comme la température est devenue insupportable, sans hésiter une seconde de plus, David défait sa ceinture, monte sur son siège puis sur le dossier du siège et se hisse par l'ouverture sur le toit du Boeing. Du toit, il se laisse glisser sur l'aile, puis de l'aile il saute à terre et s'enfuit dans l'herbe de toute la vitesse de ses jambes.

Tout cela s'est passé en quelques secondes.

Ce n'est qu'ayant atteint une piste parallèle que David Wiley se retourne. Et c'est là qu'il comprend l'ampleur du désastre. Son Boeing a coupé la route au Boeing 747 de la K.l.m. qui décollait. Lancé à 200 km/heure, le pilote de l'avion n'a rien pu faire pour l'éviter. De l'endroit où il se trouve, David voit des gens sortir par le trou d'où il s'est échappé et courir sur les ailes. Instinctivement il saisit son appareil toujours accroché à son cou et prend des photos. Mû plus par un réflexe de photo-souvenir à conserver que par le goût du sensationnel, David mitraille à droite et à gauche sur tout ce qui se présente. Soudain une énorme boule de feu sort du trou au-dessus du Boeing et c'est l'explosion.

Horrifié par ce qu'il voit, David est tombé à genoux dans l'herbe. Il ne pense même plus à ses photos. Des gens en flamme sortent de la fournaise en courant quelques pas, avant de s'abattre sur la piste. Des hurlements inhumains s'élèvent du brasier et puis, c'est le silence. Un silence de mort...

En état de choc, David va prendre encore les quelques photos qui restent dans son appareil, et puis, écroulé dans l'herbe il attend les premiers secours.

Les rescapés qui l'entourent sont tous comme lui, sortis du Boeing de la Pan-Am. L'autre Boeing, celui de la K.l.m. s'est littéralement désintégré.

Quelques instants plus tard, les secours arrivent. Emmené à l'hôpital, David est soigné, puis comme il fait partie de ceux qui peuvent encore marcher, il est hébergé dans un hôtel réquisitionné.

Hébété, hagard, il assiste au désespoir des survivants qui ont perdu un être cher dans la catastrophe. Après une nuit et un jour sans sommeil, David ne trouve le repos que le lendemain soir.

A son réveil, des journalistes ont envahi l'hôtel, à la recherche de « sensationnel ». L'un d'eux, qui se dit journaliste hollandais, réussit à gagner sa confiance.

— Vous avez pris des photos ? Vous me les confiez, vous me laissez vos coordonnées, et si elles passent je vous enverrai l'argent.

L'ennui c'est que David Wiley n'a jamais eu de nouvelles du soi-disant journaliste hollandais. Trois semaines plus tard, c'est en voyant les photos dans la presse que David a réagi. Depuis un procès a eu lieu.

NU ET SEUL DEPUIS 52 HEURES, PERDU DANS UN OCÉAN DE BOUE, GUILLERMO AVAIT PLONGÉ DANS UN SOMMEIL DE MORT. SOUDAIN, LE BRUIT D'UN HÉLICOPTÈRE L'A RÉVEILLÉ. LE PHOTOGRAPHE QUI OPÉRAIT A FAIT DESCENDRE L'APPAREIL ET TENDU UNE MAIN SALVATRICE À L'ENFANT.

photo © Sipa

LE MIRACLE D'ARMERO

Il est un peu plus de 23 heures en ce 13 novembre 1985, lorsqu'un bruit épouvantable, suivi d'une lueur aveuglante, réveille en sursaut les habitants d'Armero en Colombie... Le Ruiz vient d'entrer en éruption.

Le Ruiz est un volcan inactif depuis 150 ans. Voici quelques jours, des lueurs, des fumées, des craquements faisaient craindre un réveil brutal du « vieux lion endormi » comme on l'appelle. Alertées les autorités compétentes ont répondu : « Aucun danger... il ne se passera rien. » Or, la chaleur de l'explosion a fait fondre en quelques minutes les tonnes de glace et de neige du sommet de la montagne qui se déversent sur son flanc en une vague énorme, haute comme un immeuble de dix étages. Dans un grondement apocalyptique, la vague fait exploser la ville comme s'il s'agissait d'un simple jeu de cubes...

Lorsque le silence revient, sur une largeur de trois kilomètres, et une longueur de plus de 150, la terre n'est plus qu'un immense linceul de boue, duquel émergent, dans le silence, quelques centaines de miraculés, statues de boue grisâtre à moitié enfouies dans le cloaque, et qui reprennent des forces avant de ramper vers la terre ferme, où, déjà, les secours s'organisent.

Toute la nuit va retentir des cris déchirants, d'appels au secours.

Ce n'est qu'au petit jour que les autorités compétentes vont mesurer l'ampleur du désastre : l'explosion « sans aucun danger » du Ruiz vient de faire 22 000 morts !

Parmi les quelques centaines de miraculés, il y a Guillermo, un petit garçon de 5 ans. La chance a voulu que la vague l'entraîne sur un des côtés de la coulée principale, la chance et la malchance aussi. Comme la majorité des victimes a été entraînée au centre de la coulée, c'est là que se portent les efforts des sauveteurs, et Guillermo le voit bien, lui, qui tend vainement sa main en direction de ces hélicoptères qui vont et viennent à quelques kilomètres de lui.

Et le soir tombe sur cet enfant de 5 ans, transi de peur et de froid, qui n'ose même plus bouger car chaque fois qu'il a tenté de le faire, il s'est enfoncé un peu plus. Il a faim, et il ne comprend pas pourquoi tout le monde l'a abandonné. Il pleure, et ses yeux lui font mal, et il a soif...

Lorsque le jour se lève pour la deuxième fois, Guillermo est recroquevillé sur lui-même, la tête appuyée sur sa main. Le soleil qui monte sans cesse dans le ciel, sèche progressivement la boue qui recouvre son corps faisant de lui une statue de glaise. Il se confond avec l'univers qui l'entoure, univers de mort et de désolation qui va faire de lui une victime parmi tant d'autres. Une torpeur bienfaisante s'est emparée de lui. Il n'a plus faim, il n'a même plus soif, voilà 52 heures qu'il lutte et ses forces l'abandonnent. Oui, après 2 nuits et 2 jours d'espoir et de combat contre la mort, Guillermo ferme les yeux et sombre dans un sommeil qui n'en finira plus. C'est alors que survient Jorge Parga.

Jorge Parga est photographe au journal *El Tiempo* et il a loué un hélicoptère pour faire des photos sur l'étendue de la catastrophe. 52 heures après le passage de la vague de boue, il n'y a plus de survivants. Partout ce ne sont que des cadavres dont l'odeur putride monte jusqu'à lui. Mais en bas, malgré sa torpeur, Guillermo entend le bruit de l'hélicoptère. Réunissant ses dernières forces, il se dresse. Jorge Parga l'a vu :

— L'enfant ! Là, il est vivant...

L'hélicoptère fait demi-tour, il descend vers Guillermo qui tend les bras vers la vie qui lui vient du ciel après 52 heures de solitude.

C'est l'une des plus belles photos du monde. Guillermo, l'enfant de 5 ans arraché à la mort par miracle grâce à un photographe qui passait par là.

Cet ouvrage
a été composé et imprimé
par l'Imprimerie CLERC
à Saint-Amand-Montrond (Cher)
Tél. : 48-96-41-50
en septembre 1987

Numéro d'éditeur : 1161 - N° d'impression : 3657
Dépôt légal : 3e trimestre 1987

Imprimé en France

ISBN : 2 85018 497 7